Éloges pour Amours vraies

Quelle meilleure façon de s'assurer que les [...] ues romans existent réellement qu'en lisant ces li[...]

— Carly Phillips,

Des Mémoires à l'origine de romans d'amour ! J'écris des romans d'amour depuis 20 ans, et c'est l'idée la plus innovante et excitante que j'aie rencontrée dans le genre. De vraies amours ! C'est génial !

— Tara Janzen,

Une irrésistible combinaison entre la fantaisie romantique et la réalité qui commence là où nos romans d'amour bien-aimés prennent fin : AMOURS VRAIES. Quelles délicieuses tranches de vie !

— Suzanne Forster,

Unir des histoires vraies à celles, fictives, des romans d'amour classiques, voilà un concept étonnant !

— Peggy Webb,

Amours vraies

LA CERISE SUR LE GÂTEAU

Amours vraies

LA CERISE SUR LE GÂTEAU

ALISON KENT

Traduit de l'anglais par
Sophie Beaume et Carole Finance

Copyright © 2010 Health Communications, Inc.

Titre original anglais : The Icing on the Cake

Copyright © 2013 Éditions AdA Inc. pour la traduction française

Cette publication est publiée en accord avec Health Communications Inc., Deerfield Beach, Florida, USA.

Éditeur : François Doucet

Traduction : Sophie Beaume et Carole Finance

Révision linguistique : Daniel Picard

Correction d'épreuves : Nancy Coulombe, Catherine Vallée-Dumas

Conception de la couverture : Matthieu Fortin

Photo de la couverture : © Thinkstock

Mise en pages : Sébastien Michaud

ISBN papier 978-2-89733-412-3

ISBN PDF numérique 978-2-89733-413-0

ISBN epub 978-2-89733-414-7

Première impression : 2013

Dépôt légal : 2013

Bibliothèque et Archives nationales du Québec

Bibliothèque Nationale du Canada

Éditions AdA Inc.

1385, boul. Lionel-Boulet

Varennes, Québec, Canada, J3X 1P7

Téléphone : 450-929-0296

Télécopieur : 450-929-0220

www.ada-inc.com

info@ada-inc.com

Diffusion

Canada :   Éditions AdA Inc.

France :   D.G. Diffusion

             Z.I. des Bogues

             31750 Escalquens — France

             Téléphone : 05.61.00.09.99

Suisse :   Transat — 23.42.77.40

Belgique :   D.G. Diffusion — 05.61.00.09.99

Imprimé au Canada

Participation de la SODEC.

Nous reconnaissons l'aide financière du gouvernement du Canada par l'entremise du Fonds du livre du Canada (FLC) pour nos activités d'édition.

Gouvernement du Québec — Programme de crédit d'impôt pour l'édition de livres — Gestion SODEC.

Catalogage avant publication de Bibliothèque et Archives nationales du Québec et Bibliothèque et Archives Canada

Kent, Alison

[Icing on the Cake. Français]

La cerise sur le gâteau

(Amours vraies; 3)

Traduction de : The Icing on the Cake.

ISBN 978-2-89733-412-3

I. Beaume, Sophie, 1968- . II. Titre. III. Titre : Icing on the Cake. Français. IV. Collection : Amours vraies; 3.

PS3561.E5155I2314 2013   813'.54   C2013-942104-1

À Walt

Si tu avais annulé ton inscription
sur Internet en décembre 1996,
comme tu avais pensé devoir le faire,
j'aurais manqué la chance de passer ma vie
avec le meilleur homme que je connaisse.
Je t'aime. Pour toujours.
Ou au moins pour 40 années.

Cher lecteur

Quand j'ai appris que HCI Books allait publier des romans d'amour inspirés de la réalité, je me suis demandé pourquoi personne n'avait pensé à le faire auparavant! Regardez seulement la popularité des émissions télévisées comme *Survivor, The Bachelor, The Real Housewives,* et *America's Next Top Model.* Nous aimons les émissions de téléréalité. Les romans d'amour inspirés de la réalité sont tout à fait appropriés, offrant aux lecteurs le même aperçu de la vie de vraies personnes, combiné au «ils vécurent heureux...» que les romans sentimentaux délivrent si magnifiquement. Félicitations à la créatrice, Michele Matrisciani, pour sa vision et sa série AMOURS VRAIES.

Travailler au lancement d'AMOURS VRAIES avec les auteures Judith Arnold (lisez *Rendez-vous à Manhattan,* un des trois premiers romans d'AMOURS VRAIES) et Julie Leto (*Difficile d'approche*), et la conceptrice de la série, Olivia Rupprecht, s'est avéré l'une des meilleures expériences d'écriture de ma carrière. Tant d'années d'expérience et de talent réunies en un même lieu ont permis de formidables échanges de courriels et des conférences téléphoniques non moins fructueuses. Mon éternelle reconnaissance va à Judith, Julie et Olivia pour m'avoir proposé ce travail. De même, je tire mon chapeau à Veronica Blake pour avoir suggéré à ses collègues de HCI d'intégrer le genre des romans d'amour, et au président de HCI et éditeur, Peter Vegso, pour son ouverture d'esprit et ses encouragements entourant le nouveau concept de « romans d'amour inspirés de la réalité ».

La lecture de l'article du *Washington Post* sur Michelle Snow et Todd Bracken a déclenché mon inspiration avant même de l'avoir terminée. Les photos de leurs cupcakes ont éveillé mon imagination, en plus de mes papilles gustatives. Je suis touchée de pouvoir mettre en lumière leur histoire et je les remercie pour leur disponibilité, leur réceptivité, leur patience, et pour *The Luckiest* de Ben Folds.

La relation des Bracken est la quintessence de ce qui fait que le roman sentimental est la forme la plus populaire des œuvres de fiction. Le vrai amour, comme nous le raconte William Goldman, n'arrive pas tous les jours, mais ce que Todd et Michelle partagent durera toute la vie. C'était un plaisir de travailler avec eux et de voir leur rêve, « Frosting, une pâtisserie de cupcakes », se concrétiser. On peut maintenant aller à Chevy Chase dans le Maryland et goûter à leurs produits…

Je vous encourage à visiter le site officiel d'AMOURS VRAIES, www.truevowsbooks.com, pour communiquer avec les couples et les écrivains, découvrir les dernières nouvelles à propos de la série AMOURS VRAIES, trouver les titres à venir de la série, et même avoir la possibilité de raconter à HCI Books votre véritable histoire d'amour afin d'avoir ainsi peut-être la chance de devenir le sujet d'un prochain livre d'AMOURS VRAIES.

Bonne lecture… et bons cupcakes!

Alison Kent

Un

*Flocon de neige : base de noix de coco recouverte de crème au beurre à la noix de coco et vanille

— Michelle ! Voilà Dana !

Ouvrant la porte de sa chambre avec son coude pendant qu'elle attachait le fermoir de son collier, Michelle Snow cria en réponse à l'appel de Christina :

— J'arrive !

Liz, qui faisait partie du groupe des quatre, se trouvait déjà dans la minuscule cuisine, préparant le café et mélangeant un pichet de mimosas pour le brunch de la fin de semaine. Dana, sans surprise, fut la dernière à arriver. Elle vivait à un rythme différent et suivait l'heure d'une horloge différente depuis que les quatre sœurs Alpha Phi étaient amies.

Cela faisait trop longtemps que le groupe ne s'était pas retrouvé ensemble, et Michelle était ravie de jouer les hôtesses cette fois-ci. Oui, elles s'étaient beaucoup marché sur les pieds les unes les autres dans son appartement exigu, mais elle savait qu'aucune ne s'en souciait. Elles avaient de la nourriture, à boire et la meilleure des compagnies avec qui partager l'après-midi, sans parler du nombre de mois de potins à rattraper. Et son appartement, eh bien, à défaut d'autre chose, offrait une intimité qu'aucun lieu de Friendship Heights ne pouvait offrir.

Jetant un dernier coup d'œil à son reflet, Michelle lissa le bas de la robe qu'elle venait d'enfiler après s'être assurée que la table était mise et que la nourriture était prête. Elle aimait s'habiller autant qu'elle aimait cuisiner et s'amuser, tous des plaisirs insufflés par sa mère au fil des années. Si elle devenait la moitié de l'hôtesse qu'était Ann Snow, Michelle considérerait cela comme une des plus grandes réussites de sa vie.

À cette pensée vint un sourire qui la réchauffa jusqu'aux orteils. Elle avait vraiment touché le gros lot avec ses amies ainsi qu'avec sa famille, et, s'estimant à la fois chanceuse et bénie, elle se dirigea vers le salon. Là, elle ouvrit les bras en signe de bienvenue, accueillant ses invitées du dimanche.

— Vous êtes magnifiques ! Toutes ! Je suis si contente que vous soyez là !

— Est-ce que tu plaisantes ?

Dana posa son sac à main sur le coffre sous l'écran plat de la télévision juste à l'entrée, son regard ne quittant jamais celui de Michelle qui repoussait une ribambelle de boucles noir corbeau de son visage.

— Regarde-toi ! J'adore ta robe !

En riant, Michelle tourna sur place, le tissu de couleur pervenche flottant doucement contre sa peau.

— Je l'aime aussi. Je ne sais pas pourquoi je ne la porte pas plus souvent.

Dana contempla la table dressée avec du cristal de Waterford et de la porcelaine Royal Tara, puis fronça les sourcils en regardant ses mocassins, ses pantalons amples et sa veste décontractée.

— Je me sens décidément mal habillée. Et quelconque. Et je sais que le décontracté d'Oxford n'embellit pas mes yeux. Mais il faut dire qu'il n'y a pas grand-chose à faire avec le marron, n'est-ce pas ?

— Tu es tout sauf quelconque, idiote !

Le teint de l'autre femme était parfait pour les tons de terre que Michelle n'avait jamais pu arborer.

— Tu es un gâteau au chocolat, thé glacé et champignons Portobello réunis en un.

— Avec de la boue. N'oublie pas la boue.

Dana passa son bras autour de l'épaule de Michelle et la serra.

— En fait, tout ce mélange donnerait de la boue, n'est-ce pas ?

Michelle répondit en riant, les deux marchant vers la cuisine où Liz avait été piégée par Christina alors que la superbe blonde fanfaronnait sur sa vie amoureuse.

— Café ou quelque chose de plus fort ?

— Café pour l'instant, dit Dana, faisant un clin d'œil à Liz.

L'autre femme, qui attendait manifestement une aide, murmura :

— Merci.

Puis elle tourna le dos à Christina pour se servir.

Michelle pressa ses doigts sur ses lèvres, cachant son sourire. Christina serait toujours Christina : le centre de l'attention, extravertie, monopolisant toutes les conversations. Néanmoins, les autres l'aimaient, tout comme les animaux dans la nature avaient appris au fil du temps à s'adapter.

Dana, qui s'adaptait, poursuivit :

— Je garde le plus fort pour plus tard, quand on évoquera la question du manque de temps de la plupart d'entre nous pour les rencontres, et notre manque flagrant d'hommes disponibles pour des rendez-vous. Je suppose que j'aurai alors besoin d'un remontant.

Son attention attisée, Christina se pressa d'avaler, déposa son café sur le côté et bougea ses doigts. Ses ongles lumineux vernis ressemblaient à des petits feux de freinage clignotants.

— Le temps est une chose, c'est certain. Mais le manque d'hommes ? C'est totalement une rumeur. Ils accourent de partout.

— Et c'est vrai, il y a un problème.

Rassemblant la soie couleur bronze froissée de sa jupe longue jusqu'à la cheville qu'elle portait avec des sandales en macramé de style romain, Liz sortit de la cuisine en ondulant, se dirigeant vers le siège avec son nom sur un carton.

— Je ne veux pas sortir avec des moucherons. Ou des vermines. Ils sont dégoûtants, malades et trop gros à écraser avec la chaussure.

— Certaines parties sont suffisamment petites, ajouta Dana, s'asseyant en face de Liz. Leurs porte-feuilles, premièrement.

— Parle-moi de ça.

Michelle posa un panier de pain aux graines de pavot tranché sur la table avant de retourner au réfrigérateur pour une salade de fruits.

— Le dernier type que j'ai rencontré pour dîner ? Il est sorti de table pendant que j'enfilais mon chandail. Ça m'est égal de payer ma part de la note, mais, bon sang, comment peut-on être plus radin ?

Grignotant un des croissants aux amandes prévus pour le dessert, Christina s'installa sur sa chaise.

— Tu te trompes complètement au sujet de cette affaire de rendez-vous, Michelle. Vous vous trompez toutes. Prenez en charge votre destin. Arrêtez d'espérer qu'un type dans un club se montrera vraiment à la hauteur ou de compter sur les amis pour des rendez-vous arrangés.

Dana secoua sa serviette et la disposa sur ses genoux.

— J'en sais rien, Chris. Les arrangements ne sont pas si mal. Pourvu que la personne qui fixe le rendez-vous connaisse à la fois le type et toi. Les sites de rencontres s'avèrent peu efficaces pour tenter le sort.

— C'est vrai, bien qu'ils aient presque autant d'informations exactes pour travailler que les amis, dit Michelle.

Elle glissa alors un couteau à travers la quiche qu'elle avait retirée du four et servit une part à chacune de ses invitées.

— Ce qu'ils n'ont pas, c'est la touche personnelle qui peut faire toute la différence, riposta Liz. Un ordinateur ne sait pas que sentir Drakkar sur la peau d'un homme te fait vomir. Ou que tu détestes rencontrer un homme lors d'un rendez-vous qui conseille quelque chose sur le menu alors qu'il n'a aucune idée de ce que tu aimes.

Christina rejeta les objections de Liz avec un bougonnement.

— Même les amis peuvent se tromper.

— J'avais pensé m'inscrire à un service, proposa Michelle, surprise d'entendre les mots jaillir de sa bouche.

Penser à le faire était une chose. Admettre qu'elle l'avait envisagé entraînait une forte possibilité de retour de bâton.

— Mais? demanda Christina. Tu n'es pas prête à joindre le geste à la parole?

Bang!

— Ce n'est pas tant une question d'argent que de temps. Je n'en ai pas. Mais c'est un peu ce que dit Dana, aussi. Tenter le sort. La recommandation d'un ami contribue grandement à apaiser les nerfs et les peurs. Avoir une relation avec un étranger au hasard, pas vraiment.

— Tu réfléchis trop. Fais confiance à tes instincts.

Christina se tourna vers le pichet de mimosa derrière elle sur le bar de la cuisine.

— Ça n'est pas difficile de lire entre les lignes d'un profil de site de rencontres sur Internet pour séparer le bon grain de l'ivraie.

Écartant les mèches blond roussâtre de sa frange, Liz lança un regard incrédule à Christina.

— Tu dis qu'il n'y a pas de rats ni de cafards sur Internet? Parce que, de ce que j'entends, c'est là que se trouvent ce genre de profiteurs.

— Bien sûr qu'il y en a, mais nous ne parlons pas de maniaques ou de pédophiles ici, dit Christina comme elle se servait son deuxième verre. Juste des célibataires comme nous à la recherche de compagnie. Prendre ses précautions n'est pas si difficile. Il faut s'assurer que quelqu'un sait où tu es et établir un code. Garder son téléphone en main avec son numéro en abrégé. Ce genre de choses.

— Je pense que je devrais plutôt essayer un de ces rendez-vous qui durent huit minutes, dit Michelle.

Elle se demandait pourquoi Christina n'était pas dans la vente de voitures de luxe au lieu d'être devenue une agente littéraire, même si, supposa-t-elle, les deux nécessitaient le même fort tempérament qui faisait de Christina, Christina.

— Au moins, ce court moment face à face te donne probablement une idée de leur personnalité.

Dana lécha une graine de pain au pavot sur son doigt et dit :

— Sans mentionner leurs poils de nez et leur haleine.

Un fou rire éclata, alimenté par le champagne, les appétits apaisés et le laisser-aller qui arrive seulement en compagnie de proches et amis de confiance. Savourant la saveur forte du fromage dans la quiche, Michelle écoutait alors que les autres discutaient des hauts et des bas des rendez-vous arrangés, des hommes, des sales types, des joueurs, des marginaux. Puis elles passèrent aux avantages et inconvénients de se satisfaire d'une histoire moyenne plutôt que d'attendre le véritable amour.

Pendant un moment, Michelle se demanda si ses amies étaient aussi heureuses qu'elle l'était, satisfaites de leur vie de la manière dont elle l'était. Ou, pensa-t-elle, en souriant tandis qu'elle prenait son café et blottissait sa tasse dans ses deux mains, si elles pensaient qu'elles devaient avoir un homme pour être comblées uniquement parce que c'était ce que disaient les films.

Elle comprenait ce sentiment, ce rapprochement, de deux devenant un, mais, pour elle, ça allait dans les deux sens. Elle n'était pas à ce point en manque d'affection et ne voudrait pas d'un homme qui l'était.

— Tu peux nous faire part de ce qui se passe dans ta jolie petite tête, Mlle Snow ? demanda Christina, rencontrant le regard de Michelle au-dessus du bord de sa flute.

Elle se dit que ce n'était pas grave et confessa :

— Jerry Maguire.

— Le film ? demanda Liz, partageant le dernier morceau de sa quiche.

— Ou est-ce que tu pensais à Tom Cruise ?

L'apparition de Tom chez Oprah était un parfait exemple de la folie, d'un comportement obsessionnel que Michelle voulait éviter.

— Je pensais à la réplique que le film a rendue célèbre.

— « Montre-moi le blé » ? demanda Dana.

— Non, « tu me complètes ».

Elle joua avec le pain sur son assiette, enlevant un coin de la croûte.

— Je veux dire, oui, j'aimerais être dans une relation, pour éventuellement avoir les 2,5 enfants et, bon, pas une clôture blanche, mais n'importe quel style urbain. Mais je suis heureuse maintenant. Je ne me sens pas du tout incomplète. Sérieusement, qu'est-ce qu'il y aurait de mal à vivre le reste de ma vie comme une Snow célibataire ?

Son regard passa de Liz à Christina, et à Dana, suscitant un mélange de réactions, bien que muettes. Elle se demanda ce qui se passait dans l'esprit de ces femmes. Si elles étaient inquiètes devant son apparente indifférence pour les rendez-vous ou si elles faisaient leur examen de conscience, accumulant leurs propres réactions émotives de l'autre côté de la balance qu'elle utilisait pour soupeser son point de vue sur l'amour. Elle n'était assurément pas si différente d'elles.

L'était-elle ?

Liz finit par parler :

— Ce ne serait pas mal si tu étais vraiment heureuse.

Fronçant les sourcils, Michelle acquiesça brièvement.

— Je le suis.

— Mais, continua l'autre femme avant que Michelle puisse expliquer, je déteste l'idée qu'un type vraiment bien manque tout l'amour que tu as à donner.

— Sans parler de la magnifique résidence que tu possèdes.

Dana fit un geste vers les accessoires que Michelle avait soigneusement choisis pour attirer le regard, les paisibles taupe et crème et les accents de marron sur un bleu pâle.

— D'après moi, personne d'autre n'a ton sens du style.

— Ou tes talents de cuisinière qui sont incroyables, ajouta Christina, comme elle prenait une autre bouchée de sa quiche.

— Arrêtez-vous, les filles !

Michelle rit, une rougeur lui chauffant le cou et se glissant sur son visage.

— Après ça, vous allez écrire un texte publicitaire et vous me vendrez aux enchères au plus offrant.

— Ou on écrira un profil en ligne pour te trouver l'homme parfait pour toi, dit Christina, sans se soucier de cacher son plaisir en ramenant la conversation à son actuelle obsession.

— Tu crois vraiment à l'homme parfait pour quelqu'un? demanda Liz, léchant le fromage sur les dents de sa fourchette.

Christina considéra la question.

— Du genre «le bonheur pour toujours» ou du genre «le bonheur maintenant»?

— Tu vois? C'est ça la question.

Terminant de manger, Michelle posa sa serviette en travers de son assiette et se servit son premier mimosa.

— Je suis heureuse maintenant. Je n'ai pas besoin de tester une tonne d'imbéciles pour y parvenir. Mais le bonheur pour toujours? C'est une quête qui vaut le coup d'essayer. La pièce de résistance. La crème de la crème. La...

— La cerise sur le gâteau, dit Dana.

Michelle leva son verre.

— Exactement.

— Et combien de personnes l'obtiennent? demanda Liz en fronçant les sourcils. Est-ce que la recherche du bonheur pour toujours est encore réaliste de nos jours?

Pour les autres? Michelle ne pouvait pas le dire. Mais pour elle...

— Je ne peux pas espérer autre chose. Et je ne me contenterai certainement pas de moins.

Christina était exaspérée.

— Ceci expliquerait beaucoup de choses.

Euh-oh.

— Beaucoup de quoi?

— À quand remonte la dernière fois où tu as emmené un type à la maison pour rencontrer tes parents?

Michelle remonta le temps. Loin, loin, très loin. Jusqu'à l'université. Et... lui. Vraiment? Est-ce que cela faisait si longtemps? Est-ce qu'il l'avait écartée des relations sérieuses ou est-ce qu'elle avait été trop occupée pour sortir davantage que de manière désinvolte? Peut-être qu'elle était restée occupée pour ne pas avoir à se retrouver là et risquer de souffrir autant une deuxième fois.

Les hommes qui trichaient étaient nuls. Elle grimaça alors que la vérité l'emportait.

— Dix ans?

Soupirant, Christina secoua la tête et se leva de sa chaise comme si cette intervention avait été longue à venir. Elle se dirigea vers le douillet fauteuil club marron dans le salon et l'ordinateur portable ouvert sur la table basse.

Michelle savait que l'autre femme manigançait quelque chose, mais ne pensa pas une seconde à mettre un terme à sa folie. Peut-être que c'était le champagne qui profitait du fait qu'elle était une néophyte. Peut-être que c'était le soulagement de céder le pouvoir à quelqu'un qui s'y connaissait mieux dans les jeux amoureux. Peut-être que le temps était venu.

Parce que, eh bien oui, elle avait tellement perdu la main qu'elle avait suffisamment payé l'addition ces jours-ci. Et ce n'était pas la question de ne pas vouloir vivre aux crochets de quelqu'un d'autre. C'était juste que les types étaient nuls. Lui disant qu'elle serait séduisante si elle prenait quelques kilos. *Bien sûr! Pas de bisou de bonne nuit pour vous, Monsieur Pauvre Type Radin.*

De retour à sa place, Christina poussa son assiette afin de faire de la place pour l'ordinateur portable. Elle le fit démarrer, s'éclaircit la gorge et ramena Michelle à ce qui l'entourait juste au moment où, les ongles rouges éclatants, elle lança une fenêtre de navigation et tapa www.match.com dans la barre d'adresses.

— Voici ce que nous allons faire. Ça ne prendra pas plus de 10 minutes pour créer ton profil. Tu peux payer le service plus tard et ajouter toutes les infos que tu ne veux pas que l'on voie.

Le site Internet s'ouvrit, et Christina leva les yeux, ses arcades sourcilières bien nettes défiant Michelle de discuter.

Soupir. Ce n'était pas comme si Michelle avait elle-même beaucoup de chance. Les bars n'étaient pas son truc. Les cafés, les bistrots… tous ces endroits n'offraient pas les mêmes possibilités de rencontres que les boîtes de nuit et même les clubs de sport. Mais aucune de celles qu'elle avait faites dans de tels endroits n'avait bien tourné.

Christina continua.

— Honnêtement, Chelle. Qu'est-ce que tu as à perdre ?

— Certainement pas sa virginité, dit Liz, pouffant de rire derrière son verre de mimosa alors qu'elle buvait.

— Pas vraiment drôle, dit sèchement Michelle bien qu'elle ne pût arrêter le sourire qui suivit.

— On ne bouge plus.

Christina abandonna le clavier et éleva ses deux mains comme pour encadrer le visage de Michelle.

— Qui a un appareil photo ?

— Ooh, ohh. J'en ai un. Dans mon sac.

Dana, qui était debout, se faufila autour de la table avant que Michelle ne puisse l'arrêter.

— Vous les filles ! C'est fou.

Assez fou pour marcher? Oserait-elle? L'idée était excitante, vraiment, mais l'excitation ne durait pas, et les premiers attraits étaient beaucoup trop rapides à s'estomper. Elle se déroba, balayant ses réserves sur-le-champ.

— Je suis certaine que mes cheveux sont en désordre.

Liz regarda sa tête.

— Tes cheveux sont parfaits. La robe est parfaite. Le collier est parfait. Tu es magnifique, et les hommes vont te faire de l'œil et du coude comme c'est pas possible.

— Pas exactement le résultat que je souhaite, murmura Michelle.

Elle baissa la tête, alors que Dana se penchait au-dessus de la table pour donner à Christina son élégant Nikon Coolpix, et se demanda comment la conversation sur les rendez-vous avait pris de telles proportions.

Elle n'avait pas de temps pour cela et, néanmoins, elle se retrouvait étonnamment à méditer sur les possibilités.

Est-ce que l'*Élu* était vraiment là? Quelqu'un non pas qui la comblerait, mais qui serait complémentaire? Qui verrait la bonté en elle et la rendrait meilleure? Qui lui permettrait de faire la même chose et de construire sur cette confiance, créant quelque chose ensemble qui serait plus important que ce qu'aucun d'eux n'aurait pu faire seul?

Ou est-ce que cette mission, si elle choisissait de l'accepter, s'avérerait une grande perte de temps?

— Souris.

Christina déclencha l'obturateur avant que Michelle ne soit prête.

— J'ai besoin d'un peu plus de temps, Chris.

— C'était juste pour attirer ton attention.

Se redressant sur son siège, Christina se prépara à jouer la photographe.

— Celle-là est pour de bon, alors assieds-toi droite, sois séduisante, et tout le reste.

Se revigorant avec une gorgée de son mimosa, Michelle pencha sa tête juste un peu de côté et adressa à l'appareil, et à l'homme de ses rêves, le plus doux, le plus sincère et le plus invitant des sourires. Être attirante avec l'homme idéal n'était pas un problème, mais, si elle embarquait dans le plan de Christina, elle ne se présenterait pas comme une invitation ouverte à ceux qui étaient seulement intéressés par une nouvelle conquête.

— Parfait, dit Christina après avoir pris la photo et vu le résultat sur l'écran LCD.

Elle tendit l'appareil à Michelle pour qu'elle voie elle-même.

Pas mal. Et c'était sincère. L'image lui ressemblait vraiment. Ce n'était pas le genre de photo retouchée comme avec Photoshop, dans le but de duper un potentiel prétendant s'attendant à plus que ce qu'il obtiendrait. Elle apparaissait décontractée, détendue, avec son sourire de satisfaction qui s'affichait jusque dans ses yeux. Cela fonctionnerait… à condition qu'elle ait le courage de l'envoyer.

— Écoutez, dit Christina. J'ai un train à prendre et un manuscrit à lire avant demain, mais aucune d'entre nous ne va nulle part jusqu'à ce que Michelle jure sur son futur premier-né qu'elle va essayer Match.com.

Espérant qu'elle n'en viendrait pas à le regretter, Michelle leva sa main droite.

— Je jure sur mon futur premier-né que je donnerai un mois de ma vie à Match.com.

— Voilà qui est fait. C'était si difficile ?

— Pas vraiment.

Toutefois, bien sûr, elle ne dévoilerait à aucune de ses amies qu'elle avait croisé les doigts de son autre main tout le long. Et, heureusement, aucune d'elles n'avait commenté le délai qu'elle s'était fixé quand elles partirent.

Mais, aussitôt que Michelle ferma la porte derrière la dernière de ses invitées, l'excitation retomba très rapidement, et elle oublia la sensation qui lui avait donné des ailes tout l'après-midi. Lundi matin approchait à grands pas et, avec lui, un emploi du temps bien rempli qui nécessitait cent pour cent de son attention.

Elle jeta un dernier regard au site Internet qui semblait se moquer d'elle, la traitant de poule mouillée, de ringarde et d'idiote. Contrariée, elle tira la langue et cliqua sur le « X » qui envoya la cruelle voix au ciel. Stupide ? Peut-être.

Mais elle seule, pas un quelconque site Internet, prenait les décisions à propos de sa vie amoureuse. Et, mis à part sa promesse à Christina, cela se passerait selon *ses* conditions et quand *elle* en aurait le temps.

Le site de rencontres en ligne, et tout homme qui pourrait désirer davantage que de lui faire de l'œil ou du coude, devrait attendre.

Deux

* Ba-nille : base de banane recouverte
de crème au beurre à la vanille

Alors qu'elle était concentrée à étudier les impôts fonciers qu'elle venait juste de recevoir et qu'elle avait mal à la tête, Michelle tendit distraitement le bras vers le téléphone qui sonnait sur son bureau.

— Michelle Snow.

— Alors, déjà des rendez-vous torrides prévus ?

— Salut, Christina.

Elle se rassit, frottant sa nuque tendue, sachant qu'elle devait s'attendre à un interrogatoire musclé et acceptant qu'elle n'ait personne à blâmer à part elle-même.

Cela faisait une semaine depuis leur brunch, une semaine qu'elle avait juré sur son futur premier-né de consacrer un mois de sa vie à Match.com. Et pourtant, elle était assise là, à s'user au travail, pas plus près d'avoir un premier-né qu'elle ne l'avait été ce dimanche. Les choses au bureau avaient été dingues, et le site de rencontres était la dernière chose qu'elle avait en tête.

Entendant en arrière-fond Christina qui répondait aux questions de son assistant à propos de titres, Michelle pensa éviter l'imminent interrogatoire et dit :

— Pas encore de rendez-vous. Je n'ai même pas terminé mon profil.

Christina, revenant à la conversation, souffla dans l'oreille de Michelle.

— Michelle ! Tu avais pro...

— J'ai promis. Je sais.

Puisque l'esquive n'avait pas marché, elle fit une autre tentative :

— Je n'ai pas eu une minute de disponible depuis des jours. Le travail est démentiel en ce moment. Le problème du marché immobilier n'est pas un secret.

Cette fois, Christina maugréa au téléphone, mais sa voix n'était plus perçante quand elle parla.

— Tu vas mourir vieille, ratatinée et seule.

— Merci, bougonna Michelle, levant ses yeux très fatigués au plafond avant de les fermer.

Elle ne pouvait se résigner à parler d'elle. Pas maintenant.

— Et comment se passent les choses pour toi ? Tu as déjà rencontré M. Parfait ?

— En fait..., commença Christina, baissant la voix. Je vais le rencontrer pour la première fois ce soir. On s'est envoyé des SMS toute la semaine, mais c'est la première occasion que nous avons d'être ensemble. On va prendre un verre près de son bureau. Regarde à ta fenêtre vers 22 h pour le feu d'artifice.

— Tu es à plus de 300 kilomètres, Chris.

— Ils seront suffisamment lumineux. Crois-moi.

Michelle rit doucement sous cape. Seule Christina avait la confiance en elle nécessaire pour supposer qu'un homme qu'elle n'avait jamais rencontré reste plus longtemps qu'une nuit.

— Juste un verre? Pas de mariage en vue?

— Tu te moques, mais tu auras l'air d'une vedette de cinéma dans ta robe de demoiselle d'honneur lamée or.

Aussi fou que cela puisse paraître, Michelle pouvait parfaitement imaginer Christina en arriver à quelque chose d'aussi extravagant. Peut-être avec des bouquets de lys callas violets et un groupe de jazz jouant *Our Love Is Here to Stay* d'Ella Fitzgerald. Ou *At Last* d'Etta James, avec Christina et son nouveau mari se déhanchant ensemble sur la piste de danse comme l'avaient fait les Obama pendant que Beyoncé chantait.

Jetant un regard sur son genou, Michelle joua avec l'ourlet côtelé de son chandail, se demandant quelles chansons son mari et elle choisiraient pour danser à leur réception. Ou si elle aurait un jour une réception, ou encore un mariage, où elle devrait décider de choses comme le tissu des robes des demoiselles d'honneur, les fleurs pour les boutonnières et les parfums de la garniture du gâteau.

Assez. Sérieusement. Il était ridicule de broyer du noir et pas le moins du monde productif. Réprimant la fatigue qui se manifestait de façon évidente comme de la mélancolie, elle dit :

— Juste pour toi, Christina, je porterais du lamé or.

À l'autre bout du fil, Christina grommela.

— Et pour moi, et au nom de ton futur premier-né, tu rentres à la maison ce soir et termines ton profil sur Match.com. Dana t'a envoyé la photo par courriel, non?

— Oui. Et je suppose que ça ira.

Si elle le faisait, et c'était encore un grand si, alors la photo du brunch de dimanche serait aussi un signe affirmatif pour ses amies qui l'avaient encouragée à se lancer.

— Ça fera plus qu'aller. C'est parfait.

Christina laissa le silence s'installer pendant une minute, puis dit :

— Tu sais que je t'aime, Chelle, n'est-ce pas ? Ce n'est pas juste pour être la nana insistante que je sais être. Je veux qu'il t'arrive de belles choses, et ceci inclut les relations que tu mérites. Tu es belle comme un cœur, et je veux que tu aies tout.

Bon, merveilleux. En plus de la journée pénible que Michelle vivait, voilà qu'elle allait pleurer. Sa voix, quand elle parla, était toute tremblotante et faible, mais elle avait tellement de chance d'avoir de si bonnes amies qu'elle ne put s'empêcher de rire entre les larmes.

— Je t'aime aussi, Christina. Si je ne t'aimais pas, d'aucune façon tu ne me ferais enfiler ne serait-ce qu'un sous-vêtement en lamé or.

Christina ravala ce qui ressemblait à un sanglot ému avant d'éclaircir sa voix et de revenir à leur affaire.

— D'accord, mais, amie ou pas, je vais continuer à t'embêter avec ça. C'est seulement un mois. Un mois, c'est rien. Spécialement quand on parle du reste de ta vie.

— Je le ferai. Je le promets. Parce que, pour être sincère, je suis déjà plutôt attachée à mon futur premier-né.

Elle se surprit à soupirer avec mélancolie.

— Il a les yeux de son père.

Pourquoi était-ce quand le samedi matin pointait son nez que Michelle était trop épuisée de sa semaine de travail pour profiter du début de fin de semaine et de la liberté après ce qui était devenu le train-train quotidien?

Ce devrait être son moment, le moment où elle laissait de côté son travail, le stress, l'incertitude de ce qui arriverait quand elle serait de retour au bureau lundi. À la place, elle se désespérait d'avoir laissé des douzaines de balles dans les airs après avoir travaillé une cinquantaine d'heures. Jongler était pour les clowns.

Sa course matinale l'aiderait, comme le ferait une bonne nuit de sommeil ce soir, mais cela voulait dire laisser le confortable fauteuil brun où elle avait vécu ces derniers jours pour la chambre, et l'idée de faire remonter à la surface l'énergie pour le faire la fatiguait encore davantage. Elle avait donné 10 années de sa vie à la gestion du marché immobilier. Rentrer à la maison pour se faire la morale n'était pas la carotte qu'elle s'attendait à trouver à la fin de ce très long bâton.

Elle avait dit à ses amies la vérité le mois dernier au brunch. Deux enfants et demi, avec un portier et les commodités de la ville à portée de main, c'était exactement la vie dont elle rêvait. La vie qu'elle espérait maintenant partager avec l'*Élu*.

Et si croire à cette chimère d'âmes sœurs faisait d'elle une Pollyanna, alors qu'il en soit ainsi. Elle aimait penser que quelque part dehors l'attendait son Jerry Maguire personnel. Mais ensuite, il lui apparut qu'il était logique qu'elle voie les choses de cette façon. C'était en raison du mariage qu'elle connaissait le mieux.

Elle ne pouvait imaginer sa mère avec quelqu'un d'autre que son père. Ils allaient parfaitement ensemble, comme s'ils formaient les deux côtés du même moule. Toutes les années qu'ils avaient passées ensemble avaient rendu impossible l'idée de penser à l'un sans l'autre, mais cela ne faisait que prouver sa théorie du partenariat parfait.

Ses parents avaient fait ressortir le meilleur chez l'autre. La force de leur union s'était vue à travers les bons moments, mais s'était avérée encore plus essentielle pendant les mauvais. Et aucun doute que l'avenir de son frère Michael suivrait le même chemin. Lui et sa fiancée Collen n'auraient pu faire un *match* plus parfait.

Il y avait encore ce mot. *Match.* Comme celui qu'impliquait Match.com ? Michelle soupira et, malgré sa réticence, tendit la main vers son ordinateur portable sur la table basse. Christina avait-elle raison ? Est-ce qu'une relation réglerait tout ?

Avoir quelqu'un à ses côtés l'aiderait-elle à vaincre le surmenage qui l'épuisait ? Est-ce que partager ses journées avec un mari enrichirait son existence ? Avoir un homme dans sa vie était-il ce dont elle avait besoin ?

Peut-être que oui, même si elle détestait penser qu'il lui faudrait un homme pour tout arranger. Il serait préférable qu'elle soit capable de le faire pour elle-même, par elle-même. Cela n'expliquait pas pourquoi, en cet instant, la seule chose qui pourrait lui faire oublier la semaine qu'elle venait de passer n'était pas un homme mais un cupcake.

Quelque chose avec un glaçage, une garniture et des pépites. Avec du fromage à la crème, une ganache onctueuse et de la crème au beurre. De la vanille, du chocolat, des fraises… peu importait. À ce moment précis, rien d'autre ne la rendrait plus heureuse que ce genre de plaisir extravagant et calorique.

Sauf que ce n'était pas vrai. Ce qui la comblerait vraiment de bonheur, ce serait de faire ses cupcakes elle-même : mélanger, glacer, garnir, décorer, et le faire dans une pittoresque petite pâtisserie qui lui appartiendrait. Les heures seraient encore plus longues que celles qu'elle consacrait actuellement à son travail, et elle serait seule responsable. Avec l'état actuel de l'économie, elle serait folle de s'engager dans cette voie, mais elle rêvait depuis une éternité de diriger un petit commerce, d'être son propre patron, d'impliquer toute sa famille dans l'entreprise.

Elle se voyait filer sur sa Vespa au magasin où elle créerait des pâtisseries aussi éblouissantes que délicieuses. Sa mère l'aiderait, bien sûr. Pouvoir disposer des années d'expérience de sa maman comme traiteur semblait logique. Et son père et son frère Brian en savaient autant en architecture, ce qui signifiait que son magasin serait un endroit privilégié. Comment pourrait-elle faire autrement que réussir avec de tels cerveaux et bras derrière elle ?

C'était l'organisation qui la retenait. Le temps que cela prendrait. Les frais d'établissement. Les fournisseurs. Le personnel. La commercialisation. L'équipement allant des fours aux malaxeurs, aux lave-vaisselle et aux casseroles. Décider d'une ligne de production et des stratégies de vente. Trouver un lieu qui serait en rapport avec sa vision, un qui conviendrait au lustre qu'elle voulait comme point de mire du décor.

Elle était folle ne serait-ce que d'envisager quelque chose de si monumental quand le pays entier réduisait les dépenses, cherchant à ne pas faire de folies avec des extras. Pourquoi quelqu'un voudrait-il acheter des cupcakes gastronomiques quand ils pouvaient cuisiner toute une fournée de Betty Crocker chez eux ?

Maintenant, si elle avait un partenaire… pas sa mère ou son père ou ses frères, pas un investisseur ou un conseiller financier, mais quelqu'un pour partager les soucis persistants qui arriveraient tard le soir au moment de sombrer dans le sommeil ou qui remonteraient à la surface pendant la douche du matin… Les choses ne devaient pas être si terribles ou hors du domaine du possible.

Si elle avait une épaule sur laquelle s'appuyer, une oreille pour l'écouter, un avis engagé et fiable, une voix de soutien à ses côtés, elle pourrait tendre davantage vers le oui et s'éloigner du barrage du non insistant.

D'accord, Match.com. J'abandonne. Je me rends. Tu gagnes.

Le mois dernier, après sa promesse à Christina durant leur conversation au sujet des robes de demoiselles d'honneur lamées or, selon laquelle elle s'était engagée à entrer dans le monde miraculeux des rencontres en ligne, Michelle était rentrée chez elle ce soir-là et l'avait fait. Depuis lors, cependant, elle n'avait pas utilisé une seule fois le service pour lequel elle payait. Comme tout conseiller financier lui taperait sur la tête pour le manque à gagner, elle alla sur le site Internet et se connecta sur son compte.

Bien, voyons. Apparemment, il y avait un certain nombre d'hommes qui trouvaient qu'elle valait le coup. Ou du moins qui pensaient que son profil méritait que l'on flirte avec elle. Une partie d'elle-même trouvait que c'était mignon ; qui n'aimait pas l'attention ? Mais une autre partie trouvait cela stupide, toutes ces tentatives de fréquenter quelqu'un. Les applications du genre «Superpoke !» ou «Fish Slap» ou encore «Sheep Thrown», qu'on retrouve sur

Facebook pour se faire des amis, étaient pour elle assez terribles. Peut-être qu'elle était ringarde, mais elle préférait de loin ignorer les jeux et voir par elle-même qui était là pour elle.

Pour commencer, elle remplit les paramètres pour sa recherche, élaborant un homme plus ou moins de la même façon qu'elle avait construit la voiture de ses rêves sur le site du fabricant. Rien de tel que de réduire une relation amoureuse à une série de boîtes de stockage, mais, si elle devait faire une rencontre, la personne ne devait pas vivre trop loin.

Et, puisque son but final était une relation durable, elle n'avait aucun intérêt à fréquenter des joueurs qui voulaient seulement prendre du bon temps. De même, puisqu'elle savait qu'elle voulait une famille, et que ses enfants aient un père capable de courir après eux sur le terrain de jeux, une grande différence d'âge ne fonctionnerait pas. Elle plafonna ce champ de recherche à la quarantaine.

Opinions politiques, croyances religieuses, loisirs, revenu et éducation étaient toutes des choses qu'elle préférait découvrir à travers la conversation. Quelques mots sur un formulaire n'étaient pas suffisants pour expliquer ce qui conduit quelqu'un à faire ces choix ou pourquoi il en était arrivé là. Ayant vu son père et son frère lutter pour leur place dans l'entreprise familiale, avant de la perdre, elle ne jugerait jamais quelqu'un pour avoir subi les mauvais coups de la vie.

Elle se débarrassa de cette pensée, se concentrant de nouveau sur l'écran. Bien qu'elle ne fût pas superficielle au point de juger un homme uniquement sur son apparence, le courant devait passer. Elle voulait des feux d'artifice autant que n'importe qui. En fait, elle voulait les feux d'artifice étincelants et explosifs de Christina. De plus, si les gentlemen pouvaient préférer les blondes, eh bien, elle aussi. Voilà. Fini. Prenant une profonde inspiration, elle cliqua sur le bouton recherche et attendit.

Quand une douzaine de pages de profils possibles apparurent, elle se surprit à bâiller. Elle jeta un œil à l'heure sur la barre des tâches. Bon sang ! Elle était restée assise là trop longtemps, sans rien manger ni boire, portant encore les vêtements qu'elle avait mis après sa douche ce matin. C'était ridicule. Elle n'était pas si désespérée de rencontrer quelqu'un au point de laisser ceci devenir une obsession. Mais elle cliqua quand même sur la page suivante, balaya du regard ces profils et cliqua encore, puis encore.

Honnêtement, elle était plus qu'un petit peu surprise. Y avait-il vraiment autant d'hommes qui cherchaient l'amour ? Pas étonnant que Christina l'ait poussée à ce point. C'était le buffet d'hommes. Un buffet de testostérone. Une carte des desserts remplie d'hommes appétissants. Oh, c'est sûr. Elle avait remarqué quelques nuls, une brebis galeuse ou deux. Et, sans aucun doute, certaines photos dataient de plusieurs années, et des cheveux avaient été perdus, des kilos pris. Mais, ouah ! Une fille pouvait y revenir à deux ou trois reprises si son premier plat lui laissait un mauvais goût.

Assez était assez ! Quelqu'un avait manifestement besoin de se bouger les fesses et de prendre son dîner. Et, si ce quelqu'un allait se lever tôt et courir, elle devait dormir un peu. Une page de plus de profils, et elle le ferait. Une de plus, numéro 15. Un bon endroit pour s'arrêter. Après un rapide regard, elle se préparerait une salade et...

Oh. Oh. Oh. Son estomac se retourna. Oh.

Il était blond. Il était mignon. Elle regarda de plus près. Il avait exactement le bon âge et vivait à moins d'une heure. Une heure n'était pas considérée comme loin. Une heure dans la région de Washington n'était rien. Ses yeux étaient d'un bleu lumineux, pleins de malice. Ses cheveux étaient ébouriffés avec des mèches. Et son sourire... sa fossette... Il semblait dire « je t'attendais ».

Ne serait-ce pas incroyable si c'était vrai ? S'il s'était trouvé juste là pendant tout ce temps ? D'accord, mais elle n'allait pas trop s'exciter trop tôt, peu importe le frisson qui la traversait. Elle remua ses orteils dans ses chaussures, puis les retira et plia ses jambes derrière elle pour voir ce qu'il avait à dire.

Elle revint sur le nom de son profil. *DieselCat.* Hmm. Oserait-elle espérer que le surnom ait une signification personnelle et qu'il n'ait rien à voir avec les chats ? La fossette lui plaisait follement, mais les chats n'étaient juste pas son truc. Malgré tout, le compromis n'était pas hors de question. Pourvu qu'il promette de nettoyer la litière. Elle alla à la citation associée à son profil.

Je m'étonne que la chose la plus intelligente jamais dite fût celle qui commençait par le mot « mec ». « Mec, ce sont des isotopes. »

Mignon. Oh, il était mignon. Et intelligent. Et elle était largement éveillée et n'avait pas faim du tout. Maintenant, voyons si ce qu'il avait choisi de partager sur lui-même était convaincant. Elle réprima son excitation et s'attela à la lecture.

Mon titre à propos des « mecs » est une citation d'un de mes comédiens favoris, Demetri Martin. J'ai utilisé celle-ci, car malheureusement j'appelle encore trop de gens « mec ». Même ma mère y passe de temps à autre. C'est probablement un peu du fait d'avoir grandi avec des cheveux blonds et d'avoir imité tous les surfeurs que je voyais. Le problème est que… je vivais en plein milieu de l'Ohio.

D'accord, parlons un peu de moi. Je suis arrivé dans le Midwest depuis huit ans maintenant. Je suis dans le secteur de la technologie et j'aime mon travail. Je dirige une équipe de développeurs de logiciels. Mon travail est stimulant et gratifiant, et j'ai une éthique de travail remarquable, mais j'aime aussi garder un équilibre dans ma vie.

Je suis extrêmement drôle, vif comme l'éclair et élégant, et je peux tirer un petit aéroplane avec mes dents. Oh, et je peux être modeste aussi (clin d'œil, clin d'œil). Sérieusement, je suis le dernier de trois enfants et j'ai toujours été le comique de la famille. Je suis plutôt athlétique et aime la nature, le vélo de montagne, les arts martiaux, le lancer de la balle de crosse, le ski, et j'ai une grande envie d'apprendre la planche à neige.

J'aime la musique de toutes sortes et j'aimerais aller à un concert ou faire du karaoké (je fais très bien Whitney Houston) avec la bonne personne. Je suis un grand fan d'animaux, spécialement des chiens. Pas de cabot à la maison en ce moment, mais mon dernier était comme un membre de la famille.

Je sais que ça fait plutôt démodé, mais ce que je cherche, c'est une fille pas loin de chez moi avec un formidable et tordant sens de l'humour, et qui aime autant faire la maligne que moi. J'adore être défié et penser que l'esprit et l'intelligence sont aussi importants que l'apparence de quelqu'un. L'honnêteté, l'ouverture et la sincérité sont aussi des choses importantes pour moi.

OK, alors j'ai écrit plus que je ne pensais le faire et je ne suis pas certain d'avoir transmis ce que je voulais ; donc... que vas-tu faire ?

Ouah. Juste Ouah. Il avait gagné sur tous les plans. Athlétique, intelligent, aimant sa famille, bonne situation professionnelle. Elle ignorait les voix de ses amies lui murmurant les mensonges en ligne et poussa un long et lent soupir.

Qu'*allait*-elle faire ? À part, eh bien, répondre parce que c'était une offre. Ses doigts hésitèrent au-dessus du clavier. Elle les contracta, les assouplit, puis les posa légèrement sur les touches.

Lui dire qu'elle aimait sa fossette semblait trop dragueur ; alors, inclinant la tête tandis que l'inspiration la frappait, elle tapa la deuxième chose qu'elle appréciait.

Trois

* Bonhomme succulent : base de pain d'épice recouverte de crème au beurre, de fromage à la crème et de citron

Bengay, serviettes humides, rubans athlétiques, gants en cuir et sueur durement gagnée. Les odeurs du club de gym et du Krav Maga. Todd Bracken avait entrepris cette forme d'art martial comme faisant partie intégrante de ce qu'il appelait, avec une bonne dose d'ironie, sa renaissance personnelle.

Il ne savait pas exactement quand c'était arrivé mais, après des centaines de kilomètres courus à l'université dans le cadre de son entraînement de crosse, il s'était laissé aller. Pas trop, mais suffisamment pour qu'il l'ait ressenti comme si des lanières de paresse le comprimaient. Le motif était évident. Travail. Des heures et des heures passées à élaborer des solutions informatiques pour la technologie de pointe d'un client du gouvernement.

Non pas qu'il soit paresseux, ou quelque chose comme cela, mais il n'avait jamais trouvé une pizza qu'il n'aimait pas, et cela avait commencé à le ralentir. Le Krav Maga avait beaucoup contribué à sa remise en forme, et progresser vers le deuxième niveau avait été un défi physique intense, un dont il était probablement plus fier qu'il ne l'avait été pour n'importe quoi depuis un moment.

Mais rien de cela n'expliquait pourquoi, le vendredi soir, il se retrouvait assis dans les vestiaires de la salle de gym à la suite de la douche qu'il avait prise après avoir fait travailler tous les muscles en sa possession, à respirer les odeurs de chaussettes sales et des sportifs les plus crasseux au lieu du parfum de la peau d'une femme.

— Salut, Bracken. Tu viens prendre une bière ou un burger, ou quelque chose ?

Todd se frotta le visage avec sa serviette pendant qu'il se décidait. Il avait travaillé tard, même très tard, et il avait l'intention de travailler encore une fois de retour chez lui. Il pourrait sortir pour une bière et un burger ; c'était vendredi soir, après tout, et il avait brûlé assez d'énergie ces deux dernières heures pour pouvoir se permettre de se restaurer.

Mais, pour quelque raison, il voulait juste rentrer chez lui. Il regarda Blake, qui avait jeté son sac de gym sur son épaule et vérifiait s'il n'avait rien laissé dans son vestiaire avant de regarder rapidement la mise en place de ses cheveux. Blake ne l'avait pas facile avec ses cheveux.

Todd secoua la tête.

— Une autre fois, mec ? J'ai... un truc en cours.

Blake fronça un sourcil.

— Par truc, tu veux dire un rendez-vous torride dont tu ne veux pas me parler ?

Avec son lecteur DVD, peut-être. Il était très en retard dans son visionnement des séries *Perdus* et *The Office*. Et admettre qu'il avait planifié de se réfugier près de sa télécommande lui épargnerait sans doute bien des désagréments. Mais Todd était davantage un homme direct qu'une victime. Et Blake avait du mal à laisser son côté compétitif dans la salle de sport.

Blake aimait aussi savoir qu'il s'était réchauffé dans le lit de plus de femmes que le reste des hommes du cours. Non pas que Todd ait beaucoup donné en matière de chaleur dernièrement, mais savoir que Blake passerait la fin de semaine à maintenir sa position de tête donnait à Todd une raison de vivre.

Sans oublier que ce n'était pas lui qui avait eu des brûlures d'estomac intenses à cause d'un bol de soupe *Tom Kha Gai* la semaine dernière au déjeuner, et que Todd aimait prendre le dessus.

— Plus piquant que le Thaï épicé le lendemain matin.

Blake ferma les yeux, frissonna, puis claqua la porte de son vestiaire.

— Ne ramène pas ça sur le tapis. Tu pourrais te ramasser avec un bon coup de pied en marteau aux fesses sinon.

Todd n'était pas inquiet. Son camarade pourrait l'aplatir dans la salle de musculation, mais le corps svelte et les réflexes de Todd gagneraient sur le tapis à chaque fois. Pour aller avec l'esprit de Blake, il utilisa la devise du Krav Maga.

— « Alors, que chacun marche en paix humblement. » Tu ferais peut-être mieux de te taper plus de discipline, mec.

— Ouais. Juste après que je me serai tapé ta sœur.

Todd laissa retomber sa serviette et enfila un tee-shirt propre.

— Je vais lui dire que tu es en chemin. Ça lui laissera le temps de s'épiler le dos.

Cette fois Blake lança une demi-douzaine de noms d'oiseaux.

— Bracken, tu es complètement malade ! Je pense que je t'aime bien.

— Pas sûr si je devrais être inquiet ou flatté.

Todd fit un clin d'œil.

— Je n'ai jamais eu de petit ami avant.

— Sur ce, je fiche le camp d'ici.

— Je dirai à ma sœur d'attendre ton appel, renchérit Todd, récoltant un doigt d'honneur en guise de réponse.

Il grommela et secoua la tête. Blake s'énervait si facilement ; Todd avait un meilleur résultat lorsqu'il le combattait sur le tapis.

Mais Blake était celui qui avait gagné ce soir tandis que Todd rentrait à la maison. Seul. Encore. La maison dans laquelle il avait dépensé trop d'argent, et, maintenant que le marché s'effondrait, il ne récupérerait jamais son investissement même s'il parvenait à vendre.

Il ferma rapidement la porte de son vestiaire et prit son sac de gym, se demandant si travailler au lieu de s'amuser en fin de semaine prouvait qu'il était un garçon ennuyeux. Pourquoi tout à coup ressentait-il la douleur lancinante de son âge au plus profond de lui ?

Il avait besoin de plus que d'une renaissance. Il avait besoin d'une métamorphose extrême. Lui et sa maison aussi.

Le fait qu'il passe prendre une pizza en route fit peu pour soulager l'impression que, renaissance ou pas, Todd n'avait pas fait tous les changements qu'il voulait. Non pas qu'il y ait quelque chose de mal avec la pizza, mais il laissait les choses s'installer, s'abandonnant à la routine.

Il avait besoin de chambouler à nouveau sa vie, de faire ce qu'il aimait le plus, comme courir, pour faire obstacle aux activités auxquelles il venait juste d'échapper, comme passer toute la fin de semaine à tenter de combler son gouffre financier à la place de passer ses journées de congé à bouger.

Alors il s'installa sur le sofa, la télévision allumée avec CNN en fond sonore, son ordinateur portable sur la table basse, et surfa sur le Web pendant qu'il mangeait. Il chercha des associations sportives axées sur la course : 10 kilomètres, 5 kilomètres, tous les kilomètres iraient. Il pourrait en trouver dans le coin. C'est quand il courait qu'il réfléchissait le mieux, prenait des décisions ou faisait des plans. Courir le vidait, ne laissant pas de place pour les facteurs de stress quotidiens qui sinon le minaient.

Il mit dans ses signets des inscriptions pour trois événements et ajouta les délais et dates à son calendrier pour le synchroniser plus tard vers son téléphone. C'était un début, et attendre avec impatience des défis était mieux que l'ennui qui se profilait à l'horizon.

Il était à une demi-seconde d'éteindre son ordinateur portable quand l'annonce d'un courriel sonna. Il lança le compte de son courriel et vit qu'un message entrant était arrivé de Match.com. Intéressant, mais plus vraiment excitant. Il n'avait pas eu beaucoup de chance dans les rencontres en ligne et il s'était lassé.

Mais il n'avait rien de prévu pour la fin de semaine qu'il ne pouvait facilement annuler ; alors pourquoi ne pas terminer son vendredi soir avec une rencontre ? Et peut-être terminer son samedi soir avec un rendez-vous ?

Tu as un merveilleux profil et un plus beau sourire encore.

D'accord, bon. Simple. Bien visé. Il aimait cela. Il était habitué aux doubles sens savamment élaborés au lieu d'une communication honnête. Il ne répondait pas à la plupart. Ce n'était pas pour cette raison qu'il était là. Mais, cette fois-ci… il ne savait pas pourquoi, mais ce message lui parlait, comme si l'expéditeur l'invitait à une conversation, une au cours de laquelle ils pourraient prendre leur temps.

Il cliqua sur son profil. Une femme blanche célibataire, 31 ans, habitant à Bethesda — dans sa zone géographique de recherche — et ayant comme surnom Snowstar. Jusqu'ici tout allait bien. Et jolie photo. Très jolie photo. Il attrapa la dernière pointe de pizza et lut.

Je suis originaire d'une petite ville et j'essaie de percer dans la grande ville. J'ai travaillé dur pour en être où j'en suis financière-ment, émotionnellement et personnellement, et j'aimerais rencon-trer quelqu'un avec le même chemin. J'ai un grand cœur chaleureux et l'esprit ouvert, ainsi qu'une personnalité optimiste, et j'essaie de m'entourer de gens de la même nature. Je suis fière de moi, de mon apparence, de mes qualités et valeurs morales. Je viens d'une magnifique famille où j'ai été élevée au milieu de deux frères remarquables. Je consacre beaucoup d'énergie à toutes mes rela-tions dans la vie, car elles ont toutes besoin d'amour, d'attention, de dévouement, de confiance et de temps.

Je recherche la dernière pièce du casse-tête qui me complètera. Quelqu'un qui partage mes passions, mes intérêts, mon éthique, mes valeurs morales, mais qui a sa propre personnalité. Nous avons tous nos standards, et les miens ne sont assurément pas excessifs, mais je sais ce que je veux et je n'ai jamais prétendu à moins. La vie est trop courte et, à la fin de la journée, je veux juste être heureuse et aimée par mes amis, ma famille et l'Élu. En échange, je lui en donnerai aussitôt autant, voire davantage. :)

Hmm. La dernière ligne du profil le perturba un peu.

La vie est trop courte et, à la fin de la journée, je veux juste être heureuse et aimée par mes amis, ma famille et l'Élu. En échange, je lui en donnerai aussitôt autant, voire davantage. :)

L'Élu ? Est-ce qu'elle faisait référence à une puissance supérieure ou à une âme sœur ? Bien qu'assurément pas athée, il n'était pas complètement dévot ; alors il n'était pas certain de vouloir entrer en relation avec une femme qui était, serait spirituelle. Tout de même, il allait un peu vite. Il n'allait pas juger un livre par sa couverture, ou seulement deux mots charmants.

Alors il répondit, ne nourrissant pas l'espoir qu'il soit sur le point de changer sa vie, mais étant suffisamment optimiste pour saisir les opportunités qui s'ouvraient à lui.

* * *

Le samedi matin s'avéra clair et frais. Michelle évita le café et apporta une bouteille d'eau sur son balcon, passant quelques minutes à regarder le soleil se lever avant de refermer et d'aller courir. Elle aimait ce moment de calme quand la nuit faisait place à la journée, le monde se réveillant à son propre rythme. Toutefois, il fallait bien admettre que sa bonne humeur était modérée ce matin par les trois heures de sommeil qu'elle avait eues à la place des six heures dont elle avait besoin.

À mi-parcours de la porte d'entrée, elle s'arrêta, serrant ses clés dans sa main tout en s'en voulant de se permettre ce délai. Avait-il répondu? Avait-il lu le mot qu'elle lui avait envoyé? Voilà, c'était la raison pour laquelle les rendez-vous arrangés la rendaient folle. Elle avait prévu de courir avant de commencer son samedi; néanmoins, elle était là à se demander si le mystérieux *DieselCat* lui avait répondu.

Cela ne prendrait qu'une minute pour le savoir; elle pouvait vérifier sur son téléphone et évacuer cette pensée. De plus, le savoir libérerait son esprit pendant qu'elle courrait, ce qui, finalement, fut le facteur décisif. Couper court à son activité physique à cause de sa curiosité qui la rongeait n'allait pas arriver. Elle refusait de donner autant de pouvoir à Match.com, ou à un homme qu'elle ne connaissait pas. La décision prise, elle verrouilla la porte et se dirigea vers l'ascenseur, tapant sur l'icône de son courriel sur son téléphone pendant qu'elle attendait qu'il arrive.

Ton profil est encore mieux et ton sourire bat de loin le mien. Je m'appelle Todd, à propos. Ravi de te rencontrer.

Il avait répondu! Il aimait son sourire! Toute guillerette, elle sautilla sur place. Puis, avant qu'elle ne puisse s'en empêcher, elle tapa une réponde rapide.

Salut Todd. Je m'appelle Michelle Snow. Je dois aller courir, mais je serai de retour plus tard dans la matinée. On pourra se parler alors?

Ceci étant fait, elle mit ses écouteurs et inséra son téléphone dans son brassard comme elle programmait l'ascenseur pour le rez-de-chaussée. Elle fit un signe au portier alors qu'elle se pressait vers la sortie, puis se mit à courir, et un sourire, qui semblait aussi large que le monument de Washington était grand, apparut sur ses lèvres.

Todd. Il s'appelait Todd. Et lui, Todd, aimait son sourire.

Après un circuit qui lui fit remonter l'avenue Wisconsin, passer l'hôpital naval américain, puis retourner vers chez elle en empruntant la rue Old Georgetown, Michelle était bien essoufflée, mais pleine d'énergie et prête à rentrer. Elle aurait probablement ajouté quelques kilomètres durant les jours de la semaine pour l'aider à passer son stress quand elle en ressentait, mais au moins elle avait la fin de semaine pour se désintoxiquer. Elle avait pensé à *DieselCat*, à Todd, pendant qu'elle avait couru, mais savoir qu'il était intéressé ménageait bien plus ses nerfs que de se demander s'il l'était.

Bien sûr, maintenant elle était inquiète de la réponse qu'elle avait envoyée. Penserait-il qu'elle le faisait attendre? Qu'elle n'avait déjà pas de temps pour lui? Que sa réponse à son message original était tombée à plat? Elle ne voulait pas qu'il pense cela!

Devant l'immeuble, elle prit une minute pour reprendre son souffle. Elle utilisa la même minute pour consulter ses courriels et, quand elle vit que, oui — Oui! —, il avait répondu, elle courut à l'intérieur, sautillant jusqu'à l'ascenseur, écrasant son téléphone contre sa poitrine. Elle se sentait comme une écolière, frissonnant d'excitation, et était prête à exploser au moment où elle ouvrit la serrure de son appartement et s'appuya à la porte pour lire.

Tu es sortie et affreusement tôt, Michelle Snow. Est-ce que tu distribues les journaux ?

Oh ! celle-là était drôle. Il était drôle, mignon et accessible en voiture.

Le téléphone en main, elle monta sur un tabouret avec sa bouteille d'eau. Elle devait se doucher et se changer avant de retrouver ses parents, mais elle avait quelques minutes d'avance. De plus, son diabolique amour de la compétition signifiait qu'elle ne pouvait résister à le battre à son propre jeu.

Ses doigts hésitèrent, alors que son esprit réfléchissait à une réplique, puis à une autre. Trop timide, elle pourrait le désintéresser. Trop intellectuelle, et elle pourrait l'effrayer. Trouver un juste milieu n'était pas la chose la plus facile qu'elle ait déjà faite, mais elle devait admettre qu'elle n'avait pas eu autant de plaisir depuis des années.

Cela ne mène à rien, songea-t-elle, espérant que son sens de l'humour se déclare et qu'elle ne paraisse pas stupide.

J'ai été une droguée du travail la majeure partie de ma vie, mais non, il n'y a pas de distribution de journaux sur mon C.V. Je me suis déjà occupée de laver les serviettes dans une blanchisserie une fois et je me levais aussi tôt. J'espère que cela ne te déçoit pas ?

Elle apporta le téléphone avec elle dans la salle de bain, retira ses vêtements et ouvrit l'eau de la douche. Juste après avoir jeté son haut dans le panier, sa boîte de réception vibra, et, nue, elle laissa l'eau couler pendant qu'elle lisait.

Est-ce que tu plaisantes ? J'ai toujours voulu une fille qui s'occupe de mes serviettes. Et je ne dirais pas non si elle proposait de faire le reste de mon linge, aussi.

Elle rit. Fort. Et elle était encore frissonnante comme une adolescente quand elle sauta dans la baignoire. Couverte de mousse de savon et de shampooing, elle se frictionna dans un mouvement de va-et-vient, lançant les bulles ça et là et chantant *Surfer Girl* des Beach Boys à tue-tête. Elle chantait fort, et cela ne la dérangeait même pas.

Elle avait l'impression que ce mec surfeur du fin fond de l'Ohio pourrait être celui qui réaliserait ses rêves.

Quatre

∾

Cela aurait pu sembler étrange à ses amies, si elles avaient su, mais l'idée de Michelle d'un samedi après-midi parfait consistait à le passer avec ses parents, et c'était exactement à l'ordre du jour aujourd'hui.

Bien avant la distraction de Todd — Quel était son nom de famille ? Elle n'avait même pas demandé ! —, sa mère et elle s'étaient inscrites à un cours technique pour préparer des cupcakes au magasin Williams-Sonoma dans la galerie marchande de Tysons Corner. Son père, pas du genre à mélanger et à mesurer la préparation, mais un amoureux du résultat final, les rejoindrait pour le déjeuner à Coastal Flats.

Attendant dans la galerie marchande devant la vitrine principale du magasin, Jack Snow fut le premier à la voir arriver. Il retira sa main de la poche de son pantalon gris et la leva pour lui faire signe, donnant un petit coup de coude à sa mère. Son cabas noir et blanc Coach accroché à un bras, Ann prit une minute avant de déplacer son regard des profonds rouille, rouges et jaunes de la décoration automnale avant de faire un signe de la main à Michelle.

— Regarde ça.

Elle pointa l'arrangement sur plusieurs niveaux d'une profusion de citrouilles qui avaient été autrefois bien trapues et oblongues.

— Je n'aurais jamais pensé faire quelque chose d'aussi brillant. Et puis remplir les grosses citrouilles avec de petites calebasses et des pommes sauvages ! C'est très, très brillant.

— C'est « Williams-Sonoma », maman. Être brillant est à la base de tout, ou, dans ce cas, à la base du magasin.

Michelle glissa son bras sous celui de sa mère, respirant le parfum familier de *Beautiful* d'Estée Lauder, avant de se pencher pour embrasser son père sur la joue. Lui, comme toujours, sentait *Old Spice*.

— Est-ce qu'on a le temps de jeter un coup d'œil aux alentours avant la démonstration ? Papa ? Est-ce que tu vas traîner ou faire les magasins comme un homme ?

— L'Apple Store est par là, dit-il en inclinant sa tête dans cette direction. Je peux y rester une heure pendant que vous deux vous apprenez comment me rendre encore plus gros.

Michelle rit, le pinçant sur le côté.

— Vous, Monsieur, êtes tout sauf gros.

— Et, pour cela, ma fille, tu n'as pas à craindre de trouver un morceau de charbon dans ton bas de Noël.

Il jeta un œil vers sa femme qui semblait les ignorer tous les deux.

— Maintenant, sois une gentille fille et persuade ta mère que c'est sans danger de me laisser partir.

— Pourvu que ta carte de crédit reste dans ta poche, lui dit sa femme, lui tapant distraitement sur son épaule, tu peux rester là aussi longtemps que tu le souhaites.

Il secoua sa tête, faisant un clin d'œil à Michelle.

— Et assure-toi que la sienne reste dans son sac.

Michelle devait prendre la défense de sa mère sur ce point.

— Je doute qu'elle et moi ensemble puissions faire les mêmes dommages financiers que toi.

— Ta mère a été traiteur pendant des années. Tu n'as aucune idée des dommages financiers qu'elle a faits dans sa quête d'avoir la casserole parfaite pour chaque occasion, rétorqua-t-il.

Ses yeux pétillaient comme il posait son regard sur la femme qu'il aimait.

— Sans parler de son besoin de posséder chaque épice rare jamais moulue et tout ustensile qui pourrait passer pour un instrument de torture. Je pense qu'elle les accumule juste pour me tenir en dehors de la cuisine.

Comme sa mère hochait la tête d'un air résigné, Michelle se tourna et donna un petit coup sur l'épaule de son père.

— Crois-le ou non, je l'ai vue en utiliser la plupart, mais je le promets. Pas d'ustensiles ou d'épices, ou de casseroles en forme de citrouilles…

— À moins que je paie en liquide, ajouta sa mère en l'interrompant. Et n'oublions pas. Ton père n'est jamais tombé sur un produit « i » dont il ne pouvait se passer. Si quelqu'un est responsable de ruiner la famille…

Il n'existait rien au monde que Michelle aimait plus que de regarder son père et sa mère se taquiner l'un et l'autre. Leurs accusations et menaces étaient sur le ton de la plaisanterie et témoignaient d'une relation solide. Si elle se laissait porter par son côté sentimental, elle devrait admettre que regarder sa mère déposer un rapide baiser sur la joue de son père et son père répondre par un chaleureux sourire était toujours la plus douce des choses.

Mais elle n'allait admettre ce genre de chose à personne d'autre qu'elle-même. Et elle n'allait certainement pas admettre que voir ses parents ensemble poussait sa bulle d'espoir à décoller encore davantage. Encore plus que la pâtisserie dont elle rêvait, elle voulait ce qu'ils avaient, un partenariat qui durerait toute la vie.

— Prête ? demanda sa mère, ramenant Michelle dans le présent comme elle se dirigeait vers l'entrée du magasin.

Michelle suivit.

— Je suis prête à manger le produit fini.

— Tu es aussi terrible que ton père.

— Un estomac satisfait signifie une Michelle satisfaite.

— Je me reprends. Tu es pire que ton père.

Humant l'appétissant arôme de quelque levain et d'ail que l'on cuisinait à l'intérieur, Michelle dit :

— Si par « pire » tu veux dire que je partage son amour pour la bonne nourriture, alors oui. Je suis assurément pire que mon père.

Leurs pas étouffés par les chaleureux planchers de bois, elles contournèrent un employé dynamique vêtu d'un tablier vert, l'écoutant demander à un autre client :

— Saviez-vous que si vous roulez un citron sur votre plan de travail avant de le trancher, cela en libère les essences ?

— Je le savais, oui, chuchota Michelle fièrement. Mais je parierais que tu n'as jamais essayé toi-même.

— Michelle Elizabeth ! Attention à ton comportement !

Bien qu'elle acquiesçât en signe d'obéissance, Michelle savait que sa mère était sur le point de rire à gorge déployée face à ses bêtises. Et, tandis qu'elles parcouraient le magasin, elle se mit à craindre d'avoir autant de mal que sa mère à garder sa carte de crédit dans son sac. Son manque flagrant d'espace pour entreposer les objets qu'elle convoitait le plus était tout ce qui l'empêchait de sortir la carte en plastique à plusieurs reprises.

Le moulin à café en acier inoxydable prenait trop de place sur le comptoir ; alors elle achetait ses grains au marché et les moulait sur place. Elle n'avait pas vraiment besoin de coordonner ses gants à four et ses essuie-mains à la saison, si bien qu'elle gardait ses linges de maison.

Les motifs des bols, des spatules et des mélanges à muffins rétro étaient mignons, mais elle préférait cuisiner à partir de rien et elle avait presque autant d'ustensiles que sa mère. Et, peu importe sa convoitise pour les batteries de cuisine Le Creuset, ces articles ne rentraient pas plus dans son budget que ne l'étaient les accessoires coûteux qu'elle devrait acheter pour sa pâtisserie.

Elle jeta un coup d'œil pendant que sa mère caressait une spatule à lasagne.

— Tu penserais que je suis folle si je disais que je voudrais ouvrir une pâtisserie ?

Scrutant par-dessus les montures noires de ses lunettes, la mère de Michelle lui adressa un regard interrogateur.

— Penserais-je que tu es folle si tu le disais ou si tu le faisais?

— L'un ou l'autre, j'imagine.

Elle leva les bras pour écarter ses cheveux de son visage.

— Je suis juste prête à travailler et respirer le sucre chaud et la vanille à la place de tout le désespoir et la colère qui empestent le bureau.

— Il y a une raison pour laquelle j'ai passé la plupart de ma vie dans une cuisine, dit sa mère, faisant des gestes avec la spatule avant de la déposer en haut des autres dans le tonneau.

Michelle prit un minuscule bol en silicone et le serra.

— Parce qu'à la fin de la journée, tu avais quelque chose à montrer fait de ton sang, ta sueur et tes larmes?

— J'ai versé quelques larmes, principalement à cause des oignons, mais oui. Le dur labeur déversé dans une sauce béchamel était toujours plus gratifiant que celui versé dans les tâches administratives. Non pas parce que je n'avais pas beaucoup de comptabilité à faire, mais parce qu'une grande partie était transférée à mon comptable.

— Alors, tu ne penserais pas que je suis folle? demanda Michelle.

Elles approchaient alors de l'arrière du magasin où la foule inscrite s'était rassemblée pour le cours de pâtisserie.

Autre regard perçant au-dessus de ses lunettes.

— Je penserais que tu es folle si tu ne poursuivais pas ton rêve.

— Je ne sais pas si j'appellerais ça un rêve...

— Moi, oui.

Sa mère s'avança dans une allée sur le côté et la tira.

— Je t'ai regardée en cuisine, Michelle. Je ne sais pas si je t'ai transmis un peu des gênes de Julia Child ou si cuisiner est juste quelque chose qui te procure du plaisir, mais j'ai vu ton visage quand tu goûtes les plats que tu as créés. Tu aimes être en cuisine autant que moi, et je parierais que tu préfères ça au marketing.

Ces temps-ci, même distribuer les journaux — et ces pensées firent dériver son esprit vers Todd — semblait mieux que le marketing, et elle se demanda pour la première fois, depuis qu'elle avait retrouvé ses parents, s'il avait répondu à son dernier courriel. Non pas qu'elle aille s'arrêter maintenant et regarder...

— Je ne sais pas, dit-elle, pas même certaine de ce qu'elle voulait dire.

Qu'elle ne savait rien de Todd? Qu'elle ne savait pas si elle aimait plus cuisiner que le marketing? Qu'elle ne savait pas si elle était folle de vouloir démarrer son entreprise?

— Qu'est-ce qui t'arrête?

Son regard passa de la nuée blond platine des cheveux de sa mère à une table exposant les emporte-pièces pour biscuits de la saison passée avec les mélanges pour les fêtes. L'ancien et le nouveau réunis. Est-ce que ses 10 ans de marketing lui donneraient le niveau requis pour réussir dans le jeu compétitif de la pâtisserie?

Peut-être, mais elle savait que le plus gros obstacle qui l'arrêtait était la peur d'abandonner la sécurité pour rien.

— Le fait que j'aie un très bon travail qui me prend déjà 50 heures par semaine? Et puis, il y a l'argent, la situation économique, l'incertitude.

Sa mère leva un doigt pour attirer son attention.

— «Personne n'a jamais fait faillite en sous-estimant le goût du public américain.»

— Merci maman, dit-elle, riant doucement. Mais, malgré tout, je ne pense pas que l'auteur de cette citation faisait référence aux gâteaux.

Elles passèrent l'heure suivante à écouter l'instructrice expliquer comment mesurer des liquides et des solides, comment ordonner l'ajout d'ingrédients et mélanger pour une meilleure texture, comment ajuster le temps de cuisson et la température en fonction de l'impact de l'humidité et de l'altitude.

Elles regardèrent comment elle appliquait le glaçage à la poche pour former de petits dômes parfaits, comment elle concoctait des vagues avec des bordures bien nettes, serrant la poche pour faire de minuscules points qui entouraient la surface d'une onctueuse ganache. Tout cela fut alors suivi de copeaux de noix de coco et de sucre cristallisé avec des pépites de chocolat. Finalement, ce fut le moment de déguster.

Michelle soupira de plaisir. Planter sa bouche dans le produit fini était comme prendre une bouchée de rêve. Une bouchée d'un magnifique et divin mélange de saveurs, d'un gâteau moelleux au glaçage riche avec de la mousse au milieu, mais aussi de son rêve, de sa pâtisserie.

De son avenir.

Pourquoi, quand elle était entourée de choses qu'elle aimait, de personnes qu'elle aimait, pouvait-elle voir tout cela si clairement?

Elle n'était pas de celles à prendre cette promenade pour un signe, mais, avec l'encouragement de sa mère en plus des courriels aguicheurs avec Todd, elle ne pouvait nier qu'elle était de meilleure humeur qu'elle ne l'avait été depuis un moment.

Peut-être qu'il était temps de travailler à un plan d'affaires, voir si elle pouvait gérer une telle aventure ou si ce premier pas la jetterait directement dans l'arène et qu'elle serait largement dépassée. Todd serait-il là pour lui insuffler des forces si cela arrivait ? Meilleure question : pourquoi elle se précipitait ? Ils ne s'étaient même pas encore rencontrés !

Juste devant l'entrée de Williams-Sonoma, après le cours, Michelle se tourna vers sa mère et, avant qu'elles ne partent pour l'Apple Store afin de retrouver son père, lâcha la question qui la taraudait depuis des semaines.

— As-tu déjà pensé à ce que ta vie aurait été si tu avais épousé quelqu'un d'autre que papa ? Ou si tu ne t'étais jamais mariée ?

Sa mère fronça les sourcils comme si le changement de sujet passant des gâteaux au mariage la faisait s'interroger sur la santé mentale de Michelle.

— Pourquoi aurais-je épousé quelqu'un d'autre que ton père ? J'aime ton père.

— Je sais ça. Je veux juste dire…

Elle jeta un œil par-dessus l'épaule de sa mère, vers la vitrine du magasin et la profusion de citrouilles, cherchant les mots qui s'étaient soudainement volatilisés.

— Si tu avais rencontré quelqu'un d'autre en premier et que tu l'avais épousé à sa place.

— J'ai effectivement rencontré quelqu'un d'autre d'abord. J'en ai rencontré quelques-uns avant lui. Ton père s'est trouvé être le seul qui m'a séduite, dit sa mère, regardant la galerie marchande comme si elle attendait que son prince charmant apparaisse. Et que je voulais séduire en retour.

— Alors il t'a complétée, dit Michelle.

Ceci capta l'attention de sa mère.

— S'il m'a complétée ? Pourquoi est-ce que tu cites des films, Michelle ?

C'était une trop longue histoire, et pas une dont elle voulait parler…, à moins qu'elle veuille. Peut-être que sa mère pourrait dissiper les doutes qui tourmentaient Michelle depuis des semaines.

— J'ai eu les filles pour un brunch le mois dernier. Nous nous sommes mises à parler des hommes, des rendez-vous arrangés, des relations et de *Jerry Maguire*.

Marchant, sa mère conduisit Michelle vers un banc à l'écart de la foule du centre commercial.

— Et elles t'ont convaincue que tu avais besoin de quelqu'un pour te compléter ?

— Pas du tout.

Michelle secoua la tête, serrant son sac sur ses genoux comme elle s'assoyait.

— En fait, je leur ai dit que je n'en avais pas besoin. Que j'étais heureuse, totalement satisfaite.

Sa mère prit son temps pour répondre, comme si elle voulait que Michelle cherche la vérité dans ce qu'elle disait, puis finit par demander :

— Mais maintenant tu en doutes ?

Douter ? Était-ce la même chose que se demander ? Ou y avait-il quelque chose d'autre dont elle doutait ? Peut-être que ce n'était pas le fait d'être heureuse et satisfaite, mais d'être seule qui l'agaçait. Et cela lui tapait sur les nerfs plus que tout. Elle ne voulait pas que le désir d'un partenaire nuise à sa vie.

Elle croisa ses chevilles et fixa le rose tendre du vernis sur ses orteils qui dépassaient de ses sandales.

— As-tu déjà pensé que tu pourrais passer ta vie seule ? Que tu ne trouverais jamais quelqu'un en qui tu aurais assez confiance pour te marier ?

— Avoir confiance ? Pas être amoureuse ?

— D'accord, être amoureuse, dit Michelle, balayant d'un geste son erreur et ignorant le dard dans la question de sa mère.

Son approche des relations était-elle complètement faussée ?

— Tu vois ce que je veux dire.

Sa mère la regarda d'un air perplexe.

— Est-ce le fait que tu sois encore célibataire ? Parce que si c'est ça…

Elle s'arrêta, se rapprocha de la main de Michelle la plus proche et la tint, frottant son pouce sur ses phalanges.

— Je sais comment cela a été difficile pour toi à l'université. Je sais ce qui t'a découragée des relations…

Michelle secoua la tête pour l'interrompre.

— Je ne suis pas certaine que ce soit ça.

— Moi oui, dit sa mère.

Elle caressa la main de Michelle avant de la laisser et de se lever quand son père apparut devant l'Apple store et qu'il s'arrêta pour les chercher.

— Peut-être pas consciemment, mais il n'existe pas de façon pour une femme de subir une trahison comme celle-là sans se montrer méfiante par la suite.

Avalant une vague d'émotion oppressante venue de nulle part, elle demanda :

— Tu penses que j'ai été méfiante pendant 10 ans ?

— Je pense que tu as travaillé d'arrache-pied pendant 10 ans, te tenant trop occupée pour avoir une relation, mais oui.

Sa mère marcha devant elle, parlant doucement, dissimulant leur conversation à son père.

— Je pense que tu as placé toutes les personnes que tu as rencontrées devant ce miroir du passé, cherchant quelque chose qui te dirait qu'ils ne te tromperaient pas.

Elle ne savait pas quoi dire. Cette trahison faisait partie du passé, et depuis elle avait avancé dans sa vie. Du moins, elle pensait l'avoir fait... Mais sa mère avait-elle raison ? Avait-elle vu des choses que Michelle ne pouvait pas voir elle-même ?

— Quand tu rencontreras l'homme qu'il te faut, tu n'auras plus besoin du miroir, continua-t-elle.

Elle laissa Michelle comprendre qu'elle n'aurait jamais besoin d'un thérapeute avec Anne Snow comme mère.

* * *

Tôt dans la matinée, Todd posa les outils dont il aurait besoin pour remplacer l'encadrement de la porte de derrière par des solins. Le bois était déformé, et aucun coupe-froid ne serait d'une bonne étanchéité. Le temps vif de l'automne arrivait, et, autant il aimait courir dans le froid, autant il ne voulait pas y dormir. La porte devait partir.

Près des outils qu'il avait alignés sur le foyer du salon, il avait placé son iPhone, mais pas pour l'application « Bricolage iHandy ». Il réfléchissait encore à une réponse au dernier message que Michelle avait envoyé. Et, si elle lui écrivait de nouveau avant qu'il ne réponde, eh bien, il voulait que le téléphone soit à proximité.

Les serviettes. Il l'avait taquinée au sujet des serviettes. Comme s'il cherchait une bonne, ou quelque chose du genre. Il avait appuyé son épaule contre la porte puis enserré sa main autour de la poignée, et il avait utilisé tout son poids pour réussir à l'ouvrir... et il avait ressenti une vive douleur tout le long de son bras.

Il l'avait mérité. Aussitôt qu'il avait cliqué sur « envoyer message », il avait souhaité pouvoir le retirer immédiatement. Il avait transpiré à travers son tee-shirt en attendant qu'elle réponde et ne pouvait rejeter toute la faute sur l'effort requis pour défaire le revêtement autour de l'encadrement de la porte.

Une grande partie de sa sueur était due au fait qu'il pensait avoir gâché une bonne chose en ne faisait rien qu'être lui-même. Il n'y avait pas de façon d'être certain qu'une personnalité corresponde à un profil en ligne, même quand les mots étaient choisis avec la meilleure des intentions. Hmm. Il ferait mieux de se souvenir du soin qu'il avait pris alors. Cela aurait rendu sa matinée — et l'attente de la réponse — plus facile à supporter.

La réponse était arrivée juste à temps. Sa porte n'aurait pas supporté plus de mauvais traitements. Et il n'avait pas arrêté de sourire depuis qu'il avait lu ses mots.

Il existe des blanchisseuses pour cela. Elles font bien ça et n'atten-
dent pas autre chose que de l'argent en échange. Crois-moi. Cela
vaut l'investissement. De plus, il n'y a aucun mélange risqué entre
les affaires et le plaisir, ou les couleurs avec le blanc. Mais si c'est
une blanchisseuse que tu veux…

Ce qu'il avait voulu alors, et voulait encore maintenant, c'était rencontrer cette femme. Et pas parce qu'il voulait qu'elle lave ses vêtements. Sa séduction était intelligente. Profonde. Pas timorée ou vulgaire. Il avait aimé les deux dans le passé, mais il n'en était plus là maintenant. Alors, pendant qu'il grattait la peinture sèche sur les charnières de la porte avec son grattoir, il pesa le pour et le contre sur ce qu'il fallait dire.

Il ne voulait pas l'effrayer plus qu'il ne l'avait déjà fait, mais il était ce qu'il était, et son sens de l'humour s'était perfectionné durant les moments difficiles de son enfance. Cela avait été la seule chose qu'il avait été capable de donner à sa mère après qu'elle et son père eurent divorcé, et, étant le plus jeune de la fratrie, il était déjà connu comme un clown.

Les années avaient passé, et il avait grandi en utilisant ce trait de caractère comme une défense ; mieux que les poings, pensait-il, et mieux que s'enfuir. Mais il savait, aussi, que ce n'était pas tout le monde qui comprenait ses plaisanteries ou le sarcasme avec lequel la plupart étaient livrées. Cela faisait qu'apprendre à connaître une femme par l'entremise des courriels n'était pas terrible.

Une chose était certaine. Il n'allait pas donner à Michelle Snow une raison de penser qu'il était n'importe qui sauf Todd Bracken. Et, autant il voulait s'en sortir par rapport à la manière dont il voyait le monde autour de lui, autant il privilégiait l'honnêteté parmi le reste de ses exceptionnels et hautement séduisants traits de caractère.

Alors, il songea qu'avec une bonne dose d'autodérision, et tout en étant modeste, il pourrait aussi bien lui dire exactement ce qu'il avait à l'esprit. Laissant la porte pour un instant, il jeta le grattoir dans sa boîte à outils et attrapa son téléphone. Il s'assit sur le bord de la cheminée tandis qu'il écrivait.

Les courriels sont bien pour les affaires. Rendons ceci plus personnel. On se retrouve pour boire un verre un soir de cette semaine ? Tu choisis l'endroit, et je viendrai à toi. Fais-moi juste savoir quand et où.

Cinq

* Oh-Jackie! : base de chocolat recouverte
de crème au beurre aux amandes

«Mon ami Gabi» était un bistrot français classique spécialisé dans les crêpes, les quiches, la soupe à l'oignon française, et d'autres spécialités semblables. Michelle était si nerveuse qu'elle doutait être capable de tenir plus qu'un verre de Riesling, en supposant qu'elle atteigne le restaurant.

Bien qu'elle ait dit à Todd qu'elle viendrait directement du bureau, elle s'était précipitée d'abord chez elle et avait changé de vêtements. Une prérogative féminine, n'est-ce pas? Pour apparaître le plus à son avantage au premier rendez-vous?

Cela n'avait pas été difficile de décider quoi porter. Un bistrot français, du vin et un homme avec une fossette à en mourir exigeaient une petite robe noire toute simple. Elle en avait une parfaite et la gardait pour les occasions spéciales.

Rencontrer Todd était considéré comme spécial de tellement de manières qu'elle en avait perdu le fil. La pression avait engendré un important trac lié à la performance. Ses nerfs n'avaient jamais été ses amis, mais ce soir ils s'étaient ligués pour faire d'elle l'objet de leurs plaisanteries.

Parce qu'il lui manquait une des boucles d'oreilles qu'elle voulait porter, elle avait dû prendre par défaut ses deuxièmes favorites. Elle avait découvert une éraflure sur le talon de sa chaussure gauche, mais elle était déjà à mi-chemin du hall de son immeuble et passablement en retard. Le vent, alors qu'elle marchait, emmêlait sa frange et fouettait sa queue de cheval comme une crinière dans son cou. Elle aurait besoin de filer dans les toilettes des femmes et faire des retouches, dès qu'elle arriverait au restaurant, et espérait qu'elle pourrait y parvenir sans être vue.

Des petites catastrophes, c'est vrai, mais, dans l'ensemble, suffisantes pour la tenter de retourner chez elle. À la place, elle prit son téléphone. Bien que sa mère ignorât qu'elle sortait pour un rendez-vous, elle tenta de l'appeler d'abord, ayant besoin de quelqu'un pour la calmer. Ou, mieux encore, de quelqu'un pour la dissuader d'aller à cette soirée qui lui avait paru une si bonne idée quand elle avait dit à Todd l'heure et le lieu qu'il avait demandés.

Quand son appel bascula sur la boîte vocale, elle raccrocha et tenta la prochaine personne sur sa liste, quelqu'un qui savait ce qu'elle s'apprêtait à faire et qui ne la laisserait pas renoncer. Ou qui la tuerait si elle le faisait.

— Oh, Christina, qu'est-ce que je suis en train de faire ?

Michelle voulait faire disparaître le stress qu'elle savait plisser son front. Une première impression fort disgracieuse à offrir.

— Je ne suis pas faite pour ces trucs de rendez-vous en ligne.

Christina soupira bruyamment dans son oreille.

— Reprends-toi et amuse-toi, Michelle. Tu mérites davantage dans ta vie que passer 10 heures au bureau par jour.

— Peut-être, mais ce n'est pas mon idée de passer du bon temps.

— Où es-tu ?

Elle écarta sa main de son visage et leva les yeux.

— En bas de la rue du restaurant.

— Tu n'es même pas entrée et tu te plains de ne pas t'amuser ? Grand Dieu, Michelle ! Appelle-moi après que tu l'auras rencontré. File discrètement aux toilettes des femmes s'il le faut. Si c'est un raté, je te paierai ton voyage en ville pour la fin de semaine.

— Tu viens ici, tu te souviens ? Si nous n'avions pas de billets pour l'orchestre symphonique demain soir, je reviendrais là-dessus.

Et elle était en train d'envisager de le faire quand son téléphone bipa dans son oreille. Heureusement, sa mère la rappelait.

— J'ai un autre appel, je dois te laisser.

— D'accord, mais demain je veux avoir des détails.

Ce n'était pas une promesse que Michelle était prête à faire. Si la soirée était un désastre, elle voulait que personne dans leur cercle d'amis communs ne le sache.

— À plus tard, Chris, dit-elle, en la quittant pour prendre l'appel entrant.

— Allo ?

— C'est Todd.

— Salut, dit-elle.

D'un coup, le monde s'arrêta de tourner et se figea.

C'était la première fois qu'elle entendait sa voix, et tout ce qu'elle pouvait faire était de rester là, le vent balayant sa frange, la foule sur le trottoir se séparant comme la mer Rouge et se répandant autour d'elle. Ils avaient échangé leur numéro au cas où il y aurait un problème. Aucun ne voulait que l'autre pense qu'il lui avait posé un lapin. Il y avait un peu du Midwest dans le ton de sa voix, et il semblait aussi décontracté que ses courriels.

Un frisson la parcourut, et, se demandant ce qui n'allait pas, elle répéta :

— Salut. Tout va bien ?

— Je suis en train de me garer, dit-il.

Elle distingua son moteur vrombissant en arrière-fond.

— J'aurai à peu près cinq minutes de retard.

Ça fera deux. Elle se remit à marcher, car il lui semblait qu'elle pourrait atteindre les toilettes des femmes avant qu'il n'entre. Du moins elle le pourrait si elle se dépêchait au lieu de rester plantée là comme un réverbère.

Elle se pressa, ses talons claquant comme des claquettes sur le béton, ne sachant pas trop quoi dire d'autre. Il l'avait appelée juste pour lui dire qu'il avait cinq minutes de retard. Cinq minutes. Qui était assez gentil pour faire ça ? Manifestement pas elle, car elle allait être tout aussi en retard et ne s'était pas souciée de le lui faire savoir.

Bel échec pour un rendez-vous. Elle était comme ça.

— On se retrouve dans une minute, alors. Je porte une robe noire. Et une queue de cheval.

— Superbe, j'ai hâte. Oh, et je serai le type avec un tee-shirt blanc et le hula hoop, dit-il avant de raccrocher.

Le temps qu'elle passe la porte d'entrée du bistrot, ses nerfs étaient en pelote. Un hula hoop? Où voulait-il en venir avec ce truc? Dieu merci, il avait raccroché très rapidement. Elle avait été trop crispée ne serait-ce que pour penser à rire; comment diable allait-elle réussir à paraître décontractée et sereine quand elle était tendue comme un élastique?

Elle vérifia ses cheveux, son rouge à lèvres, la ligne de sa robe, ses yeux pour les traces de mascara, son haleine. Quand il ne resta plus rien à vérifier, elle inspira profondément et se dit de foncer et d'y aller franchement. Plus vite elle surmonterait cette première rencontre, plus vite son cœur arrêterait de marteler, son estomac de se nouer et sa tête de tourner en rond comme le hula hoop.

Plus de cinq minutes avaient passé depuis qu'elle était dans les toilettes des femmes, car, à l'instant où elle entra dans la salle du restaurant, elle le vit. Il était là, à une table intime pour deux, guettant son arrivée. L'estomac noué ou pas, c'était fait. Il n'y avait pas de marche arrière possible; alors, affichant un de ses plus beaux sourires, elle se dirigea vers lui.

Il se leva tandis qu'elle avançait dans sa direction. Il apparut comme un homme à l'aise qui se levait de sa chaise dans un mouvement fluide et sans maladresse, un homme confiant et sûr. Il était grand. Pas trop, juste parfait pour elle, et il était mince et portait bien le style décontracté. Jeans classiques et mocassins. Une chemise oxford à col boutonné d'un doux ivoire rentrée dans le pantalon. Il fallut un temps excessivement long à Michelle avant de lever son regard de ses pantalons vers son visage.

Il attendait quand finalement elle le regarda.

— Salut. C'est moi, Todd.

Oh. Oh. Mon Dieu. Il était mignon, pas l'effrayant monstre qu'elle craignait qu'il soit finalement, mais mignon. Comme dans *vraiment* mignon. Comme dans plus mignon que sa photo où il était déjà mignon. Ses cheveux ébouriffés de façon désinvolte, ses yeux étincelants, sa fossette en forme de croissant sur sa joue quand il souriait et son sourire étaient simplement magnifiques.

— Et moi, Michelle, dit-elle.

Elle se rapprocha pour une accolade. Il passa ses bras autour d'elle, et elle ferma les yeux. Elle ne voulait pas que ça s'arrête. Il sentait bon. Il était superbe, les mains dans le creux de ses reins, possessives, fermes, lui faisant imaginer les avoir là contre sa peau… une pensée qu'elle réserva pour un moment plus approprié.

Puis, finalement, mais avec une réticence qu'elle savait ne pas être la seule à ressentir, elle recula. Todd, affichant un large sourire, se déplaça pour tirer sa chaise.

— Merci, dit-elle.

Elle déposa son sac à main sur la table et le tint comme si elle avait besoin d'un point d'ancrage. Elle allait partir à la dérive, elle le savait. Les gens flottent dans les rêves, et ceci devait être un rêve. Il était trop séduisant pour qu'il en soit autrement.

— J'espère que tu n'as pas eu de problème à trouver le restaurant.

— Le GPS est le meilleur ami de l'homme, dit-il comme il s'assoyait, faisant signe en même temps à leur serveur.

— Tu veux boire quelque chose ? Café ? Lait ? Thé ? Rhum-Coca ?

Du lait ? Lui avait-il vraiment demandé si elle voulait du lait ? Ridicule, oui, mais le brise-glace semblait fonctionner. Elle inspira pour relaxer ses poumons qui en avaient désespérément besoin, puis décida que se détendre un peu plus ne ferait pas de tort.

— Un verre de riesling ?

Il transmit sa commande à leur serveur alors que le jeune homme s'arrêtait, puis se cala sur sa chaise, une jambe posée sur le genou opposé. Parcourant du doigt le bord de son verre à cocktail, il l'étudiait par-dessous ses sourcils bien dessinés. Ses yeux avaient le bleu du ciel californien, son sourire était celui chaud et ensoleillé d'un garçon de plage, ce qui, l'espérait-elle, présageait d'une parfaite soirée à venir.

— Alors, dit-il tandis qu'il continuait à l'examiner. Nous y voilà. Snowstar et DieselCat enfin réunis.

Tenir son sac aidait, car son verre tardait à arriver et que ses mains tremblantes risquaient de trahir le tsunami de ses nerfs. Son estomac était complètement noué tant elle ressentait un accès d'émotions allant dans tous les sens. Comment pouvait-il sembler si décontracté quand elle se sentait totalement anéantie ?

Faisant des pieds et des mains pour se calmer, elle leva le menton, révélant les charmes féminins de son visage.

— J'espère que tu n'es pas déçu.

— Tu plaisantes ?

Il lâcha son verre et s'avança sur son siège, ses avant-bras croisés et posés sur la table tandis qu'il se penchait autant qu'il le pouvait vers elle.

— Je suis enchanté. Et, à présent, très content d'avoir décidé de ne pas apporter mon linge.

Elle rit, et il sourit comme si cela le remplissait de joie.

— J'ai vraiment du mal à imaginer une superbe femme comme toi en blanchisseuse.

Elle baissa les yeux, la chaleur se glissant sur ses joues. Enchanté. Quel merveilleux mot!

— C'était il y a longtemps.

— Et il y a une histoire derrière tout ça?

— Il y en a une.

Et la raconter détendrait au moins sa voix.

— Comme je m'étais promis de ne pas me laisser embourber dans les dettes, pendant un temps j'ai eu deux emplois. Le salaire du club de sport allait directement dans des économies pour le paiement de la mise de fonds de mon appartement.

Il hocha la tête, admiratif.

— Alors, tu vis dans la région de Washington depuis un moment?

— La plus grande partie de ma vie, oui.

Elle lâcha son sac, croisa ses jambes, et posa ses mains sur ses genoux.

— J'ai grandi en Pennsylvanie, mais le travail de mon père nous a amenés ici quand j'avais 13 ans. J'y suis toujours depuis.

— Qu'est-ce qu'il fait?

— Il est architecte.

Et, plutôt que d'entrer dans l'histoire des affaires de sa famille, elle changea de sujet puisqu'il aurait sans aucun doute demandé à en savoir davantage.

— Et ma mère a eu son propre commerce de traiteur pendant des années. Elle est retraitée maintenant, mais on ne le devinerait pas. C'est comme si tous les petits déjeuners, les déjeuners et les dîners étaient des occasions spéciales. Oh, et les anniversaires. Ses célébrations les rendent tellement inoubliables.

— Quand j'avais 10 ou 11 ans, continua Michelle, ne sachant trop si elle divaguait, mais trop absorbée pour ne pas partager son souvenir, elle m'a organisé un goûter anglais. J'aimais la princesse Diana, et maman le savait ; alors elle a envoyé de chics invitations, servi du thé chaud et du cacao, des sandwiches et des petits pains au lait à 10 petites filles, et, bien entendu, dans sa plus belle porcelaine. J'avais le chapeau, le foulard, les bijoux et les chaussures, comme si j'étais la reine du jour. Ce que j'étais, j'imagine. C'était génial.

— Ça paraît très amusant, dit-il.

Ses yeux se mirent à pétiller quand il ajouta :

— Et tout ça est bon à savoir. Je pense que j'ai besoin d'une cuisinière autant que d'une blanchisseuse. En plus, mon anniversaire approche.

Sa taquinerie la mit à l'aise, et elle lui adressa un sourire sournois.

— Tu vas un peu trop vite en besogne, tu ne trouves pas ?

Il but une gorgée, reposa son verre sur la table et appuya son menton sur la paume de sa main.

— Tu dis qu'elle est à la retraite. Je pourrais tenter ma chance.

— Crois-moi. Entre moi, mon père, mes deux frères et ma future belle-sœur, ma mère a du pain sur la planche. Et à cette époque de l'année ! Avec toutes les vacances qui approchent ! Sa cuisine est sens dessus dessous. Tu ne peux pas imaginer le dîner de Thanksgiving qu'elle sert ni la table qu'elle dresse. Martha Stewart pourrait en tirer des leçons. Sérieusement.

Puis elle s'arrêta parce que cette fois elle était certaine de divaguer. C'était juste difficile de ne pas continuer encore et encore à parler de sa famille, et puisque son profil lui avait laissé l'impression qu'il était également proche de la sienne…

Elle frotta un doigt dans un mouvement de va-et-vient sur la nappe, rassemblant son courage pour croiser son regard.

— Désolée, je ne voulais pas monopoliser la conversation.

Il secoua la tête.

— Il n'y a rien à excuser. J'ai apprécié chaque mot. Mais, maintenant, j'attends une invitation.

— Une invitation? demanda-t-elle, fronçant les sourcils.

— Pour Thanksgiving, dit-il, comme si c'était évident.

Le plus drôle? Il ignorait totalement que sa mère dressait toujours des assiettes en plus sur la table pour des invités inattendus mais bienvenus, et, si les choses se passaient convenablement, eh bien, il pourrait certes obtenir ce qu'il avait demandé.

À la place de lui dire tout ceci, néanmoins, elle se permit un sourire réservé et se contenta de dire :

— Nous verrons.

Il acquiesça, sans rien dire. Il ne détourna pas les yeux non plus. Autour d'eux, les clients discutaient, un chariot de vins cliquetait et les serveurs dansaient avec les portes de la cuisine, portant les plateaux bien haut tout en marchant lestement et tournoyant.

Michelle laissa son regard s'égarer vers la décoration des murs, la carte des vins et les spécialités en caractère doré sur les miroirs craquelés. Les luminaires suspendus vers le bas, le bois massif et foncé, le sol carrelé, tout était conçu pour créer une ambiance intimement parisienne.

Son humeur avait déjà changé si souvent ce soir qu'elle doutait qu'à ce stade un calmant sur ordonnance lui fasse du bien. Dépourvue, elle saisit le vin que le serveur avait laissé sur la table quelques instants auparavant et but.

Todd but également, puis demanda :

— Est-ce que tu es restée dans la région pour tes études ?

Son profil mentionnait son diplôme ; ce n'était donc pas comme s'il essayait de savoir si elle en avait un. Reposant son verre sur la table, la douceur du vin enveloppant sa langue, elle dit :

— Université George Mason. J'ai été diplômée en marketing avec une spécialité en publicité.

— Et c'est ce que tu fais maintenant ?

Elle donna le nom de la société pour laquelle elle travaillait et vit la reconnaissance à laquelle elle s'attendait. Ce serait difficile de vivre et travailler à Washington et de ne pas la connaître.

— Je suis là depuis 10 ans et j'ai été nommée directrice du marketing en mars.

— Félicitations.

Il s'interrompit, acquiesçant comme s'il était en réflexion, puis demanda :

— Et j'imagine que tout le monde là-bas s'occupe de son propre linge ?

— Pour autant que je le sache, oui, dit-elle.

Elle appréciait la plaisanterie persistante, mais elle leva le pied.

Elle avait terminé de parler d'elle.

— À ton tour. Je sais que tu es de l'Ohio et que ne pas être au bord de la mer ne t'a pas empêché de vouloir surfer.

— Je le voulais plus que tout, dit-il, la passion brillant dans ses yeux.

— J'aurais vendu mon bâton de crosse pour une planche de surf en un rien de temps.

— La crosse ?

Il avait mentionné y jouer dans son profil. Elle se demandait s'il pratiquait encore. Il était finement musclé, pas trop comme s'il passait des heures à soulever des poids.

— C'est pour ça que tu es en si bonne forme ?

Il serra ses poings ensemble devant sa poitrine et en fit jouer les muscles d'un air mutin, à la Hans et Franz[1].

— Merci de l'avoir remarqué, mais non, dit-il, en se calant sur son siège.

— Je n'ai pas joué à la crosse depuis des années. J'ai repris le Krav Maga il y a quelque temps.

— Désolée, le Krav Maga ? demanda-t-elle distraitement.

Elle avait senti ses mains quand il l'avait serrée dans ses bras et elle les avait regardées alors qu'il tenait son verre. Mais, jusqu'à ce qu'il les ait serrées, formant ces poings, elle ne s'était pas rendu compte combien elles étaient larges, combien… elles étaient capables, et l'esprit de Michelle resta émerveillé quand il poursuivit :

— C'est un style de combat corps à corps. Il emploie beaucoup des mouvements similaires à la boxe et à la lutte, mais plus dans l'atmosphère du combat de rues. On utilise la force de l'adversaire à son désavantage.

---

1. N.d.T. : Comédie à sketchs dans laquelle deux personnages imitent Arnold Schwarzenegger.

Il ramena ses deux mains en défense, feignant alors d'envoyer un coup de poing.

— C'est pratiqué par le Mossad, les équipes du SWAT, les forces d'opérations spéciales.

Ouah! Intense et un peu effrayant.

— Rappelle-moi de rester à l'écart.

— Je ne préférerais pas. Mais, si ça peut te rassurer, tout ce que je fais dans la rue, c'est courir.

— Vraiment? Ah, c'est une bonne nouvelle! Je cours.

— Non! Tu cours?

— Oui, dit-elle.

Elle aimait l'exaltation dans ses yeux et le frisson de plaisir qu'elle ressentit alors le long de sa colonne vertébrale.

Comme c'était génial qu'ils partagent ceci!

— C'est pourquoi j'étais debout si tôt quand tu as envoyé un courrier électronique samedi. Je rencontrais ma mère pour un cours de pâtisserie au centre commercial l'après-midi, mais je savais que je n'arriverais pas à passer la journée sans m'entraîner d'abord quelques kilomètres.

— Combien?

— À peu près six ou sept.

Il haussa un sourcil.

— Ce qui explique les jambes.

— Mes jambes?

Il se pencha sur le côté pour y jeter un œil.

— Elles sont superbes.

— Merci, dit-elle.

Elle saisit de nouveau son vin, car elle avait besoin de diversion pour donner à son cœur le temps de se calmer avant que leur alchimie ait raison d'elle.

Si ceci menait où elle pensait, elle allait être sacrément troublée.

— Alors, DieselCat. Todd. As-tu un nom de famille ?

— Bracken. C'est Bracken.

Il se moqua de lui-même avec un bougonnement et secoua la tête.

— Je ne peux pas croire que je ne te l'avais pas dit.

— Tu ne m'as pas dit grand-chose, dit-elle, en insistant.

Elle voulait tout savoir : détails, secrets, particularités de sa vie.

— À part le fait que tu détestes faire la lessive. Et que tu ne risques rien dans la rue.

Il sourit, mais ensuite continua :

— Bon, la partie Ohio, tu connais. Mes parents ont divorcé quand j'avais neuf ans ; alors ça a été difficile pour nous trois, enfants. J'ai appris assez rapidement à laisser les mauvaises choses derrière moi et j'étais aussi indépendant qu'un enfant avec la clé dans le cou. Je lisais, traînais avec des amis... bref, les choses habituelles.

— J'ai joué à la crosse au lycée, ensuite j'ai quitté la maison pour l'université, puis, l'État du Michigan après cinq ans avec mon diplôme en poche, des études interdisciplinaires en sciences humaines axées sur une préparation en droit. Ce diplôme général ne m'aurait mené à rien, ce qui ne cadrait pas.

— Qu'est-ce que tes parents faisaient ?

— Médecins. Les deux. Et les deux sont à la retraite maintenant. Ma mère a été psychiatre pendant 20 ans, et mon père...

Il s'arrêta, fronça les sourcils, paraissant se débarrasser de ce à quoi il pensait.

— Mon père était chirurgien.

Plutôt que de le presser pour en savoir plus, elle demanda :

— As-tu fini par étudier en droit ?

— Non. Après quelques boulots pas terribles, je suis retourné à l'Université de Wayne State à Détroit pour un diplôme en informatique.

— Ça cadrait mieux ?

— Oh, oui. Je dirige une équipe qui travaille sur des solutions informatiques pour un client des services gouvernementaux technologiques.

Elle prit son verre et fit tourner le vin dans le ballon.

— Impressionnant.

— Ah, mais pas aussi impressionnant que mes compétences en karaoké, dit-il, agitant ses sourcils.

— C'est vrai.

Elle sourit, lui faisant plaisir.

— Whitney Houston, c'était ça ?

— Je peux te chanter *The Greatest Love of All* si tu as besoin d'une preuve.

Elle voulait lui demander qu'il chante *Saving All My Love For You*, mais parvint à se retenir avant de se couvrir de ridicule. Ce soir, il ne s'agissait pas d'amour.

Cependant, cela y ressemblait. C'était assurément, *assurément* pratiquement cela.

Tellement qu'elle pensait qu'elle allait succomber aux papillons dans son ventre, à la chaleur hérissant les petits poils sur sa peau.

— Je préférerais qu'ils ne nous flanquent pas déjà dehors.

— Est-ce que ça veut dire que tu passes du bon temps ? demanda-t-il, sa question reflétant un sentiment d'incertitude.

Elle n'aurait pas cru qu'il puisse en ressentir et prit un grand plaisir à le mettre à l'aise.

— Oui, un très bon moment.

Six

⌒⌒

* Heureux! : base de vanille recouverte de chocolat fondant

La semaine passée à attendre pour rencontrer Snowstar avait été une des plus longues dont Todd se souvenait. Il avait eu suffisamment de travail pour se garder occupé et il était allé à la gym ou courir dans les rues chaque soir. Le plan avait été de l'épuiser jusqu'à dormir. La réalité était qu'il avait fini couché, mais éveillé en pensant à elle bien plus qu'il ne l'avait souhaité.

Ils avaient continué à s'envoyer des courriels, des messages sporadiques pour être certains que l'autre n'avait pas oublié leur rendez-vous de jeudi soir, mais aucun n'avait échangé quelque chose de personnel. C'était comme s'ils s'étaient mis d'accord pour garder le meilleur pour leur premier face à face. Comme il pouvait intégrer ses blagues douteuses dans ses courriels, il n'avait rien à y redire.

Bien que la partie de son profil concernant la recherche de l'*Élu* lui avait fait se demander s'il devait s'attendre à une fille en habit de nonne, ses espoirs pour la soirée étaient grands... Il ne savait donc pas vraiment pourquoi il avait été si anormalement nerveux quand il l'avait appelée en garant sa voiture.

Il n'avait aucune raison de penser qu'elle lui fasse faux bond, mais il ne voulait pas s'asseoir seul à attendre si elle ne se présentait pas. Il avait été extrêmement soulagé d'entendre qu'elle était en route, mais avait commandé un gin tonic aussitôt qu'il avait trouvé une table dans un coin avec une vue sur la porte.

Il avait vu la photo de Michelle. Il s'attendait à ce qu'elle soit très séduisante. Comme il ne pouvait compter sur le fait de fumer, il avait apprécié avoir ce verre à tenir. Sa robe noire était d'enfer, ses jambes, exceptionnelles, ses yeux, brillants et sincères, et il avait appris au cours de la soirée que son esprit l'était également. Les rebonds de sa queue de cheval comme elle marchait lui avaient donné envie de détacher la barrette la retenant et d'enfouir son visage dans les mèches mordorées. C'était encore le cas.

Il la regardait encore maintenant alors qu'elle revenait d'un tour aux toilettes, appréciant chaque détail de l'ensemble une deuxième fois, sachant qu'il ne dirait pas non à une troisième. Ou à la regarder lâcher et secouer ses cheveux. Il était enivré, bien que l'alcool n'ait rien à voir avec cette excitation qui l'animait.

Et, comme il détestait réprimer la tension latente, un autre verre s'imposait... bien qu'en le reconsidérant, il fût certain que n'en boire qu'un était la seule chose qui le maintiendrait sur sa chaise et loin de la sienne.

Une fois qu'elle fut assise, il fit un signe de tête vers le verre de Michelle qui était à moitié vide.

— Tu veux encore du vin?

Tendant la main vers le reste de son riesling, elle secoua la tête.

— J'ai trop de travail au programme demain pour risquer quoi que ce soit proche de la gueule de bois.

Alors, il s'en était tenu au premier aussi.

— Pas le genre de travail que tu peux laisser au bureau, j'imagine.

Elle plissa le front.

— Pour une bonne partie. Mais ça a été tellement dingue dernièrement et si tendu que j'ai tendance à trop penser à mon emploi du temps. Je ne veux pas arriver à une réunion du matin et ne pas avoir l'information que je suis censée détenir. La moitié du temps, j'ai besoin d'une liste de vérifications pour ma liste de vérifications.

Ça lui semblait tellement familier. Deux de la même espèce peut-être? Des accros du boulot?

— Peut-être que des vacances s'imposent?

Cette fois ses yeux brillaient, et le plissement de son front fit place à un sourire avec de minuscules ridules aux commissures.

— J'en prends en novembre avec une amie à moi, Eileen. C'est ma compagne préférée de voyage. Nous sommes allées à Paris, au Costa Rica, en République Dominicaine. Cette fois nous allons à Londres et Dublin pour une semaine. Je suis tellement impatiente, tu ne peux même pas imaginer.

Courir, et maintenant voyager, sans mentionner l'affaire de la focalisation sur sa carrière. Il se demandait combien d'autres passions, et mauvaises habitudes, ils partageaient.

Puis, il se demanda combien de temps cela prendrait pour le découvrir.

— En fait, je vais à Munich plus tard ce mois-ci avec des copains à moi.

— L'Oktoberfest? demanda-t-elle.

Il acquiesça.

Il avait hâte de rompre le quotidien aussi.

— Nous allons boire assez de bière pour faire flotter l'Europe comme un cuirassé.

Son rire fut doux et sensible comme si elle approuvait son choix de destinations et ses projets de s'amuser.

— Je n'ai pas visité l'Allemagne. Ni la Suisse ou l'Autriche. J'aimerais visiter la Bavière un jour.

— Avec Eileen? demanda-t-il, pensant combien il aimerait faire le voyage avec elle.

Et quand, les yeux étincelants, elle répondit :

— Ou… quelqu'un d'autre.

Il mourut d'envie de la mettre sur son épaule et de l'emmener à l'aéroport.

Oui. Il avait soit besoin de plus d'alcool, soit de moins.

— Je suppose qu'après 10 ans de travail et un titre de directrice de la commercialisation à ton actif, tu pourrais t'offrir un moment d'absence.

— Je pourrais, mais je pense que le voyage avec Eileen sera mon dernier pour un bout de temps, dit-elle, plissant de nouveau le front tandis qu'elle examinait le niveau de vin dans son verre.

Intéressant. Surtout le plissement.

— Ah?

Elle répondit à son interrogation avec un hochement de tête, mais continua à détourner le regard, observant un serveur qui passait avec le chariot des vins, les roues cliquetant sur le sol carrelé.

— J'ai beaucoup pensé dernièrement à créer mon entreprise.

Il but son verre.

— Comme un à-côté, ou à la place de ce que tu fais maintenant?

Audacieuse idée d'abandonner un poste de directrice commerciale dans la situation économique actuelle! Encore plus d'échanger un travail à long terme contre un emploi indépendant. Très intéressant, mais c'était l'incertitude qu'il sentait dans son ton et dans son langage corporel.

— Oh, ce serait assurément «à la place». Ça représenterait un investissement de temps, d'énergie et de concentration à plein temps, et probablement de tout l'argent que je possède.

Il ne voulait pas s'immiscer, mais le pessimisme qu'il entendait dans sa voix n'avait pas sa place quand on voulait se lancer en affaires.

— Ça semble hésitant.

— Hésitation, réticence. Une bonne dose de peur et une bonne part de remise en question du genre «suis-je folle?».

Elle repoussa sa frange, prit une profonde inspiration et soupira comme pour expulser tous les obstacles faisant barrage à la chance de sa vie.

— J'ai dû consacrer autant d'heures de sommeil que d'heures, éveillée, à penser au démarrage. Ça m'épuise presque autant que ça m'effraie d'y penser.

— Mais tu y penses.

— Oui.

Elle détourna encore le regard et soupira.

— On dirait que c'est tout ce à quoi je pense ces jours-ci.

Réfléchissant, il reposa son verre sur la table. Sa propre société de publicité? Des cours de cardio pour les aspirants coureurs? Des fêtes d'anniversaire pour les enfants? Elle l'avait rendu curieux.

— Qu'est-ce que tu veux faire?

Elle rougit.

— Ça va te paraître fou.

— Plus fou que des enfants de 10 ans habillés comme la princesse Diana? Essaie toujours.

Elle le regarda pendant un long moment, comme si elle soupesait le fait de pouvoir lui faire confiance sur un sujet qui représentait tellement pour elle. Il était un étranger. En quoi son avis importait-il? Pourtant, au moment où elle prit la décision de partager, on aurait dit que le poids se retirait des épaules de Todd, pas des siennes.

— Je veux ouvrir une pâtisserie, lui dit-elle.

— Une pâtisserie.

Une simple réponse. Pas un jugement. Elle n'avait pas demandé cela.

— Pas exactement juste une pâtisserie. Une… pâtisserie de cupcakes.

Alors c'est là où elle voulait en venir.

— Comme Sprinkles? À Los Angeles?

Elle releva la tête. Ses yeux brillaient.

— Tu en as entendu parler?

Il regardait les informations, lisait la rubrique affaires, feuilletait les revues *People* au centre sportif.

— J'ai cru déceler un accent de L.A. dans ta voix.

— Sprinkles a débuté à Los Angeles, oui, mais depuis ils ont étendu leurs activités à travers le pays. De plus, il y a des *Babycakes* à New York et une douzaine de magasins de mêmes spécialités.

Elle fit une pause, agita son vin, puis ajouta :

— Mais rien à Washington.

— Pas encore, dit-il, saisissant la balle au bond.

— J'aimerais être la première...

Elle s'arrêta comme si elle en avait trop dit, puis retrouva son aplomb et le fil de la conversation qu'elle avait interrompue.

— Alors, non, ça n'a rien à voir avec le fait de venir de Los Angeles, loin de là, vu que je suis une fille de la côte Est.

Il joua avec son verre, les glaçons fondant dans le gin tonic, laissant ce qu'il lui avait dit faire effet, puis intégrant l'information au reste des éléments qu'il avait déjà appris sur elle.

Simplement, elle montrait ses sentiments. Cela ne voulait pas dire qu'elle était prête à tout ou qu'elle ne voulait pas garder son côté privé fermé. Il avait senti un peu de cela aussi, mais cette conclusion ne nécessitait pas beaucoup de logique.

— Il s'agit de recréer les goûters anglais de ton enfance, dit-il finalement.

Son sourire faillit la faire fondre.

Quelle émotion elle ressentait, il ne pouvait le dire, mais il savait que l'attention qu'il lui accordait l'avait séduite. Il ne faudrait pas beaucoup de temps à Michelle pour découvrir que, parmi d'autres choses, il réussissait bien celle-ci.

— Oui, c'est ça, d'une certaine manière.

Elle passa un doigt dans son collier, le faisant glisser d'avant en arrière le long de la chaîne.

— Il s'agit d'aimer cuisiner, aussi, de faire cuire au four et de faire quelque chose où toute ma famille pourrait être impliquée. Mais c'est aussi vouloir tenir une boutique qui serait petite, chaleureuse et accueillante. Ce serait un endroit où les gens se sentiraient les bienvenus. Où ils sauraient qu'ils trouveraient toujours un petit réconfort quand ils en auraient envie.

— Comme aller au Starbucks tous les jours pour un café crème et un croissant?

— C'est ce que tu fais?

Il secoua la tête, pensant à la dépendance de Vikram.

— J'ai un collègue qui le fait. Un croissant ou un scone une fois par jour, mais au moins trois fois du café.

— J'ai toutes sortes d'idées pour les produits et je veux avoir un bar à café aussi, dit-elle, reposant son verre sur la table. Je teste différents gâteaux que je prépare depuis quelque temps pour mettre au point des recettes et la présentation.

— La présentation?

— La présentation est le plus important.

Son expression devint animée, son corps débordant d'énergie. Elle parla avec les mains, comme si les bouger était la seule chose qui l'empêchait de sauter pour se mettre à marcher.

— Chaque élément du menu aura la sienne. Je veux dire, les cupcakes eux-mêmes seront semblables, mais la garniture sera personnalisée, et les papiers de cuisson seront coordonnés aux parfums. Comme ivoire pour la vanille et rose pour la framboise.

— Marron pour le chocolat.

— Probablement pas marron. Peut-être crème pour le contraste et cuivré pour les gâteaux aux carottes.

— Des cupcakes aux carottes?

— Pourquoi pas? Oh, et j'ai une recette absolument succulente pour un cupcake dont la base est une sorte de beignet et le glaçage, du moka. Le café du matin et le petit déjeuner tout en un.

Il l'observa, la chaleur colorant ses joues, son sourire qui ne se relâchait pas, ses yeux qui trahissaient le tourbillon de pensées dans son esprit.

— Ça te plaît?

— Oui. Et je ne m'étais pas rendu compte à quel point j'avais vraiment réfléchi à la question avant de mettre des mots dessus…

Elle soupira, se calant dans son siège.

— Et je suis probablement ennuyeuse à mourir.

Il se pencha vers elle.

— Pas ennuyeuse du tout. Fascinante, vraiment. Tu seras une merveilleuse fabricante de cupcakes. Comment peux-tu ne pas l'être avec toute cette passion, tellement d'idées, tous ces détails? Dire que tu n'as même pas commencé ton projet!

— Effrayant, n'est-ce pas?

— Pourquoi effrayant?

— Que je sois si obsédée.

— Ce n'est pas propre aux rêves?

Elle le regarda attentivement un long moment, sa tête penchant sur le côté.

— Quels sont les tiens?

— Mes rêves?

Quand fut la dernière fois qu'il en avait eu un?

— J'imagine qu'à présent, le seul que j'ai consiste à échapper à la maison que j'ai achetée et pour laquelle j'ai dépensé beaucoup trop d'argent. Je dois m'y consacrer davantage. Je veux dire, ce n'est pas un mauvais endroit, mais j'aimerais me rapprocher. Je suis tout le temps en ville. Autant vivre ici.

— Tu aimeras ça. Promis. Il faut admettre que je vis dans une boîte à chaussures, mais je suis proche de tout. Je vais partout à pied.

— Pas de voiture?

Elle secoua rapidement sa tête.

— Si, j'ai une voiture. Je conduis pour aller au travail, mais je marche partout où je peux.

— Les jambes.

Il haussa un sourcil.

— Je me souviens.

Cette fois quand elle leva les yeux vers lui, elle ne rougissait pas du tout.

— Toi, Todd Bracken, tu es un incorrigible dragueur.

— Mmm, fredonna-t-il, essayant de retrouver son souffle. Je pensais que j'étais seulement un homme.

— Même chose, dit-elle.

Puis elle baissa le regard et sourit comme si elle gardait un secret.

Alors que les roues du chariot des vins se faisaient entendre, il avala une gorgée de son gin tonic, étudiant Michelle pendant qu'elle buvait et qu'il baissait son verre.

— Est-ce que ça t'ennuie? La drague? Je veux dire, tu n'es pas une nonne ou quoi que ce soit du genre, n'est-ce pas?

— Une nonne? demanda-t-elle en riant. Rien de tout ça. J'espère que je ne t'ai pas donné cette impression. Je n'en n'avais certainement pas l'intention.

— Quelle impression avais-tu l'intention de me donner?

— Une bonne?

Elle haussa les épaules, tenant son verre de vin par le pied et le tournant.

— C'est seulement si étrange de s'asseoir et de pouvoir te parler comme si je te connaissais depuis toujours. Je t'ai dit des choses que je n'ai pas dites à mes meilleures amies.

— Au sujet des cupcakes.

Parce qu'il ne pouvait imaginer ses meilleures amies ne connaissant pas le reste.

Elle acquiesça, changeant de sujet.

— À ton tour. Dis-moi quelque chose que personne ne sait.

— Ma vie est un livre ouvert, dit-il, même si à la minute où les mots sortaient de sa bouche, il connaissait exactement l'histoire à lui raconter. Une grande partie de ma vie, en fait.

— Ooh, ça paraît croustillant, dit-elle, se penchant en avant.

Il sentit l'odeur du parfum ou du shampooing, peut-être du savon, et respira profondément.

— Crois-moi. Ma vie est tout sauf croustillante.

— Mais le sombre secret l'est?

Pas aussi croustillant que bête. Et embarrassant.

— C'est arrivé un soir au travail. Je suis parti tard et j'ai pris l'ascenseur pour descendre. Un type y est entré avec un écran plat de télévision qu'il avait sorti d'un bureau pour le réparer. L'objet était énorme, et le gars était plutôt petit;

alors j'ai joué avec tous mes muscles de Krav Maga et je l'ai aidé à le mettre dans sa voiture.

— Et ce n'était pas le sien, dit-elle, lui arrachant la conclusion avant qu'il ne puisse la prononcer.

Secouant sa tête, il sourit honteusement. Comment pouvait-il être si crédule?

— Bon sang, je suis crétin ou quoi? Il le volait, et j'ai dû regarder des photos au bureau du shérif. Je n'ai même pas pu reconnaître le type dont ma vie avait dépendu. Quel bon à rien!

— Et tu n'as jamais dit à quelqu'un d'autre ce qui est arrivé?

— Je préfère le dire à une totale étrangère.

Et c'était la vérité.

— Ouah, dit-elle.

Après un instant, ses yeux s'agrandirent.

— J'avais oublié que nous étions des étrangers.

— On ne dirait pas, hein?

Il tendit son bras sur la table vers sa main, caressant ses doigts avec son pouce, jurant voir une étincelle.

— Je pense que pendant les dernières heures nous avons franchi une étape.

— Bon sang. Ça fait vraiment des heures?

Elle retira sa main de la sienne et jeta un œil à sa montre. Puis elle regarda autour, dans la salle du restaurant, pour voir l'endroit presque vide, les serveurs rôdant, discutant tranquillement les uns et les autres, alors qu'ils attendaient de débarrasser les dernières tables occupées.

— Même si je déteste avoir à le dire, nous ferions probablement mieux de partir.

Elle se leva. Todd fit de même, cherchant son portefeuille et jetant assez de billets pour payer leur note. Elle le regarda, attendant, et il se demanda s'ils pouvaient continuer cette soirée ailleurs.

Il n'était pas prêt à la laisser partir.

— Laisse-moi te raccompagner à ta voiture.

— Je ne suis pas venue en voiture. J'ai marché.

Ah. Il ne savait pas qu'elle habitait si près.

— Alors, je te raccompagne chez toi.

— Tu n'as pas à le faire. Je marche dans ce quartier tout le temps. Je serai parfaitement en sécurité.

Il ne s'agissait pas de sa sécurité. Bon, si, mais il s'agissait de placer sa main dans le creux de ses reins, ce qu'il fit, et de lui ouvrir la porte du bistrot, ce qu'il fit également. Il s'agissait de marcher à ses côtés, d'être vu avec elle, d'être l'homme qu'elle avait choisi pour être vue avec lui.

Mais, principalement, il s'agissait d'être celui qu'il était.

— Je le dois vraiment, lui dit-il, une fois rendus sur le trottoir, l'air du soir retenant encore la chaleur du jour. Ma mère m'emmènerait derrière la grange et me fouetterait si elle découvrait que je n'ai pas raccompagné la femme d'un rendez-vous à sa porte.

— Je ne savais pas que tu avais une grange.

— Aussi pleine de courants d'air que le sont quelques-unes de mes fenêtres. Parfois, c'est comme si je vivais dans une grange.

— Est-ce que c'est rempli de chats ?

— Non, je la remplirais plutôt de chiens.

— Je me demandais. À cause du nom de ton profil.

— Oh, ça. J'avais pensé à *cat*[2], comme chouette, formidable. Un type vraiment sympathique.

— Est-ce que c'est comme ça que tu te vois ?

— Eh bien, disons que… en fait, disons que non.

_____

2. N.d.T. : Aux États-Unis, le mot *cat* peut signifier un homme décontracté, agréable.

Il prit sa main quand elle se mit à rire.

Ils franchirent en silence quelques pâtés de maisons, aucun des deux ne voulant rompre le charme provoqué par le contact physique. Tout ce qu'ils faisaient, c'était de se tenir la main, et Todd se sentait comme si sa peau palpitait. Il ne voulait pas que la sensation se termine, et ce fut beaucoup trop tôt quand Michelle ralentit.

— Nous y voilà.

Elle s'arrêta juste à côté du portique menant à son immeuble. Il s'arrêta à côté d'elle, laissant de l'espace, ses doigts encore liés aux siens. Il détestait l'idée de la laisser partir, de lui dire bonne nuit. Il la fit pivoter vers lui, et leurs poignets s'effleurèrent. La peau de Michelle était douce et chaude.

Une sensation de chaleur descendit le long de sa colonne vertébrale, s'installant dans le bas, brûlante.

— C'était fantastique ce soir. Tu as tenu une très agréable conversation.

Elle baissa les yeux, sourit, puis le regarda de nouveau.

— Tu aimes juste que j'aie représenté un rendez-vous plutôt économique.

Il lui aurait payé des douzaines de verres si elle les avait voulus, mais la soirée n'aurait pas été aussi chouette si elle l'avait fait. Ou s'il l'avait fait. Rester sobre le laissait avec beaucoup à se souvenir et à penser. Il se rappellerait bien des détails pendant des jours.

Mais ses souvenirs n'allaient pas le faire tenir long-temps. Et il était assez certain qu'elle ressentait la même chose. Il vit son intérêt dans l'éclat de ses yeux, dans la façon dont elle passait le bout de sa langue sur ses lèvres. Elle était nerveuse. Il avait saisi. Mais il n'était pas inquiet.

Ils avaient surmonté le premier acte de la rencontre éprouvante pour les nerfs. Ils avaient surmonté le deuxième avec une conversation tranquille. Il était prêt à se lancer dans le troisième, et il aurait vraiment voulu que cela commence ce soir.

— J'aime une foule de choses, Mlle Snow. J'aime que tu coures, que tu voyages.

Il avait aimé que la référence dans son annonce à l'*Élu* signifie partenaire, et pas une expérience religieuse.

— J'aime que tu sois proche de ta famille, que ta mère prépare une délicieuse tarte à la citrouille.

— Et que ça ne me dérange pas de faire la lessive ?

— Ça aussi.

Il faisait balancer leurs mains jointes, l'attira plus près. Elle vint, n'hésita pas et prit une profonde inspiration.

— Je veux te revoir, Michelle.

— J'aimerais bien.

— Bientôt. Pas dans quelques semaines.

Elle acquiesça, les yeux très brillants, ses lèvres revêtant un sourire bien net en raison de ce qui allait suivre, sa main tremblante.

Il la serra, s'approcha davantage, sentant son délicat parfum floral, la même odeur qu'il avait remarquée plus tôt. Il devait être proche pour cela, comme si elle le portait seulement pour lui, et il pensa qu'il aimait cela plus que tout.

— Tu ne vas pas penser que je suis trop insistant si je t'appelle demain ?

— Pas tant que tu ne penses que je le suis si je t'appelle plus tard ce soir.

— S'il te plaît. Sois insistante.

«Insiste fortement», voulait-il ajouter, mais sa voix était bloquée, et il ne voulait pas parler davantage de toute façon. Il voulait l'embrasser, la goûter et la sentir, si bien qu'il se pencha…

… juste quand elle s'éloigna pour laisser plus de place sur le trottoir à un groupe d'amis, riant fort et chahutant, qui passaient. Et puis, il la perdit. Elle était partie, happée par le groupe, lui faisant un signe de la main tandis qu'elle se pressait vers sa porte.

Il lui fit signe en retour comme le portier la faisait entrer, puis enfonça ses mains dans ses poches et se tourna, lançant des coups de pied et traînant la semelle de sa chaussure sur le béton.

Eh bien… Même si elle s'était envolée comme un papillon qui s'était simplement échappé avant que sa liberté lui soit volée par un filet, elle ne lui avait pas dit de ne pas appeler.

Il avait beaucoup d'atouts pour lui, bien que cela ne lui offrît pas beaucoup de réconfort tandis qu'il marchait seul vers sa voiture.

Sept

Stupide. stupide, stupide, stupide. Paniquer *n'était pas* la manière d'impressionner un homme qui avait passé une soirée entière à l'éblouir en tous points. Qu'est-ce qui n'allait donc pas avec elle ? Ce n'était pas comme si elle n'avait pas voulu l'embrasser. Elle avait voulu l'embrasser à partir du moment où elle s'était avancée et avait senti ses mains s'approcher d'elle.

Michelle se débarrassa de ses chaussures, jeta son sac à main sur la table basse, puis se lova comme un chiot battu dans son fauteuil marron confortable. Le pire ? Elle ne pouvait en vouloir qu'à elle-même ! Qu'est-ce qu'il devait penser d'elle ? S'enfuir comme si elle était la nonne qu'il avait pensé qu'elle pouvait être ?

Avant qu'elle ne vomisse partout, parce que c'était vers cela que son estomac tendait, elle devait régler correctement les choses avec Todd. Elle devait lui faire savoir qu'il ne devait s'inquiéter de rien, de *rien du tout*, qu'elle voulait le revoir et bientôt, le plus tôt possible, tout comme il l'avait dit.

Elle ne voulait pas lui envoyer de courriel — le faire ferait penser, comme il le lui avait dit, au domaine du travail —, mais elle ne voulait pas non plus l'appeler. Compte tenu de l'état de ses nerfs, elle ne doutait pas qu'elle puisse chercher ses mots et rendre pire les choses.

Envoyer un SMS semblait la meilleure option. Elle pouvait aborder la situation, évaluer les dégâts, puis comprendre quoi faire à partir de là. Elle sortit son téléphone de son sac et tapa.

Merci, DieselCat. Bien que je n'aie pas eu l'interprétation de Whitney Houston ou un coup de Kung Fu, ta compagnie était vraiment fantastique ! Rentrée saine et sauve à la maison. ;)

Après une rapide lecture, elle envoya le message avant qu'elle ne s'affole davantage. Puis, le téléphone niché dans ses mains, elle s'allongea et ferma les yeux.

Elle était fatiguée — la semaine avait été longue et n'était pas encore terminée —, mais elle n'était absolument pas endormie. Le seul verre qu'elle avait commandé l'avait détendue mais pas anéantie. Pour cela, elle ne pouvait même pas blâmer l'alcool de l'avoir rendue idiote. Non. Elle y était arrivée toute seule. Et sans raison qui ait du sens.

Au lieu de s'inquiéter, elle ferait mieux de se coucher. Elle voulait arriver tôt au travail demain et débarrasser son bureau avant de partir en milieu d'après-midi. Elle avait prévu prendre un verre avec ses amies, et elles avaient des billets pour l'orchestre symphonique. Néanmoins elle était assise là, à compter les secondes, après que son message soit arrivé par les airs vers Todd.

Peut-être qu'il avait éteint son téléphone, ne voulant plus jamais entendre parler d'elle de nouveau. Peut-être qu'il avait couru tout le long du chemin vers sa voiture, de peur de regarder en arrière et de la voir le pourchasser telle une femme folle qui crierait après lui. Peut-être...

Son cœur se mit à battre la chamade quand le vibreur de son téléphone retentit. Elle prit une profonde inspiration, se disant que de mauvaises nouvelles ne signifieraient pas la fin du monde, avant de presser le bouton pour lire.

Désolé je n'ai pas eu l'opportunité de montrer mes talents en karaoké. La prochaine fois sans faute.

Oh, Dieu merci, Dieu merci! La tension qui l'avait maintenue sur les nerfs était disparue, la laissant toute molle. Elle avait été graciée et jura que, *la prochaine fois*, elle ne s'enfuirait pas et ne le laisserait pas debout seul sur le trottoir. Elle répondit pour lui faire savoir.

Tu me dois une interprétation déjantée au deuxième rendez-vous ? Marché conclu ?

Elle envoya le texte, pensant à ce qu'elle avait dit. Si elle se montrait honnête, c'était elle qui lui devait quelque chose. Sa panique n'était pas à cause de lui. Il devait le savoir. Connaître sa volonté profonde de ne pas tout ficher en l'air, ce qu'elle venait de faire.

Tu me rends… nerveuse.

Était-elle idiote pour l'admettre ? Lui donnait-elle davantage de munitions pour les utiliser contre elle avec chaque message ? Qu'est-ce qui n'allait donc pas avec elle ? Elle agissait comme si c'était sa première rencontre avec un homme, quand la réalité était qu'il n'en n'était rien. La vibration de son téléphone l'empêcha d'avoir à fouiller et trouver pourquoi elle était une telle loque.

Ne sois pas nerveuse, chérie. Je suis juste un type qui cherche à se débarrasser de son linge.

Chérie. Elle relut la note et soupira. Qui aurait cru que les vêtements sales pourraient devenir une plaisanterie à long terme ? Et pourquoi donc l'idée de faire la lessive était si… réconfortante ? Elle n'était pas du genre à faire la sienne avec passion, mais la taille de son appartement impliquait qu'elle ne pouvait pas laisser guère plus que son linge délicat s'accumuler.

C'était comme si elle construisait mentalement un nid, prenant soin de Todd, de ses biens personnels, embrassant le rôle traditionnel de la femme, alors qu'il était un homme adulte, capable de s'occuper de son linge et de lui-même. Mais, là-dessus, ses amies avaient raison. Elle avait des tonnes d'amour à donner, et cela signifiait de s'assurer que ceux qu'elle aimait ne manquent de rien, même s'il fallait nettoyer leurs vêtements.

Et, de toute façon, son instinct de protection n'était qu'une partie de ce qu'elle était. Tout homme qui la voudrait aurait tout d'elle : la cuisinière, la blanchisseuse, la femme ambitieuse, soit dans sa position actuelle de directrice commerciale, soit comme propriétaire de sa propre pâtisserie, et l'amoureuse.

Elle prit une profonde inspiration et expira lentement. La pensée d'être l'amoureuse de Todd...

Le téléphone vibra de nouveau.

Tu es toujours là ?

Devait-elle confirmer qu'elle l'était ? Qu'elle ne pouvait s'arrêter de penser à lui ? Que cela la tenait éveillée ?

Oui.

Est-ce qu'il pensait encore à elle ? Apparemment oui, ou il n'aurait pas envoyé de message, n'est-ce pas ?

Bien. J'aime savoir que tu es là.

Son cœur palpita. Son estomac s'envola. C'était comme s'il était dans son esprit, lisant qu'elle pensait à lui, utilisant les mêmes mots qu'elle aurait choisis.

Elle aimait savoir qu'il était là, se demandait si un événement cosmique s'était produit pour les rassembler, alors qu'ils étaient prêts tous les deux. Souriant doucement, elle prépara sa réponse, une qui lui venait du fond du cœur.

J'ai toujours été là.

— Tous les détails. Je veux tout savoir. Ne laisse aucune miette de côté.

— Hé, et toi aussi, Christina, dit Michelle.

Elle grimpa sur le tabouret du bar à la petite table autour de laquelle Christina, Liz et Dana étaient rassemblées.

L'appel paniqué de Michelle à Christina la veille avait vraisemblablement été le sujet de conversation pendant que le groupe attendait qu'elle arrive. Elle n'était pas surprise, bien qu'elle eût aimé avoir pensé à demander à son amie de garder les détails pour elle. Elle n'était pas prête à parler de Todd.

Toutes les quatre allaient au Strathmore Hall pour écouter l'orchestre symphonique de Baltimore. Elles s'étaient libérées tôt au travail, voulant s'accorder une longueur d'avance sur la fin de semaine. Néanmoins, ce que Michelle voulait vraiment était de laisser tomber le concert et de filer directement chez Todd.

En tenant compte de la circulation, elle pourrait être à Springfield en moins d'une heure. Mais ses amies et elle avaient organisé cette sortie entre filles il y a des semaines, et partir maintenant pour un homme occasionnerait beaucoup de questions auxquelles elle n'était pas prête à répondre. Elle n'avait pas de problème à déverser les détails des mauvais rendez-vous, mais celui-là avait été si bien qu'elle voulait le garder pour elle afin de le savourer.

Elle pourrait, cependant, leur livrer un simple truc, le truc qui faisait que son cœur était encore retourné et ses joues douloureuses à force de sourire constamment. Elle prit une profonde inspiration et s'empressa de dire :

— Il était incroyable, et je dois à Christina des milliers d'excuses pour mes médisances sur Match.com.

— Christina les accepte toutes, dit l'amie en question. Mais «incroyable», c'est comme un coup de pinceau trop grossier. Nous voulons un portrait minutieux. Peins-nous une image d'artiste. Les minuscules détails de ce qui s'est passé.

Le regard de Michelle passa de Christina à Liz, puis à Dana. Toutes les trois revêtaient la même expression, bien que la curiosité de Christina semblât plutôt lubrique, celle de Dana, pleine d'espoir, et celle de Liz, sceptique. Ce n'était pas une situation dans laquelle Michelle aimait se trouver, et elle prit une gorgée de son eau gazeuse pendant qu'elle pesait ses mots.

Elle n'était pas dans un état d'esprit pour divulguer les menus détails que voulaient ses amies. Elle ne craignait pas de porter malheur à sa relation avec Todd, mais elle savourait encore le moment qu'ils avaient passé ensemble, revenant sur leurs joyeuses taquineries, revivant le piquant de leur badinage. Ces choses lui appartenaient ; elles étaient privées, spéciales et trop intimes pour en faire une conversation tenue autour d'un verre.

Elle se rabattit sur ce qui semblait sans risque.

— Il s'appelle Todd. Il a de grands et superbes yeux bleus, les cheveux blonds du soleil d'été, tout ébouriffés et excitants. Un style très Martin & Osa. Décontracté. Il est intelligent et travaille dans le domaine informatique. Nous avons pris un verre, juste un, en fait, car nous étions trop occupés à parler. Après la fermeture du restaurant, il m'a raccompagnée à la maison.

— Vous avez fermé le restaurant ? demanda Liz.

— Il t'a raccompagnée à la maison ? demanda Dana.

— Est-ce qu'il t'a embrassée pour te souhaiter bonne nuit ? voulut savoir Liz.

— Un verre et des heures de conversation? Ce n'est pas aussi croustillant que je l'espérais.

Manifestement déçue, Christina secoua la tête et attrapa son martini.

Michelle regarda à tour de rôle le visage de ses amies. Elle aurait aimé leur en dire plus, elle aurait vraiment voulu, mais ce n'était pas le moment.

— Désolée les filles, mais c'est tout le croustillant que vous allez avoir.

Sur ce, Christina haussa un sourcil.

— Alors j'avais raison. Il y a davantage.

— Pas vraiment, lui confirma Michelle.

— Mais tu vas le revoir, non? demanda Liz.

Elle baissa alors les yeux et fronça les sourcils comme elle fouillait dans son sac à main pour payer son verre.

Si ce n'était pas la culpabilité qui la consumerait de laisser tomber ses amies, Michelle l'aurait bien vu ce soir au lieu d'assister à une représentation de Gustav Mahler et Jean-Sébastien Bach.

Elle fit un rapide signe de la tête.

— Nous n'avons pas fait de projets particuliers, mais j'espère que ça arrivera. Je l'ai vraiment bien apprécié. Beaucoup apprécié. Tout de lui.

— Je suis si excitée pour toi, dit Dana tout en serrant la taille de Michelle, le sourire contagieux.

— Rappelle-toi ceci : avant que tu le saches, tu nommeras ton premier bébé Christina ou Christopher. Un petit rappel que, sans moi, tu serais encore l'esclave d'une société, incomplète, insatisfaite et dormant seule.

Christina vida son verre et se leva avec les autres.

— Je dois aller aux toilettes. On se retrouve devant?

— Je viens avec toi, dit Liz pendant que Dana, indépendante comme toujours, se dirigeait vers la sortie.

Ce qui laissa Michelle seule, se demandant si elle devait feindre une soudaine migraine et se soustraire aux plans de la soirée. Si elle le faisait, elle aurait l'impression de faire l'école buissonnière. Mais, plutôt qu'une grimace, l'idée lui provoqua un sourire. Todd apprécierait le comique d'une écolière se sauvant subrepticement. Pensant à lui, elle saisit son téléphone.

Suis en route pour l'orchestre symphonique. Aimerais te voir ce soir. J'essaierai de partir tôt. Si on peut se rencontrer, je peux venir chez toi, ou quelque part proche, car je sais que tu dois te lever tôt ???? ;)

Elle envoya le texte, puis laissa le montant de sa part de la note sur la table. Elle s'efforçait de remettre son portefeuille dans son sac quand le téléphone vibra, et elle l'attrapa avant que Liz et Christina ne reviennent.

Quand peux-tu être là au plus tôt ?

«Pas suffisamment tôt» était la seule réponse qui lui venait à l'esprit. Chaque pas qu'elle faisait à travers le bar et vers le stationnement la rapprochait de l'éventualité de s'excuser pour la soirée et d'aller vers Virginia où Todd vivait. Toutefois, finalement, elle ne put le faire. Même en sachant que ses amies lui pardonneraient de les abandonner, la culpabilité d'une telle impolitesse ne la laisserait pas partir.

Une fois dans son siège à Strathmore Hall, elle se dit de se détendre, de profiter de la compagnie de ses amies et du spectacle. Todd n'allait nulle part, et quelques obstacles n'étaient pas une mauvaise chose. En plus, c'était sa musique, celle qu'elle avait écoutée en grandissant au lieu des groupes de garçons ou du *grunge* de garage. Et cela faisait trop longtemps qu'elle n'avait pas passé une soirée à en profiter.

La maison des Snow avait été remplie de productions musicales, de classiques coups de cœur et de grands airs d'opéra, la plupart chantés par son grand-père, Joseph Gargiulo, dans une voix rappelant celle de Luciano Pavarotti. Même dans la vingtaine, quand ses amies s'extasiaient devant le dernier album de Three Doors Down, Michelle était plus familière avec les Trois Ténors.

Elle savait que sa mère aurait aimé la représentation de ce soir des arrangements musicaux de Gustav Mahler des suites orchestrales de Bach. Elle aurait dû l'aimer également, et c'était le cas, mais, sans le programme, elle aurait été incapable d'identifier *Air on a G String* et encore moins la grande Symphonie n° 7 de Mahler qui suivit.

Néanmoins, elle pouvait discerner la raison de sa distraction, et il lui fallut respecter toutes ses bonnes manières pour ne pas sortir son téléphone et envoyer un message à Todd pendant le programme, ou voir s'il lui avait envoyé un message. À l'entracte, elle en avait toutefois assez et, pendant que ses amies faisaient la file pour les toilettes, elle fit ses excuses.

— Hé, les filles, je vais partir plus tôt.

Elle leva le bras et se frotta la tempe.

— J'ai mal à la tête.

— Oh, chérie, je suis désolée, dit Dana, glissant la fine bandoulière de son sac plus haut sur son épaule.

— Veux-tu que je te reconduise chez toi ?

Puisqu'elle n'allait pas chez elle…

— Ça ira. C'est juste que la semaine a été horrible, et je pense que, ce soir, j'ai plus besoin de calme que d'écouter Bach.

L'air espiègle de Christina lui fit comprendre son scepticisme mieux que des mots, et elle ne put s'empêcher de dire :

— Ou peut-être que tu as besoin d'une autre soirée avec ton Todd.

C'était exactement ce dont Michelle avait besoin, mais elle n'était pas près de confirmer la supposition de Christina et de l'admettre, spécialement avec la manière dont son amie accumulait les munitions. Michelle regarda Christina de haut en bas, observant les lignes pures du décolleté de son fourreau d'un magnifique ivoire avec des fleurs jaunes.

— Je t'ai dit à quel point j'aimais cette robe ?

— Oui, oui.

Christina secoua un doigt réprobateur de maîtresse d'école et raide comme un métronome.

— Je ne tombe pas dans le piège du compliment ou du prétendu mal de tête, mais je ne suis pas près de t'empêcher de partir. Pour ma part, tu n'avais pas de raison de quitter.

Avant que Michelle ne puisse demander à Christina de cesser de jubiler, Liz prit ses épaules et la tourna vers la sortie.

— Allez, que Dieu soit avec toi, ma fille. C'est la fin de semaine. Profites-en. Je sais bien que je préférerais passer mon vendredi soir avec un homme plutôt qu'avec cette bande de célibataires.

— En parlant de célibataires… commença doucement Dana, éclaircissant ce qui semblait être un « je vous avais prévenues » de sa gorge. Christina, qu'est-ce qui est arrivé à l'homme de tes rêves et à tous ces feux d'artifice que tu nous as demandé de regarder ?

Heureusement, ce fut tout ce que Michelle dut — ou voulut — entendre de cette conversation singulière. Elle était déjà en train de nager à contre-courant, perdue dans la foule, luttant pour la sortie et sa liberté.

Huit

* Rougeoyant : base rouge velours recouverte de fromage à la crème à la vanille et de crème au beurre

Savoir que Michelle était en chemin faisait de ce vendredi soir le plus long dont Todd pouvait se souvenir. Une semaine auparavant, il avait passé la soirée à s'épuiser au centre sportif, puis il était rentré chez lui manger une pizza. Il n'avait pas de projets pour la fin de semaine, à part assister à son cours de Krav Maga samedi matin et voir combien d'argent il pouvait encore engloutir dans le gouffre financier de sa maison.

Ce soir, aussi bonne que puisse l'être une pizza, il serait incapable d'en manger une part s'il la commandait. Sa semaine de travail avait été aussi horriblement occupée que d'habitude, mais il n'avait même pas envisagé d'évacuer son stress au centre sportif. Et s'atteler aux réparations de sa maison pouvait attendre qu'il n'ait rien de mieux à faire.

Un vendredi soir différent. Une tout autre histoire.

Il y a une semaine, il n'avait pas rencontré Michelle Snow.

Il était difficile de croire qu'il ne la connaissait pas depuis toujours. Il n'avait assurément jamais sympathisé de la même manière, ou aussi rapidement, avec une autre femme. Même la relation à laquelle il avait mis fin quelques années auparavant n'avait pas été aussi divine dès le départ. Elle s'était développée, mais il avait fallu beaucoup de travail pour qu'elle se poursuive sans heurts, et il avait toujours eu l'impression d'avoir été le seul à fournir un effort.

Avec Michelle, nul besoin d'effort. Zéro. *Nada. Zilch.* Bien sûr, il ne s'était agi que d'une soirée, d'un verre, d'une étreinte. Il y avait eu beaucoup de conversation, beaucoup de rires. Il ne pouvait se rappeler la dernière fois où il avait tenu les mains d'une femme pendant qu'il la raccompagnait chez elle. Comparativement à ses autres premiers rendez-vous, celui-ci figurait en tête. Un baiser l'aurait rendu encore meilleur, mais elle avait eu ses raisons pour partir comme elle l'avait fait.

Et attendre n'avait jamais tué un homme, du moins essayait-il de s'en convaincre tandis qu'il mourait un peu plus à chaque minute qui passait. Peu importe que chacune de ces minutes la rapproche de lui. Jusqu'à ce qu'elle soit dans son allée, dans sa maison, dans ses bras, elle était trop loin.

Il venait de sortir de sa chambre vers la cuisine quand les phares d'une voiture éclairèrent la fenêtre de devant. Il ouvrit la porte et vit Michelle garer sa voiture allemande à six vitesses dans l'allée. Ouah. Les choses allaient de mieux en mieux. Il n'aurait pas pensé cela possible. Comme il ne l'aurait pas imaginée derrière le volant de ce petit bolide.

Il sortit sur le porche et la regarda tandis qu'elle faisait balancer ses superbes jambes hors de la splendide Audi 4. Le coup d'œil valait chaque minute des heures qu'il avait attendues pour la revoir. Et, comme elle s'avançait, ses talons claquant sur les pavés, il se rendit compte que ses sentiments pour cette femme se multipliaient.

— Salut, dit-il une fois qu'elle s'approcha.

Elle pencha sa tête sur le côté, lui adressant une sorte de sourire timide.

— Salut, toi.

— Tu as eu des problèmes pour me trouver ?

— Le GPS est le meilleur ami de la femme, dit-elle, s'arrêtant sur son perron et dans ses bras, plus du tout timide.

Soulagé, il la prit dans ses bras, ferma les yeux et la tint, gardant son corps aussi proche du sien, aussi longtemps qu'il pouvait sans que le battement de son cœur ne la fasse fuir. Il était trop tôt pour espérer plus que cela, et il ne souhaitait pas qu'elle pense qu'il voulait seulement son corps. Il la repoussa, baissa les yeux et sourit.

— Tu veux une visite à dix cents ?

Sa bouche se tordit, ses yeux à la lumière de son porche plein de malice.

— Tu pourrais faire payer plus que dix cents si l'endroit est le gouffre financier que tu prétends.

— Ce n'est pas une mauvaise idée.

Sa main dans le bas de son dos, il la guida à l'intérieur de sa maison.

— Faire payer quelques dollars et donner une leçon en visitant sur ce à quoi il ne faut pas s'attendre quand on achète une maison. Là encore, cela éliminerait probablement toute chance que je puisse avoir de la vendre.

— Je ne sais pas, dit-elle, entrant dans la pièce principale qu'il avait décorée en un antre contemporain avec quelques objets austères pour compléter. Ce n'est pas mal. Peut-être un peu moyen en ce qui concerne le cachet...

— Peut-être?

Cet endroit était totalement dépourvu de cachet. Il lui avait servi de lieu où atterrir quand il ne voyageait pas pour son travail. C'était un investissement qu'il avait espéré balancer avant que le marché ne batte de l'aile. Tout ce qu'il voulait maintenant, c'était de partir avant que les rénovations n'atteignent le plafond de son compte en banque.

Michelle tourna autour de son sofa, passant ses doigts sur le dos des coussins avant de quitter le salon pour l'arrière de la maison. Elle continua à jeter un coup d'œil dans les embrasures des portes, sans toutefois jamais allumer les lumières, et, à mi-chemin dans le couloir, elle cria :

— Rien que de la peinture, des coussins et des photos de famille ne pourraient améliorer.

— Je n'oublierai pas, lui dit-il, même si la peinture était très loin de ce qu'il envisageait.

Et, même là, il s'en tiendrait aux couleurs neutres pour augmenter ses chances de vendre. Il attendit qu'elle termine de voir son manque de goût avant d'en dire plus.

Il attendit parce qu'elle entrait dans sa chambre, et il n'était pas certain qu'elle puisse l'entendre. Il attendit parce que cela lui laissait un moment calme pour reprendre ses esprits. Il attendit parce que la suivre dans la chambre avec son lit ne pouvait être une bonne idée quand il était aussi tendu.

— Tu veux prendre un verre vite fait? demanda-t-il une fois qu'elle fut revenue.

Il espérait qu'elle dise non. Maintenant qu'il l'avait ici, il ne voulait pas qu'elle parte.

— On peut aller chez Mike's. C'est juste à deux pas.

Elle acquiesça.

— Certainement, je suis garée derrière toi ; alors on peut prendre ma voiture si tu veux ?

— Ça me paraît une bonne idée.

Une idée avec laquelle il ne voulait rien avoir affaire, mais trop tard pour reculer. Et puisqu'il avait été celui qui avait fait la suggestion…

Il ferma, et ils avancèrent à l'extérieur. Une fois devant la voiture de Michelle, il monta du côté passager et s'attacha comme elle reculait.

— Est-ce que tes amies savaient ce que tu allais faire, en les abandonnant ?

Elle revêtit un sourire taquin tandis qu'elle changeait de vitesse et avançait.

— Je suis certaine qu'elles le soupçonnaient, mais je ne leur ai pas donné de détails.

Il aimait regarder sa main comme elle passait les vitesses, comment elle levait sa jambe pour embrayer. Sa tenue de route de la voiture était sûre, confiante, et il aimait cela aussi.

— Hmm. Je pensais que c'était ce que faisaient les amies filles.

— Et que sais-tu au juste d'une fille et de ses amies ? dit-elle, lui adressant un rapide coup d'œil taquin.

Il haussa les épaules et se cala dans son siège, profitant de sa compagnie et du tour en voiture.

— Tout ce que j'ai toujours voulu savoir sur une fille et ses amies, je l'ai appris de *Sexe à New York*. Non pas en l'observant.

Sur ce, Michelle rit.

— Crois-moi. Nos vies sont à moitié moins excitantes.

— Pas de portes de chambre tournantes ? Un homme qui sort juste avant que le prochain n'entre ?

— Qui a le temps ? Ou, plus encore, continua-t-elle tout en rétrogradant dans le virage qu'il lui avait signalé. Quand ces filles travaillent-elles ? Les déjeuners sont les fins de semaine, bien sûr, mais elles vont dans les discothèques et font les magasins plus qu'elles ne font autre chose.

— Tu n'aimes pas les discothèques ?

— Billy Idol pouvait apprécier danser avec lui-même[3], mais moi non, et comme je suis une petite buveuse...

Elle secoua ironiquement la tête.

— Sortir en discothèque quand on reste sobre, ça semble un peu contradictoire.

Je ne peux pas contester cela, songea-t-il, content qu'ils aient ceci en commun également.

— Et faire les magasins ?

— Ah, ça, c'est une autre histoire, dit-elle, ralentissant au panneau de stop au coin. Je pourrais battre ces filles à leur propre jeu et leur faire économiser quelques dollars. J'aime les bonnes affaires encore plus que faire les magasins. Spécialement trouver une de ces pièces uniques dans des endroits, boutiques ou antiquaires insolites. Vraiment, je pourrais faire les magasins pour gagner ma vie.

— Si tu n'allais pas devenir pâtissière, tu veux dire.

— C'est encore à décider. Pour l'instant, c'est être directrice commerciale qui m'empêche de faire les magasins comme métier.

---

3. N.d.T. : Ceci fait référence à une chanson de Billy Idol, *Dancing with Myself*.

— Ça ne peut pas être un aussi mauvais travail étant donné…

Il fit un signe de la main vers l'intérieur luxueux de la voiture.

— Tu aimes ? demanda-t-elle, une pointe de plaisir dans la voix.

— J'aime. Mais j'aime encore plus te regarder la conduire.

Elle accéléra en douceur, puis passa de la première à la deuxième en un mouvement également fluide.

— Tu penses qu'une femme ne peut pas conduire un bolide ?

Oh, il n'avait aucun doute qu'elle le pouvait. En plus, elle était vraiment séduisante en le faisant. Une telle puissance maîtrisée par un si petit gabarit. Il modifia sa position, appréciant un peu trop la direction vers laquelle son esprit s'orientait.

— C'est plus que toi, tu as choisi de conduire un bolide. Embrayer doit être l'enfer avec tes talons.

— Je reconnais une voiture attirante quand j'en vois une.

Elle changea encore de vitesse, donnant à tous ces chevaux germaniques leur puissance.

— C'est une gâterie, mais je travaille dur et je ne fais pas de folies sur beaucoup d'autres choses.

— À l'exception des voyages.

— Eileen et moi avons réservé un forfait. Pas de première classe, ou quoi que ce soit de semblable.

Il aurait dû faire la même chose. Le prix de vente de son voyage à venir était du vol.

— Alors, les vêtements, les bijoux, les antiquaires et les boutiques… Bonnes affaires ou pas, il y a de quoi entraîner des dépenses pour en arriver à une telle apparence.

— Quelle apparence? demanda-t-elle, les réverbères et le clair de lune se projetant sur ses sourcils froncés.

Celle d'une publicité de mode. Celle qui faisait qu'il voulait voir ce qu'elle portait près de sa peau. Celle qui faisait qu'il voulait la voir ne rien porter. Il avala difficilement, montrant l'entrée de Mike's.

— Tout est coordonné, je veux dire. Rien n'est dépareillé.

Le froncement de ses sourcils s'adoucit, et sa moue se transforma en sourire comme elle ralentissait la voiture, entrait dans le stationnement et longeait les rangées de voitures garées. Elle manœuvra dans un espace libre et arrêta le moteur. Ce fut seulement là qu'elle se tourna vers lui et répondit :

— Merci.

Ce fut simple. Ce fut tout ce qu'elle dit, acceptant poliment le compliment qu'il lui avait livré sans la moindre délicatesse. Ce n'était pas son affaire si elle dépensait ou si elle économisait; alors pourquoi s'était-il tout de même lancé là-dedans? À moins qu'il ne s'agisse d'instinct de survie et de trouver un défaut pour repousser cette attirance ardente avant qu'il ne se brûle!

Il l'avait vue deux fois et, chaque fois, il avait été sérieusement impressionné, mais il ne pensait pas que sa réaction avait tant à voir avec son apparence qu'avec sa personnalité. Son sourire, ses yeux, son rire timide, le fait qu'elle se concentre à ce point sur lui. Elle était très attentive. Et oui, il aimait cela; qui n'aimerait pas?

Toutefois, c'était le genre de choses qui pouvait causer des problèmes à un homme s'il n'était pas prudent, s'il laissait la zone de danger de la partie inférieure de son corps lui dicter sa pensée au lieu d'utiliser la tête qu'il avait sur les épaules.

Il repoussa cette pensée, la conduisant à l'intérieur où ils trouvèrent un coin tranquille au bar pour commander un verre. Ils s'assirent en silence, se faisant face l'un l'autre du mieux qu'ils pouvaient, la jambe croisée de Michelle se balançant d'avant en arrière hors du « v » formé par ses cuisses espacées, son mollet frottant celui de Todd, son poignet effleurant le sien comme une tête d'allumette sur un tampon de frappe.

Soudain, zone de danger ou pas, Mike's fut le dernier endroit au monde où Todd voulait être.

— Écoute, Michelle...

Mais ce fut tout ce qu'il put prononcer avant qu'elle ne secoue la tête et place sa main sur sa cuisse.

— Je suis tellement, tellement désolée de m'être enfuie hier soir.

Il n'y avait pas vraiment réfléchi. Bon, peut-être un petit peu.

— Je t'ai dit de ne pas t'inquiéter pour ça.

— Je sais que tu me l'as dit. Mais envoyer un message d'excuses n'est pas la même chose que de le dire. Et j'avais besoin de le dire. J'ai besoin que tu saches...

Elle le regardait dans les yeux tout le temps, lui prêtant toute son attention, puissante et intense, mais, cette fois-ci, elle baissa le regard.

Il réprima une vague montante d'appréhension.

— Qu'est-ce que tu as besoin que je sache ?

— Je ne suis pas ce genre de fille, dit-elle, levant le menton, son expression sincère, troublée, comme si elle craignait ce qu'il pourrait penser d'elle.

Il aimait que cela lui importe. Il aimait beaucoup cela. Elle continua :

— Je ne suis pas pudibonde. Je ne cours pas pour fuir les baisers. Je ne... m'enfuis pas en courant.

— Tu as couru hier soir.

Il ne voulait pas qu'elle s'accroche à ce moment et le rende plus important qu'il ne l'avait été. Il ne s'y était pas attardé, et elle devait faire la même chose. Oui, un baiser aurait été merveilleux. Mais il était un homme patient. Et il n'avait pas été déçu d'entendre qu'elle n'était pas une nonne.

— Mais il faisait nuit, et je n'ai pas vraiment pu contempler tes jambes comme je voulais.

Son sourire retrouvé, sa jambe se balançant de nouveau, sa main appuyée sur sa cuisse et ses doigts décrivant de petits cercles sur ses jeans, elle dit :

— On va pouvoir aller courir ensemble, tu sais. J'aime faire les sentiers du parc le soir quand je ne peux pas dormir. Mais je préfère ne pas y aller seule.

Oui, pensa-t-il alors que le toucher de Michelle devenait plus entreprenant, les cercles plus larges, sa peau plus chaude. Assurément pas une nonne.

— J'ai justement cherché des associations sportives axées sur la course la fin de semaine dernière. Je ne suis pas encore inscrit.

— Ah oui, tu me diras quand ça a lieu. J'ai couru le marathon du jour de la Saint-Patrick plus tôt cette année. C'était mon premier.

— Moi, c'était celui de la colline du Capitole. J'ai réussi à faire du 10 kilomètres heure sans entraînement ou presque.

— Pas mal.

— En effet, mais je me suis bien amélioré. J'aime la foule.

Il tendit le bras pour prendre son verre et fit tourner la glace dans son scotch.

— Ça aide à garder un bon rythme.

— Ça fait des années que je cherche quelqu'un avec qui courir, dit-elle tout en le regardant lever son verre et avaler. Quelqu'un pour me motiver pendant que je le motive.

— Des années ? Alors tu cours depuis longtemps ?

— J'ai commencé à l'université, je crois. Ensuite, j'ai poursuivi quand j'ai commencé la pub. Ce milieu est cruellement intense.

Elle eut un petit frisson. Il en sentit la vibration au bout de ses doigts.

— Courir est d'un bon soutien pour le stress. Et une thérapie.

— Et des jambes musclées.

Elle serra sa cuisse et serra encore quand il la fléchit.

— Hmm. Tu sais, je crois que tu as raison.

Il y avait seulement une chose qu'il savait.

— Pourquoi n'irions-nous pas courir maintenant ?

— Maintenant ? demanda-t-elle tout en le lâchant.

— Maintenant. Pour rentrer chez moi. C'est trop bruyant ici. Trop… public.

Elle lui lança un regard ardent consentant et n'adressa pas plus qu'un signe de la tête vers son verre quand elle demanda :

— Tu ne veux pas finir ton scotch ?

— Je n'en voulais pas depuis le début.

Et elle avait à peine touché à son chardonnay.

Elle avait encore le front plissé. Troublée ? Soucieuse ?

— Mais c'est toi qui m'as emmenée ici.

— Je pensais que tu serais peut-être plus à l'aise ici, avec la foule. Au lieu d'être seule à la maison, tu sais, juste avec moi, dit-il, se demandant pourquoi tout à coup il bafouillait.

Elle secoua la tête, chassant son air inquiet.

— Je suis venue ici pour être avec toi.

Il se raidit, la regarda écarter ses cheveux de son cou, ses doigts jouant avec le pendentif de sa boucle d'oreille, et but la dernière gorgée de son verre avant de chercher son portefeuille.

— Bien, partons d'ici.

Ils repartirent en silence vers la maison de Todd, et, cette fois-ci, Todd conduisit, Michelle lui ayant volontiers céder ses clés. Tandis qu'ils étaient tous deux séduits par l'autre et leur conversation chez Mike's, ils avaient ignoré le bruit de l'extérieur. Or les épais nuages gris qui s'étaient montrés menaçants toute la soirée avaient éclaté en une averse.

Comme Todd était celui qui connaissait les environs, Michelle lui avait demandé de prendre le volant, confessant qu'elle n'était pas ravie à l'idée de faire la route vers chez lui à travers l'orage. Et cela lui convenait. Il y avait quelque chose de primitif à être responsable et protecteur.

Avec l'unique bruit de la pluie sur le toit de la voiture et le doux ronronnement du moteur à chaque changement de vitesse alors qu'il conduisait, l'habitacle devint un cocon de silence agréable, même s'il était d'une certaine façon tendu. Agréable du fait qu'aucun d'eux ne se sentait obligé de parler. Tendu, car l'absence de conversation leur donnait à tous deux le temps de réfléchir, créant un peu de stress.

Todd pensait qu'il était un imbécile de l'avoir fait sortir précipitamment du restaurant. Beau boulot montrant combien il était égoïste. Mais, bon sang, bien sûr qu'il voulait la recevoir seule, sans la foule des vendredis soir qui les dérangerait, sans un serveur de bar attentionné qui leur tournerait autour, sans musique si forte qu'elle rendait difficile de s'entendre.

Ce qu'il ne savait pas, c'était si Michelle regrettait sa décision de partir avec lui quand elle savait qu'ils retournaient chez lui sans chaperon. Elle avait semblé tout à fait prête à partir, et son silence approprié lui permettait de se concentrer sur la conduite au milieu de l'orage.

Ce faisant, il lançait des regards furtifs vers elle, ses jambes, ses mains sur ses genoux, son pouls au creux de sa gorge. La façon dont elle saisissait sa lèvre supérieure avec ses dents, seul indice de son état d'esprit.

L'état d'esprit de Todd était simple. Il voulait entendre tout ce qu'elle avait à dire. Il ne voulait pas crier par-dessus le bruit ou s'autocensurer à cause d'indiscrétions. Ou voir quelqu'un qu'il pourrait connaître et devoir expliquer à Michelle. Il la voulait entièrement pour lui. Voilà, c'est tout. Il arriva alors dans son allée et gara sa voiture derrière la sienne.

Il arrêta le moteur et regarda vers elle. Des gouttes de pluie tombaient quand elle était sortie rapidement de chez Mike's et elles étaient restées accrochées à ses mèches de cheveux comme de minuscules lumières blanches. Ses yeux étaient immenses, limpides et bleus. Il allait se noyer en elle avant que la nuit se termine, avoir le souffle coupé et posséder tout ce qu'elle était.

Son expression le hantait, le laissant péniblement se demander ce qui l'effrayait. Était-ce lui? Était-ce ce qu'elle anticipait? S'attendait-elle à être déçue? Ou, comme lui, se demandait-elle si les choses allaient au-delà de la vitesse d'une fusée avant que l'un d'entre eux soit prêt pour le lancement?

Il se rapprocha. Elle se pencha vers lui. L'atmosphère encore calme dans la voiture devint lourde, comme attendant que le temps qui s'était arrêté recommence à s'écouler. Todd jura que sa poitrine était prête à exploser et il mit fin aux quelques derniers centimètres entre eux avant de presser ses lèvres sur les siennes.

Elle s'ouvrit sous lui comme une fleur, l'accueillant, s'offrant, le sacrifice d'un doux nectar, puis elle se pressa contre lui, se tournant sur son siège pour se plaquer langoureusement sur lui, et tout cela avec sa bouche embrassant la sienne.

Elle avait le goût du chardonnay qu'elle avait bu, celui des grappes de raisin, de la terre capiteuse et du soleil brûlant, comme s'il ne parvenait jamais à en avoir assez. Il inclina sa tête plus loin vers la droite, essayant de trouver la meilleure façon de se placer. Il n'y avait pas d'espace pour la prendre comme il le voulait, mais il faisait ce qu'il pouvait.

Ses mains parcoururent son dos, saisirent ses épaules, tinrent ses bras et entourèrent sa nuque. Les cheveux de Michelle étaient relâchés ce soir, et il enfonça ses doigts dans les mèches épaisses qui sentaient les herbes fraîches, la menthe et la pluie froide, en respirant profondément les senteurs et elle-même.

Les mains de Michelle étaient tout aussi occupées à le découvrir, et, quand il gémit bruyamment, il gloussa, ne s'attendant pas à ce qu'elle s'éloigne en l'entendant, ressentant son recul comme un tir en plein cœur quand elle le fit.

— Tu ris de moi ? demanda-t-elle le souffle court.

— Je ne ris pas. J'apprécie.

Trop pour mettre des mots, de peur de l'effrayer. Ce qui se passait avec son corps était vil, grossier, et il ferait mieux de se retenir jusqu'à ce qu'il soit certain qu'elle ressentait la même chose.

Puis, parce qu'il le devait, il rit encore, l'embrassa encore, déversant tout ce qu'il ressentait dans la pression de sa bouche sur la sienne. Elle était la chose la plus douce qui lui soit arrivée, la femme parfaite qu'il avait toujours voulue dans sa vie, et il arrivait difficilement à la laisser. La pluie martelait le toit de la voiture à un rythme de timbales qui créait une sphère de sécurité au milieu de l'orage.

Puis les nuages se levèrent, et la percussion autour d'eux se calma jusqu'à devenir le roulement d'une caisse claire. C'était maintenant ou jamais, décida-t-il en s'éloignant et regardant le désir dans ses yeux.

— Tu veux entrer ?

Neuf

* P.B.J.[4] : base de vanille fourrée à la gelée et recouverte de crème au beurre et de beurre d'arachide

Tenant la main de Todd, Michelle se précipita pour suivre son rythme comme ils couraient vers l'entrée la plus proche. Après qu'il eut sorti les clés de sa poche, ouvert la porte et qu'il l'eut fait entrer, elle fut surprise de se retrouver dans sa cuisine. Elle se tourna pour le remercier d'avoir conduit, mais n'en eut jamais l'opportunité.

Il la fit reculer contre le plan de travail et inséra ses cuisses entre les siennes. Avec une main dans le creux de son dos et l'autre dans ses cheveux, il baissa la tête, ne perdant pas de temps et reprenant là où ils en étaient restés dans la voiture.

C'était exactement ce qu'elle voulait qu'il fasse, et, cette fois, c'était vraiment mieux. Elle pouvait le sentir, tout

---

4. N.d.T. : Le PBJ (*peanut butter and jelly sandwich*) est un sandwich au beurre d'arachide et à la confiture, populaire aux États-Unis.

entier, ses jambes autour des siennes, sa poitrine appuyée sur la sienne, son érection vigoureuse contre le bas de son ventre.

Une correspondance parfaite, son corps avec son corps, sa bouche avec sa bouche. Elle ressentit des picotements, puis des grésillements dans le ventre, et des feux d'artifice explosèrent quand il se plaqua plus fermement contre elle. Sa langue déferla sur la sienne, avide, gourmande, et elle lui rendit la pareille. Oh, c'était bien. Oh, il était bien, tendre quand c'était ce qu'elle voulait, ardent quand elle lui faisait savoir d'intensifier les choses.

L'accord parfait de leur relation, le synchronisme de leurs mouvements, l'euphorie de leur passion. La légère brûlure sur sa peau, que ses doigts laissaient derrière eux tandis qu'il les glissait sous le bord de son chemisier, la surprit. Totalement. Elle voulait arrêter juste pour le plaisir de faire durer l'euphorie, de se languir et de recommencer. Mais elle ne le fit pas. Elle ne pouvait supporter l'idée de s'éloigner.

Todd, néanmoins, comme s'il lisait dans ses pensées, mit une distance entre eux.

— Est-ce que je te fais mal ?

Avec tous les meilleurs égards, elle pourrait éventuellement vouloir qu'il le fasse, oui. Mais ce qu'elle dit fut :

— Non, pas du tout. Loin de là.

Il avait raison. Les choses étaient sur le point d'échapper à sa maîtrise. Elle aimait la sensation des minuscules étincelles jaillissant le long de sa peau, mais les étincelles entraînaient des flammes alimentant le feu, et c'était beaucoup trop tôt.

Elle se glissa hors de ses bras, mais ne s'éloigna pas, lui permettant de garder la main qu'elle avait laissée s'attarder trop longtemps sur son torse.

— Peut-être qu'on devrait allumer la lumière ? S'asseoir à la table et discuter ?

Il grommela, la libérant, ses rêves sur le point de s'envoler.

— J'ai une douzaine de projets en cours, et la cuisine est le dernier. Si je te laisse voir le désastre, je crains que tu t'enfuies en criant dans la nuit.

Ses doigts froids sans lui, elle jeta un œil autour d'elle, mais il faisait trop sombre pour les détails.

— Qu'est-ce qui ne va pas avec ta cuisine ?

Frottant sa main sur son front, il soupira, puis s'éloigna et appuya sur un bouton pour allumer, plissant les yeux devant la soudaine lumière éblouissante.

— En plus des carreaux ébréchés dans le coin, près de la porte, et des rayures dans l'évier, et de la peinture un peu plus blanche et pâle que le jaune qu'elle est censée être ?

Une fois ses yeux accoutumés à la lumière, elle regarda autour d'elle.

— Ce sont des réparations toutes simples. Faciles à faire.

Appuyé contre le réfrigérateur à l'observer, il la fixa.

— Faciles si ce ne sont pas tes épaules et ton dos qui les font.

— Qu'est-il arrivé à M. Muscle Krav Maga ?

Respectant l'espace entre eux, elle tendit le bras et toucha son biceps.

— Magnifiques d'ailleurs. Je veux dire, les muscles.

— Alors tu as remarqué, dit-il, sans bouger toutefois.

Elle retira sa main, détestant la tension qui s'élevait comme un mur entre eux.

— Oui.

Il parut y penser, et quelques secondes s'écoulèrent avant qu'il ne lui demande :

— Alors, pourquoi es-tu tout le temps là-bas quand je suis ici ?

Être honnête était la seule chose qu'elle pouvait faire.

— Parce qu'aucun de nous n'est là que pour ça.

— Par ça, tu veux dire le sexe ?

Elle acquiesça. Ils étaient des adultes consentants, et c'était le genre de choses qui nécessitait une discussion. Elle ne voulait pas se voir engagée avec quelqu'un qui s'avérait sexuellement excité, mais désintéressé par toutes les choses nécessaires pour débuter une relation.

Todd prit encore une minute, mais finit par se détendre, sourire, sa fossette se creusant comme il lui lançait :

— Mais tu aimes le sexe, n'est-ce pas ?

— Oui, dit-elle en riant, bien contente qu'ils aient éclairci ce point, mais fort embarrassée maintenant qu'une rougeur remontait le long de son cou.

— J'aime le sexe.

Allant plus loin, il dit en haussant un sourcil :

— Et tu ne l'utilises pas comme une arme ou un outil de marchandage ?

— Non, pas du tout. Jamais.

Elle avait connu des femmes qui s'étaient fait une mauvaise réputation à vie en faisant justement cela.

— Et tu n'es pas opposée à… une vérification de notre compatibilité ? demanda-t-il, les jambes croisées au niveau des chevilles tout comme ses bras, sur son torse. Un jour, je veux dire. Si les choses s'orientaient dans cette direction.

Cet homme était un vrai casse-tête, et sa position sur la défensive la titillait.

— Si, par vérification de compatibilité, tu veux dire des relations sexuelles avant le mariage, pourquoi ne le dis-tu pas tout simplement?

— Parce que je préférerais te l'entendre dire.

Elle secoua sa tête.

— Existe-t-il quelque chose que tu ne tournes pas en plaisanterie?

— J'ai commencé jeune, dit-il avec un haussement d'épaules. Ma mère n'a pas bien pris le divorce, et blaguer à table était le moins que je puisse faire pour poser un sourire sur son visage.

— Est-ce que cela fonctionnait?

— La plupart du temps. C'était une mère formidable, et il était difficile de la voir souffrir.

Michelle crut que son cœur se brisait.

— Et tu étais un formidable fils pour le voir et tenter d'apaiser sa peine.

— C'était dur pour chacun de nous. Je ne sais pas. Peut-être qu'être le plus jeune m'a permis de m'en tirer avec des entourloupettes.

— Étais-tu du genre à faire des manigances?

— Absolument, et je le suis toujours.

— Merci de me prévenir. Je veillerai à ne pas baisser ma garde.

— Je préfère quand tu le fais. Ça me rend tout chaud et confus à l'intérieur.

L'intérieur la fit penser à leur étreinte dans l'étroitesse de sa voiture. Il avait été si ardent. Tellement ardent. Elle ne put réprimer un frisson ou dire non quand il se repoussa du frigo et tendit de nouveau les bras vers elle.

Il ouvrit sa bouche sur la sienne, et elle fondit, désirant que le baiser n'ait pas de fin, que la nuit n'ait pas de fin. Elle se pressa fortement contre lui, ses lèvres, sa langue, le mordillant quand il s'écartait, insérant ses mains dans le col de sa chemise pour le ramener vers elle.

Ce fut quand elle ne parvint plus à distinguer son pouls du sien, les sons qu'elle émettait des grognements remontant de sa gorge, son souffle irrégulier de celui légèrement étranglé tant il avait du mal à respirer... Ce fut là qu'elle sut que les choses s'engageaient dans une direction où elle n'était pas prête à aller.

Elle prit sa main, le conduisit au salon et au coin de son sofa. Ils étaient encore proches, toujours en contact quand elle s'assit tout près de lui, mais ils n'étaient plus plaqués l'un contre l'autre face à face, leurs corps menés par le désir et l'expectative.

Là, au lieu de se toucher, ils parlèrent des heures et des heures à tout partager de leur vie. Il mentionna Scott Tucker et un autre de ses amis de l'Ohio qui avait voyagé avec lui en Allemagne, et un troisième, avec qui ils avaient tous joué à la crosse au lycée.

Ils avaient été champions trois années sur les quatre passées là-bas, car ils formaient une équipe hautement compétitive, ce qui semblait une anomalie dans le Midwest, lui dit-il. Elle expliqua sa relation avec Eileen, sa partenaire de voyage qu'elle avait mentionnée précédemment, et parla de Christina, celle qui l'avait pressée d'essayer Match.com.

Todd expliqua comment sa dernière relation s'était terminée en volant en éclats et raconta ses hauts et ses bas des rencontres en ligne depuis lors. Michelle confessa qu'elle avait passé ces mêmes 10 années à faire quelques rencontres sans suite après une terrible rupture et admit que son profil était le seul auquel elle avait répondu depuis qu'elle s'était inscrite au service.

— Vraiment?

Il se tourna pour la regarder en face, l'air ravi.

— Je suis ton premier rendez-vous arrangé?

— Je n'étais pas vraiment emballée de mettre quelque chose de si personnel entre les mains d'un tiers.

— Oui, mais n'est-ce pas ça que nous faisons à chaque fois que nous sortons pour ce type de rendez-vous?

Elle le regarda d'un air désapprobateur, pensant que ses 10 années avec une femme l'avaient empêché de passer par les mêmes rendez-vous pénibles qu'elle avait connus durant le même laps de temps.

— Est-ce que tu as eu beaucoup de chances avec ceux-ci?

— Pas tellement, non.

Le fixant de nouveau, elle resserra davantage le bras de Todd autour de son épaule et entrelaça ses doigts dans les siens.

— Parfois, je me demande si mes amies me connaissent bien.

— Peut-être qu'elles veulent te voir avec quelqu'un, de sorte qu'elles font tourner la roue et espèrent le meilleur.

— Ça pourrait marcher pour certains, mais j'ai toujours su que je ne me caserais pas juste pour m'éviter d'être seule.

Elle se pelotonna plus près, aimant tellement être proche de lui. Il était chaud, solide, un bon endroit pour se poser.

— Je veux dire, ce n'est pas comme si j'étais seule. J'ai de formidables amis et une famille incroyable, et, entre mes occupations avec eux tous, sans parler du travail, je suis pleinement occupée.

— Les gens qui sont occupés peuvent tout de même être seuls, lui dit-il.

Elle se demanda s'il parlait de son expérience personnelle ou s'il voulait qu'elle cherche une vérité plus profonde derrière ce qu'elle avait dit.

— Je sais et j'imagine que je le suis de temps en temps. Mais je veux le genre de relation que mes parents ont. Je veux élever des enfants dans une maison remplie d'amour, pas un couple qui ne soit rien de plus que deux compagnons. Comprends-moi bien. Je connais des couples qui ont réussi de telles relations, mais ce qu'ils ont n'est pas ce que je veux. Je préférerais être la tante célibataire aimante ou la perpétuelle troisième roue.

Et elle eut soudain besoin de se taire. Bavarder au sujet de ce qu'elle attendait d'une relation lors d'un deuxième rendez-vous était loin d'en garantir un troisième. Heureusement, ni ce soir ni la dernière soirée n'étaient typiques des rendez-vous auxquels elle avait participé, et elle avait une très bonne impression sur sa liaison avec Todd. Toutefois, en dire trop et trop tôt était un parfait « tue l'amour ».

— Donc, tu veux des enfants ?

Euh-oh.

— Oui, j'en veux. Vraiment.

— Bien, dit-il, frottant son pouce sur ses doigts. Je suis moi-même assez friand des marmots.

Sa confession arriva comme un soulagement, bien que cela lui fasse aussi décider qu'il était temps de partir. Les choses allaient si vite qu'elle ne prenait pas le temps de réfléchir, et elle craignait de faire une impardonnable bourde. Elle avait eu beaucoup de chance qu'il lui ait pardonné de s'être enfuie l'autre soir. Elle ne voulait pas tenter une autre fois le sort. Elle jeta un œil à sa montre et n'eut pas besoin de feindre d'être surprise quand elle vit l'heure.

— Oh mon Dieu. Il est tellement tard.

Il était 4 h du matin. Comment n'avait-elle pas réalisé qu'il était 4 h ? Comment avaient-ils pu parler toute la nuit et avoir encore tant à dire ?

— Je dois vraiment y aller. Je dois travailler toute la journée demain, euh, aujourd'hui.

— C'est samedi aujourd'hui.

— C'est le pique-nique annuel de l'entreprise.

Avant de connaître Todd, elle avait toujours eu hâte à la nourriture, au plaisir et aux jeux.

— Tu sais comment ça se passe. La présence n'est pas obligatoire, mais on est brûlés vifs le lundi si on ne se montre pas.

Il quitta le sofa.

— Je vais te reconduire chez toi alors.

— Et revenir comment ? demanda-t-elle.

Elle lissa les plis de son chemisier, les frisottis de ses cheveux et sut qu'elle ne portait plus un brin de rouge à lèvres.

Elle devait être dans un sacré état.

— Il existe des choses appelées taxis. Tu en as peut-être entendu parler?

Il était si charmant. Tellement, tellement charmant. Son sourire tranquille et aguichant, son air soucieux.

— Ça va. Ce n'est pas si loin. Je ne vais pas m'endormir au volant, et le seul verre que j'ai pris est passé depuis des heures. Depuis de nombreuses heures.

— Alors, appelle-moi quand tu seras arrivée chez toi, lui dit-il une fois qu'ils atteignirent la porte d'entrée. Je veux savoir que tu es en sécurité.

— Ça va aller, dit-elle, sortant ses clés de son sac.

Elle attendit qu'il la laisse sortir. Comme il ne fit aucun mouvement, elle ajouta :

— Mais je t'appellerai. Promis.

Il lui adressa un regard disant qu'elle avait intérêt à le faire et l'accompagna à sa voiture. Elle se glissa sur son siège, s'attendant à ce qu'il ferme sa portière pour qu'elle puisse partir. Au lieu de cela, il resta là, une main sur le châssis, une sur le toit, baissant les yeux comme s'il avait peur de ne jamais la revoir.

Cette expression d'abandon la titilla, et elle était aussi sur le point de descendre de sa voiture pour rester. Elle choisit un compromis raisonnable et tendit le bras vers le devant de sa chemise afin de le tirer vers elle pour un baiser. Un son étouffé s'échappa de la bouche de Todd juste avant qu'il ne presse ses lèvres sur les siennes.

Son baiser lui indiqua qu'elle allait lui manquer. Celui de Michelle ne lui en montra pas moins. Quand il glissa sa langue le long de la sienne, elle l'entendit murmurer combien il la désirait, bien qu'il ne prononçât jamais les mots.

Elle le désirait, aussi, et espérait qu'il puisse comprendre le langage qu'elle utilisait pour le lui dire.

Mais elle devait partir, elle était *obligée* de partir, et elle lui fit un bref baiser au coin de la bouche, sachant, sans regarder en arrière, qu'il l'observerait jusqu'à ce qu'il ne puisse plus la voir et, qu'alors seulement, il retournerait seul chez lui pour attendre son appel.

Quand il s'était inscrit au cours de Krav Maga le samedi matin, cela lui avait semblé une bonne idée. Mais, ce matin-là, ce n'était plus le cas. Il faisait presque jour quand Michelle était partie et encore plus quand il avait appelé, car elle ne l'avait pas fait.

Il avait attendu autant qu'il avait pu, longtemps après le moment auquel elle aurait dû être rentrée chez elle. Il l'avait rejointe alors qu'elle faisait son épicerie. Qui faisait cela à cinq heures du matin ? Et elle avait promis qu'une fois derrière la porte fermée dans son appartement, elle lui enverrait un SMS. Ce qu'elle avait fait. Il avait lu son message tellement de fois qu'il le connaissait par cœur.

Tu es extraordinaire. ;) J'ai tellement de chance d'être sortie avec quelqu'un de si particulier deux soirs de suite. Merci ! Fais de beaux rêves !

Il n'avait pas voulu aller dormir jusqu'à ce qu'il soit sûr qu'elle n'était plus dans les rues et en sécurité. Ensuite, il n'avait pas voulu aller dormir parce qu'il ne parvenait pas à la sortir de sa tête. Il n'était pas certain d'aimer accorder autant de pouvoir à une femme qu'il venait de rencontrer.

En règle générale, il n'était pas le genre qui agissait sans réfléchir.

Mais il était certain qu'il l'aimait bien. Il l'aimait beaucoup. Suffisamment pour que faire une exception et procéder à un tel saut semble valoir le risque d'un mauvais atterrissage. Il était en bonne condition physique. Il survivrait. Peu importe ce qui se passerait.

Sortant son sac de sport de sa voiture, il claqua la porte, sursautant au bruit comme s'il avait la gueule de bois. Tellement qu'il plissa les yeux derrière ses lunettes noires pour ne pas s'exposer à la lumière intense du soleil. Au moins il ne vomissait pas.

Il aurait probablement été brillant de sauter le sport et de rentrer chez lui pour récupérer le sommeil dont il avait été privé la nuit dernière. Excepté qu'il savait que son mental, contrairement à son corps, était trop tendu pour toute tentative fructueuse de sommeil. Il pouvait juste espérer qu'il soit assez tendu pour le garder éveillé pendant le cours.

Chassant sa confusion et ancrant solidement ses pieds au sol, il mit ses clés dans sa poche juste au moment où le portable vibra contre sa cuisse. Pas un appel, un SMS. Et, puisqu'il ne pouvait imaginer qu'une seule personne capable de lui envoyer un message si tôt un samedi matin, il se surprit à sentir sa confusion disparaître tandis qu'il revenait pleinement au monde qui l'entourait.

J'ai dû me pincer quand je me suis réveillée ce matin. Je suis contente que ce ne soit pas un rêve. C'était vraiment une très douce nuit avec toi. Profite de cette belle journée !

Cette nuit avait été beaucoup de choses, mais le mot douceur n'aurait pas été son premier choix pour la décrire. Sensuelle, passionnée, pas loin d'être torride, explosive comme le moteur d'une fusée artisanale. Toutefois, il aimait qu'elle l'ait trouvée tendre. Elle l'avait été certainement... en plus d'être torride, excitante, le meilleur moment qu'il ait passé depuis des années, assez pour qu'un homme adulte se couche en signe de reddition.

C'était une bonne chose qu'il se destine à un matin de souffrance physique.

Il commençait à ressembler à quelqu'un qui avait besoin que ses priorités se remettent en place. Travailler, travailler son corps, travailler sur lui-même, travailler pour évaluer le gouffre financier que représentait sa maison de sorte qu'il se décharge de ce fardeau. Un, deux, trois, quatre. Il n'était pas difficile de se souvenir de la liste.

Il ne pouvait pas laisser une femme le distraire. Mais, puisque c'était déjà fait, il écrivit :

Douce. Comme un beignet. Comme un cupcake. *Comme toi.*

Il envoya, puis espéra qu'une heure de coups de pied et de coups de poing aguerrissent ce côté doux et fondant de lui-même avec lequel il n'était pas familier et qu'il considérait comme responsable de son cruel manque de sommeil et d'une surdose de Michelle Snow.

— Salut, Bracken. Tu as l'air d'un reste de zombie froid. Dur vendredi soir ?

Todd mit son téléphone dans sa poche et se tourna vers Blake. L'autre homme déambulait dans le stationnement en shorts de surf et tongs, les yeux cachés derrière des lunettes de soleil plus foncées que celles de Todd et des verres plus teintés.

— Comment sais-tu de quoi j'ai l'air? Il est illégal de porter ces chaussures en conduisant dans 23 États.

S'arrêtant devant la voiture de Todd, Blake baissa ses lunettes sur son nez et l'examina attentivement avant de les remettre en place.

— Tu as toujours l'air d'une larve. Ce qui veut dire que tu vas être une larve sur le tapis.

— C'est mieux que d'être une larve accrochée à un bâton.

Ce qui était tout à fait comme il se sentait.

— Bien que je pense qu'un bâton au moins me tiendrait droit.

Blake lui donna une tape dans le dos, le sortant de son coma et le poussant à marcher.

— Est-ce que tu as trop bu ou ce sont juste les filles?

Un gin tonic jeudi soir. Un scotch vendredi. Todd ne considérait pas cela de trop, bien que ce fût plus que ce qu'il buvait habituellement. Et il n'était pas question de mentionner Michelle à Blake, qui s'amusait avec des partenaires sexuelles autant que Drew Brees s'amusait à jouer au football.

— Tout ce dont tu as besoin de t'inquiéter, c'est de mon pied dans tes côtes et de ton visage sur le sol.

Blake rit comme ils entraient au club. Mais, deux heures plus tard, essoufflé, vidé, et plus qu'un peu surexcité, Todd était le seul à avoir le sourire. Blake, lui, portait des bandages de sport sur deux de ses orteils et boitait dans le stationnement vers sa voiture.

Se glissant derrière le volant de la sienne et la démarrant, Todd extirpa son téléphone de sa veste et vit qu'il avait un autre message de Michelle. Se sentant nettement plus lui-même, il se cala dans son siège pour lire.

J'espère que tu profites de cette splendide journée ! En parlant de nourriture, si tu n'as pas de projets pour demain matin, voudrais-tu qu'on se rencontre pour bruncher en face de Tysons vers 11 h ?

Cela ne posait aucun problème, songea-t-il, tapant une réponse rapide.

Ce ne sera jamais assez tôt.

Michelle devait avoir son téléphone dans sa main, car elle lui répondit aussitôt.

Je parie que tu écris ça à toutes les filles.

Elle était charmante. Bon sang qu'elle était charmante. Et rapide. Et intelligente. Et il aurait vraiment préféré la retrouver pour un brunch maintenant. Le fait de savoir qu'elle était à son pique-nique annuel quelque part dans le Maryland l'empêchait d'en faire la suggestion. Ce fut pour la même raison qu'il lui envoya un SMS au lieu de l'appeler.

Seulement à celles qui savent que je ne peux pas attendre jusqu'à midi pour le déjeuner.

En parlant de déjeuner, c'était l'heure. Son petit déjeuner avait été juste assez consistant pour passer la matinée sans le rendre malade, mais maintenant le puits était vide. Il démarra, boucla sa ceinture et laissa tourner la voiture au ralenti pendant qu'il lisait le message suivant de Michelle.

Moue. Et moi qui pensais que tu étais impatient de me voir.

Il se surprit à sourire comme un idiot. Une fois de plus… mais il devait y aller. Il avait des tonnes de travaux à faire chez lui avant de la rejoindre demain.

Je le suis. Et je te regarderai au-dessus d'une assiette de crêpes durant tout ce temps.

Dix

* Beignacaf : base de beignet au café recouverte
de fondant au moka et de crème au beurre

*J'enfreins toutes les règles. Je ne peux vraiment pas m'arrêter de
penser à toi. C'est toujours dimanche, 11 h ?*

Ça l'était, et Todd relut le SMS de Michelle dans un coin du
Diner Silver où il attendait assis, une tasse de café devant
lui, un mur de séparation derrière.

Il avait demandé à l'hôtesse la table la plus à l'écart
qu'elle avait. Il voulait poser ses mains, et sa bouche, sur
Michelle, et il ne voulait pas que les regards désapproba-
teurs d'un public affamé refroidissent l'ambiance.

Même s'il était rentré chez lui après le sport et avait
passé une bonne partie de la veille avec un marteau dans
les mains, il n'avait pas encore beaucoup dormi la nuit dernière. Cela ne lui ressemblait pas, d'être distrait, inattentif,
d'avoir une femme dans la tête à en friser l'obsession.

Il n'était pas obsédé. Sauf là. Et ce brunch allait consister à le rassurer à l'effet qu'il n'était pas aussi stupide à ce sujet qu'il le prétendait.

Il mit son téléphone dans sa poche, prit son café et leva sa tasse pour boire. Il était chaud, fort, chargé en caféine, et donna à son métabolisme une secousse nécessaire. Mais cela n'était rien comparativement au choc qu'il ressentit quand il jeta un œil au-dessus de sa tasse pour voir Michelle marcher vers lui. Comme s'il avait été touché par un fil électrique, son cœur s'emballa, son sang bouillonna, sa peau s'enflamma.

Oui. Il allait être difficile de garder son sang froid alors qu'elle était si incroyablement séduisante.

Il glissa de la banquette et se leva pour l'accueillir. Le sourire de Michelle, quand elle le vit, fit tourner plus de têtes que la sienne. Mais comment pouvait-il en être autrement ? Elle avait fière allure avec ses cheveux comme un nuage mordoré et sa peau rayonnante. Elle portait ce qui ressemblait à un débardeur, mais qui était une robe légèrement ceinturée, très chic, et découvrant ses jambes superbes. Non pas qu'il s'y connaisse en chic, mais elle l'était et elle le portait bien.

— Salut, dit-elle quand elle le rejoignit, passant ses bras autour de son cou pour une longue étreinte.

Puis, elle le libéra et se glissa de son côté de la banquette.

Il s'assit tout près d'elle, la coinçant, se pressant contre elle. Elle se tourna vers lui, son bras le long de la banquette, ses jambes croisées nichées entre les siennes.

Puis il finit par dire :

— Salut.

Toujours souriante, elle ébouriffa les cheveux de Todd sur sa nuque.

— Je n'aurais jamais imaginé que 24 heures puissent paraître si longues.

Il jeta un œil à sa montre.

— Ça fait plutôt 31.

— Bon, évidemment! dit-elle, s'approchant pour l'embrasser de ses lèvres douces, pressantes, avides et chaudes.

Il se pencha contre son bras qui était encore passé derrière lui, laissant sa tête là quand elle retira ses lèvres après un baiser très long et très sensuel.

— Je me souviens de toi.

— En es-tu sûr? demanda-t-elle, utilisant son pouce pour effacer une trace de rouge à lèvres sur le coin de sa bouche. Parce que si tu as besoin d'un autre aperçu…

— J'en ai besoin, lui dit-il, posant sa main derrière sa tête cette fois, puis l'embrassant jusqu'à ce qu'aucun d'eux ne puisse respirer.

Ils finirent par reprendre leur place, essoufflés, épuisés.

— Je vais avoir besoin de force si nous maintenons ce niveau. Et probablement de plus de café.

— Je pourrais avoir besoin d'un café aussi, dit-elle.

Michelle retira son bras de derrière lui pour attraper une carte, puis se pelotonna contre lui de nouveau pendant qu'elle lisait.

— As-tu bien dormi?

— La meilleure question serait de me demander si j'ai dormi, dit-il.

Puis il prit une grande gorgée de café.

— Entre mon cours et le reste de la journée à arracher et poser du carrelage, j'aurais dû dormir comme un bébé. Pas moins.

— Eh bien, après la fête en plein soleil au pique-nique, j'ai dormi, mais, étonnamment, je me suis retrouvée complètement éveillée à quatre heures; alors j'ai décidé de me lever et d'aller courir.

— Pas étonnant que tu sois si magnifique. L'air frais et de l'exercice.

— Et du maquillage.

Elle leva un doigt, son bracelet cliquetant tandis qu'il glissait sur son bras.

— N'oublie pas le maquillage. Ça cache une multitude de péchés et de nuits blanches.

— Hmm. Peut-être que c'est ce dont j'ai besoin, dit-il.

Ce qui la fit rire et lui donner un léger coup de coude dans les côtes.

Il poursuivit.

— Un ami m'a vu hier matin et il m'a dit que j'avais l'air d'une larve. Et nous portions tous les deux des lunettes de soleil.

— Comment était le cours?

— Brutal. Mais Blake a passé un pire moment que moi. Il a quelques orteils cassés, dit-il, comme leur serveur arrivait.

Michelle commanda un café. Todd en reprit. Et, pendant qu'elle se décidait pour les crêpes aux myrtilles avec un sirop de myrtille, il opta pour une omelette aux épinards et au fromage feta, pensant que le fer et les protéines lui donneraient assez d'énergie pour corriger les demi-lunes sombres sous ses yeux.

— Il les a cassés tout seul, ou avec ton aide ? demanda Michelle, une fois qu'ils furent seuls.

— Je ne suis *pas* un homme violent.

Elle roula des yeux.

— D'accord. Tu ne fais que donner des coups de poing, des coups de pied, des volées, rouer de coups...

— Juste sur le tapis, lui dit-il, ajoutant un édulcorant dans son café chaud. Mais non, Blake est responsable de son propre malheur. Il portait des tongs pour aller au cours et il a trébuché sur un banc dans les vestiaires.

Elle rit, le visage débordant de joie, sa bouche tout sourire, ses yeux plissés, les ridules aux coins comme de minuscules petits sourires.

— Je ne devrais pas rire, parce que aïe, mais c'est vraiment drôle.

Ça l'était, et il aimait qu'elle partage son sens de l'absurde.

— C'est même encore plus drôle quand on connaît Blake, M. Vaniteux comme un paon.

— Vraiment ?

— Et plus encore. Voilà pourquoi je ne lui ai pas parlé de toi, dit-il avant de prendre une gorgée de son breuvage fumant.

— Et pourquoi ? demanda-t-elle, portant sa tasse à ses lèvres.

— Parce qu'il n'a jamais su faire face à un de mes secrets qu'il n'aimait pas.

Elle l'observa, ses yeux témoignant de sa réflexion, son front nettement froncé. Après un long moment, elle reposa sa tasse sur la table et baissa les yeux tandis qu'elle demandait :

— Gardons-nous ça secret ?

— Ça dépend de ce à quoi tu fais référence en disant
« ça ».

Pour le moment, il la voulait pour lui tout seul. Ce qu'il
ne voulait pas, c'était qu'elle pense que son égoïsme
était honteux. La présenter serait un plaisir, mais cela pouvait attendre.

— Mon ami Gabi ? Mike's ? Le déjeuner d'aujourd'hui ?
Toi t'enfuyant avant que je ne puisse t'embrasser ? Moi
t'embrassant ?

Elle tira la langue.

— Tout ça, donc. Toi et moi. Le truc de Match.com.

— Est-ce que tu l'as dit à quelqu'un ? À part tes amies
que tu as abandonnées à l'orchestre symphonique ?

Elle semblait se protéger, laissant le temps au serveur
d'installer leurs commandes devant eux.

— Elles sont les seules qui savent que je me suis inscrite
et que je t'ai rencontré. En fait, ce sont elles qui m'ont incitée
à le faire.

Il se surprit à sourire.

— Comment est-ce arrivé ?

— Le mois dernier, je les ai reçues pour bruncher. C'est
là que Christina… Je t'ai parlé d'elle vendredi soir, dit-elle,
rafraîchissant sa mémoire.

Comme il acquiesça, elle poursuivit :

— C'est le jour où elle m'a fait jurer d'essayer le service.
C'est devenu toute une affaire, prendre ma photo et tout ça.
Alors, à l'orchestre symphonique, elles étaient curieuses à
ton sujet. Je pense qu'il était plutôt évident que je voulais.
partir bien avant que je l'aie fait.

— Ah, alors tu leur as parlé de ta fuite devant mon baiser et de ton besoin de rattraper le temps perdu ?

— Non, dit-elle tout en rougissant. Je ne leur ai pas vraiment parlé de toi, excepté que j'avais apprécié notre soirée.

— Donc, je *suis* ton secret.

Elle joua avec sa nourriture, trempant un bout de crêpe dans le sirop avant de demander :

— Est-ce que ça t'embête ?

Puisqu'il n'avait pas vraiment parlé lui-même, il ne pouvait pas dire que cela l'ennuyait. Il coupa son omelette, l'odeur des épinards chauds et de la feta le faisant saliver.

— Parle-moi davantage de ce brunch.

— Qu'est-ce que tu veux savoir ? C'était juste une journée de filles à la maison.

Elle haussa les épaules et mangea un morceau de son petit déjeuner.

Il agita les sourcils et mangea une autre bouchée du sien.

— Mon genre préféré.

— Ah, alors c'est ça. Tu veux connaître les détails coquins.

— Le genre qui vaut le coup d'être entendu.

— Eh bien, les seuls détails que tu auras de moi vont t'ennuyer à mourir. Ou te mettre sur la défensive.

— Parce que vous avez parlé des hommes.

— Bien sûr, dit-elle tout en prenant son café.

— Hmm.

Ce fut tout ce qu'il dit, et le bruit du restaurant s'éleva pour combler le vide.

Il sentit le bacon et la saucisse, entendit des voix fortes et des rires, et se demanda pourquoi la pensée de Michelle discutant d'autres hommes le démangeait.

— S'il te plaît.

Elle but son café, puis brisa le silence qu'il avait laissé s'installer entre eux.

— Comme si tes amis et toi ne parliez pas des femmes.

Euh… non. Mieux valait ne pas aller par là.

— Pas de la façon dont tu voudrais l'entendre.

— Exactement, dit-elle.

Et il sut à son ton qu'il s'était fait avoir.

Il était temps de changer de sujet.

— Avais-tu cuisiné ? Pour ton brunch ?

— Oui. Une quiche, un pain aux graines de pavot, une salade de fruits. Croissants aux amandes pour le dessert.

— De la nourriture de filles.

Les yeux vers son assiette, elle secoua la tête.

— Essaierais-tu de me convaincre que tu es sexiste ? Parce que ça ne marche pas.

— Sexiste ? Moi ? À peine, dit-il.

Et il se surprit à sourire.

— J'essaie plutôt de tenter de te convaincre de cuisiner pour moi.

— D'abord ton linge et maintenant ça.

Elle l'examina, le jaugea.

— Laisse-moi deviner. Tu es du genre steak frites.

— J'aime les deux. J'aime les burgers et une bonne pizza au fromage. Je mangerai quasiment n'importe quoi. J'aime les sushis…

Ses yeux s'agrandirent comme elle l'interrompait.

— J'adore les sushis. Et la pizza. Mais surtout les sushis.

Elle s'arrêta et le regarda fixement dans les yeux un long moment, comme pour trouver une vérité ou un signe, quelque chose pour l'aider à prendre une quelconque décision qu'elle était en train d'évaluer.

— Aimerais-tu venir demain soir après le travail ? J'irais chercher quelques sushis impériaux et peut-être une salade ?

Soutenant toujours son regard, il tendit la main pour prendre son café, délai stratégique pour garder son sang froid alors que son corps brûlait tant ses mots avaient agi comme du bois d'allumage.

— Tu m'invites chez toi ?

— Oui.

— Je t'ai montré ma demeure ; alors maintenant tu me montres la tienne ?

Elle attendit, ne disant rien.

— Est-ce qu'on peut faire ça mardi ? demanda-t-il, détestant la rejeter mais coincé. J'ai une réunion tard demain.

— Mardi, ça marche.

Elle lui donna le numéro.

— Tu connais l'immeuble. À 19 h, ça va ?

— À 19 h, c'est parfait.

Il coupa un morceau de son omelette. Trois rendez-vous en quatre jours, et ils faisaient des projets pour un autre. La vitesse, la facilité… Cela lui fit secouer la tête.

Michelle le remarqua.

— Est-ce que quelque chose ne va pas avec ta nourriture ?

— Non, c'est génial, mais je pense que quelque chose ne va pas dans le monde.

— Le monde ?

Elle rit et tourna un autre morceau de crêpe aux myrtilles dans son sirop de myrtille.

— Quelque chose de plus que les guerres, les gens qui perdent leur travail et leur maison, l'épuisement des ressources naturelles…

— C'est ce dont je parle, dit-il, faisant un geste avec sa fourchette. Comment est-il possible que dans ce monde une femme comme toi soit toujours célibataire et sur Match.com ?

— Une femme comme moi ?

Il pensa à toutes les choses qu'elle lui avait dites.

— Quelqu'un de tellement prévenant, si impliqué. Si intelligent, si droit. Si dévoué auprès de sa famille, une bonne amie.

— Tu me fais ressembler à une sainte.

— Sainte Michelle. Patronne de Sainte Perfection.

— Je ne suis pas une sainte. Je ne suis pas une nonne. Je ne suis pas vraiment parfaite.

Elle rit légèrement tout en rougissant.

— Je suis juste une fille catholique vieux jeu. En plus, je pourrais te demander la même chose. Tu y es depuis plus longtemps que moi. Tu es sur le site depuis bien plus longtemps que moi. Pourquoi n'as-tu pas été conquis ?

— Beaucoup d'appelées. Peu d'élues.

Elle roula des yeux, et, cette fois-ci, ce fut lui qui rit.

— J'exagère. Mais je ne t'aurais jamais trouvée si j'avais été celui qui cherchait. Tu étais en dehors de mon périmètre.

— Donc j'imagine que c'est une bonne chose que je sois davantage ouverte d'esprit.

— Ouverte d'esprit? Hé, tu parles au type le plus ouvert que je connaisse.

— Tu n'avais pas l'esprit assez ouvert pour me chercher à 30 kilomètres.

— D'accord, coupable. Mais j'aime avoir mes femmes à proximité.

— Tes femmes?

— C'était pour faire court.

— Ah, d'accord. Celles qui ont appelé.

Elle poussa sa hanche tout contre la sienne.

— C'est assez proche?

— Pour les manifestations d'affection en public, oui, dit-il.

Sa voix était étranglée par le désir de l'avoir plus près.

— Mais je ne dirais pas non à une autre soirée du genre privé.

Sa bouche se tordit pour revêtir un sourire mutin et sensuel.

— On verra ce qui se passera mardi.

Bon sang. Cela faisait deux jours à partir de maintenant.

— Pas de temps pour le reste de la journée?

Elle secoua la tête.

— J'ai déjà des projets, désolée.

— Est-ce que d'autres hommes sont impliqués?

— Deux, en fait, dit-elle en riant.

— Euh, oh. Je devrais m'inquiéter?

— Mes parents et moi, et Michael et Colleen allons au centre commercial.

— Je vois ce que tu voulais dire par faire les magasins.

— C'est un vice, je l'admets. Ne dis pas que tu n'étais pas prévenu.

Elle le dit en pointant un doigt sur lui, le bracelet qu'il avait remarqué plus tôt glissant le long de son bras et cliquetant comme elle bougeait.

Il fit un signe vers le bijou.

— Tu as pris ce bracelet dans une de tes boutiques ?

— Non, il appartenait à ma grand-mère Gargiulo. Mon grand-père lui a donné au début de leur mariage.

— Et toutes les breloques signifient quelque chose ?

— Oui.

Elle plaça sa fourchette le long de son assiette, retira le bracelet et caressa un minuscule cheval.

— C'est par rapport à leur ville natale. Goshen, New York. La piste de course historique de Goshen est la plus ancienne piste sous harnais.

— Formidable. Je ne le savais pas.

Il pointa la breloque suivante.

— Le cœur et la clé. Pas trop difficile.

— Elle avait la clé de son cœur.

— Combien de temps ont-ils été mariés ?

— Pendant 47 ans. Il était cent pour cent italien et elle, cent pour cent irlandaise ; alors il lui a donné…

— Le trèfle à quatre feuilles, dit-il, finissant la phrase qu'il avait interrompue.

— Oui, dit-elle, passant à la suivante.

— Le masque commémore un voyage qu'ils ont fait à la Nouvelle-Orléans dans la vingtaine. Ils voyageaient une fois par mois quand ma mère était jeune.

— Et la note de musique ?

Un sourire adoucit son visage.

— C'est une de mes préférées. Avant d'épouser ma grand-mère, mon grand-père Gargiulo chantait de l'opéra.

— Pas possible.

— Si, dit-elle en hochant la tête.

— Il chantait au *Major Bowes Amateur Hour* et à Broadway avec Eddie Albert.

D'accord, maintenant c'était drôle.

— Alors je fréquente une famille du spectacle ?

— Je le suppose.

Ses yeux pétillèrent comme elle pointait la prochaine breloque.

— Les Bermudes ont toujours été leur endroit préféré pour les vacances.

— Et le téléphone ?

— Ma grand-mère était, et est toujours, très sociable, et mon grand-père aimait la taquiner à cause du temps qu'elle passait au téléphone.

— Tu as hérité de cette caractéristique ? Parler beaucoup ?

Elle lui adressa un regard taquin.

— Je peux aller jusqu'au bout d'une conversation. Est-ce que ça t'ennuie ?

Il haussa les épaules.

— Je m'interrogeais juste sur l'envergure de ton cercle social.

— J'ai Eileen et mon groupe restreint d'amies depuis l'université, et puis un plus vaste cercle dans lequel je papillonne.

Elle prit un morceau de crêpe, puis l'agita tout en disant :

— Beaucoup viennent à ma soirée d'Halloween. Tu pourrais les y rencontrer.

Il regarda comme elle mâchait, comme elle tendait la main pour attraper son café et buvait, sans jamais perdre le contact visuel, tandis qu'elle attendait qu'il réponde. Était-il prêt à se rendre là, à inclure ses amies à elle, ou même ses amis à lui, dans ce qu'ils partageaient ? Serait-il prêt dans un mois ?

Beaucoup de choses pourraient arriver d'ici là. Il aimait vivre dans l'instant et il aimait particulièrement celui-là. Il se résolut à dire :

— On verra.

Michelle fronça les sourcils.

— Quoi ? Tu ne veux pas risquer de me voir me moquer de ton costume ?

Qu'il n'ait pas de costume ne lui avait même pas traversé l'esprit.

— Je suppose que tu as le tien tout choisi ?

— Eileen et moi cherchons ensemble ; alors on hésite entre quelques thèmes.

— Y aura-t-il des cupcakes ? demanda-t-il tout en s'emparant de la fin de son omelette.

— Bien sûr. Et des bonbons, puisque c'est l'Halloween. Et des cocktails. Et des tapas. On travaille en ce moment sur le menu. Oh, et on termine toujours en allant dans les bars du coin pour profiter du spectacle.

— Une vraie soirée de fête, hein ?

— Est-ce que ça t'effraie ?

— Je préfère le voir comme un défi. Comment s'habiller pour impressionner la femme qui aime une belle soirée costumée.

— Eh bien, tu as un mois et demi pour trouver quelque chose ; alors je m'attends à être charmée.

— Est-ce que j'ai échoué à ce sujet jusqu'ici ?

Elle secoua la tête et revêtit son immense sourire lumineux qui sentait le sirop à la myrtille.

— Toi, Todd Bracken, tu m'as tellement charmée jusqu'ici que je ne suis pas certaine que mes pieds toucheront encore le sol.

— Si, je serai là pour y veiller.

Onze

* Macaron : base de chocolat fourré à la crème fraîche
et recouverte de ganache au chocolat

Suis en route pour une réunion et je pensais que je pourrais te dire bonjour ! J'espère que tu as passé une superbe nuit. S'il te plaît, écris-moi plus tard et dis-moi quels sushis tu aimes outre à l'anguille. Vin, bière, eau régulière ou pétillante ?

Patientant dans la file d'attente avant de passer sa commande pour des sushis au thon épicé et de la salade d'algues, Michelle consulta pour la cinquième fois le message qu'elle avait envoyé à Todd presque 10 heures auparavant, 10 heures qui étaient passées à une allure d'escargot. Une allure d'escargot aggravée par le fait qu'elle s'était demandé si elle rentrerait à temps chez elle, le seul soir où elle en avait vraiment besoin. Todd venait pour la toute première fois, et tout allait mal.

La circulation avait été épouvantable, et il semblait que tout le monde se soit arrêté chez Raku pour des sushis à emporter ce soir. À ce rythme, Todd allait arriver à son immeuble avant elle. Elle voulait être là quand il arriverait, calme, détendue et en maîtrise d'elle-même, non pas accourant à la porte comme une folle.

Elle avait fait tout ce qu'elle pouvait pour rendre la soirée parfaite. Elle avait laissé tomber sa course du matin pour nettoyer chaque millimètre de son appartement. Elle avait prié toute la journée pour que le temps splendide se maintienne. Mère Nature avait fait sa part, créant les conditions parfaites pour un dîner romantique sur le balcon, mais, à cette allure, ils mangeraient au clair de lune, pas exactement le tête-à-tête décontracté qu'elle avait prévu.

Todd était le premier homme qu'elle avait invité chez elle. Du moins le premier homme qui n'était pas un membre de la famille ou un ami, ou même l'ami d'un ami. Bien que la taille de son appartement les force à garder la liste d'invités réduite, c'était là qu'Eileen et elle organisaient leur soirée d'Halloween annuelle, et où elle tenait des dîners occasionnels ou d'autres fêtes.

Mais, ce soir, il s'agissait d'une soirée intime pour laquelle son appartement était parfaitement adapté. Pas de chariots de vins cliquetant, pas de rires de gens autour d'eux. Son unique invité et elle pourraient parler de tout et n'importe quoi sans être entendus, et ils pourraient se toucher, s'embrasser, même être silencieux et plongés dans leurs pensées s'ils le voulaient. Du moins, ils le pourraient si elle arrivait chez elle !

Elle courut du garage à sa porte, et, une fois rentrée, s'empressa de rassembler les assiettes, les serviettes, la bouteille d'eau et les ramequins pour la sauce au soja et la moutarde, quand le portier sonna pour lui faire savoir que Todd arrivait. Elle courut aux toilettes pour vérifier son visage et ses cheveux, puis revint en hâte à la porte quand il frappa. Elle la tira pour ouvrir et eut peine à attendre de la refermer derrière lui avant de lui sauter dans les bras.

Il les ramena autour d'elle et apposa sa bouche sur la sienne comme si lui aussi avait passé les deux derniers jours désespérément affamé. Elle garda les yeux ouverts, et il fit de même. Puis elle se colla contre lui, se noya en lui, se perdit dans la sensation d'être avec lui jusqu'à ce que son estomac gargouille.

Elle se libéra, éclatant de rire, mais tout ce que fit Todd fut de lui adresser un haussement de sourcils et un sourire.

— Que puis-je dire? Je meurs de faim.

Pour plus qu'un sushi? Voilà ce qu'elle voulait demander, mais, à la place, elle fit signe vers le balcon.

— Allons dehors. Tout est presque prêt.

— Tu as besoin d'aide? demanda-t-il, la suivant plutôt dans sa cuisine.

Contente qu'il l'ait fait, elle disposa la nourriture sur un plateau et le lui tendit, puis mit la vaisselle et les verres sur un autre et ouvrit le chemin. La lumière était suffisante pour manger, mais c'était presque le crépuscule et l'obscurité n'était pas très loin. Au moins, les bâtiments gardaient la chaleur du jour. Ils devraient pouvoir profiter de quelques heures avant l'air froid de la nuit qui les pousserait à rentrer.

Ils s'installèrent l'un en face de l'autre à la petite table en fer forgée de son balcon, le bruit de la circulation en bas, des piétons sur le trottoir, du métro grondant sur ses rails, celui d'un autre monde. Mais là-haut était leur monde, intime, clos, le rythme épuisant de la journée oublié.

Michelle avait attendu ce moment depuis si longtemps que l'émotion la submergeait, et tout ce qu'elle pouvait faire, c'était sourire quand Todd étira ses bras au-dessus de sa tête et soupira.

— Des sushis sur le balcon. La vie ne peut pas être mieux que ça.

Elle l'examina. Si détendu, tranquille. Si à l'aise. Si quelque chose l'ennuyait, il ne le laissait pas voir. Elle ne l'avait pas vu une seule fois perturbé.

— Je ne sais pas. Des sushis sur la plate-forme d'une hutte dans les îles semblent plutôt pas mal.

— Dure journée ? demanda-t-il en haussant un sourcil.

— Pour être honnête ? Ce n'était pas tant la journée que le fait de vouloir arriver à temps ce soir.

— Je suis parti une heure plus tôt, admit-il en appuyant un coude sur la table en la regardant. Je ne voulais pas être pris dans la circulation.

— J'aurais dû faire la même chose.

Elle lui répondit en disposant une part de salade dans leurs deux assiettes, ravie de savoir qu'elle n'était pas la seule à avoir été anxieuse.

— Je me suis fait coincer, et, ensuite, Raku était une vraie maison de fous.

Il prit un sushi au thon avec ses baguettes.

— Comment était ton dimanche avec ta famille ?

— C'était merveilleux. Colleen, ma mère et moi avons fait plus de lèche-vitrine que nous n'avons dépensé d'argent, ce qui a réjoui Michael et mon père. Mais ils sont bons joueurs, et Brian nous a rejoints pour le dîner, si bien que c'était vraiment chouette.

— Je parie que tes parents aiment vous avoir tous si près.

— Oui, dit-elle, espérant que sa joie ne le dérange pas, vu que sa famille à lui était loin. Combien de fois retournes-tu dans l'Ohio pour voir tes proches ?

— Pas aussi souvent que je le souhaiterais, ou devrais. Le plus souvent, lors des fêtes, mais je suis ici depuis huit ans, et c'est chez moi maintenant, de sorte que…

Il laissa la phrase en suspens, regarda au loin et tendit la main pour prendre la bouteille d'eau, laissant Michelle se demander si la distance entre sa famille et lui était aussi émotionnelle que physique.

Elle ne voulait pas se montrer indiscrète, mais c'était difficile, surtout du fait qu'elle était si proche de sa mère et de son père, et de Brian et Michael.

— Tu as un frère et une sœur, c'est ça ?

— Un frère aîné avec deux enfants, et une sœur plus âgée avec trois. Deux demi-frères aussi, les deux plus jeunes, du côté de mon père. Ma mère ne s'est jamais remariée. Entre sa carrière et nous élever tous les trois, j'imagine qu'une relation était la dernière chose à laquelle elle pensait. Ou du moins par rapport à son emploi du temps.

— Je ne peux pas imaginer la force que cela doit prendre pour élever trois enfants seule.

— Elle a fait de son mieux. Elle a fait du bon travail. Avec tout le monde sauf moi, lui dit-il, sa fossette se creusant, bien que son sourire n'atteignît pas ses yeux.

— Tu reconnais que tu es un cas désespéré.

— La plupart des femmes sont de cet avis.

— Mais moi, Monsieur, je ne suis pas la plupart des femmes, dit-elle, agitant ses baguettes.

Todd secoua la tête.

— Ce qui soulève la question de savoir ce que tu fais avec moi.

Pas autant qu'elle voudrait faire. Mais elle garda cette pensée pour elle-même.

— Es-tu proche de tes demi-frères ? Et de ta belle-mère ?

Il secoua la tête, mais elle ne pensait pas qu'il disait non. C'était plus comme si quelque chose était dans son esprit. Elle l'avait remarqué plus tôt, une émotion dans ses yeux qu'elle ne pouvait définir et dans laquelle elle ne voulait pas s'immiscer.

— J'étais adolescent quand mes demi-frères sont arrivés, en plus d'être intéressé au sport et à la musique, et aux filles, ce qui ne me permettait pas vraiment d'agir en grand frère. De plus, je n'étais pas enchanté de toute l'affaire du divorce et du remariage. La façon dont c'est arrivé n'était pas jolie, mais ma belle-mère était assez gentille, et mon père était heureux. Est heureux. J'imagine.

Oui, décidément, quelque chose n'allait pas.

— Ils sont donc toujours ensemble.

Il acquiesça et joua avec sa salade.

— Ils le sont. Pour l'instant.

Oh, oh. Elle avala et hésita.

— Todd ? Je sais que ça ne me regarde pas…

— Mon père a un cancer, dit-il.

Il l'interrompit comme s'il avait eu besoin de se décharger et qu'il avait juste attendu une opportunité pour lâcher les mots qui l'étouffaient.

— Oh, Todd.

La gorge de Michelle se gonfla, et elle lutta pour trouver sa voix.

— Je suis tellement, tellement désolée. Qu'est-ce que je peux faire ? S'il te plaît, n'importe quoi, dis-moi.

— Tu fais quelque chose en étant là. En étant bienveillante.

Il s'avança sur sa chaise et inséra ses mains entre ses genoux écartés. Quand il parla, il regarda le sol, pas elle.

— Il est traité avec de la chimio, mais c'est un mauvais cancer. Un cancer des os. C'est dur, spécialement parce qu'il a toujours été le genre d'homme hors du commun.

— Tu disais qu'il était chirurgien ?

Il acquiesça.

— Très éminent. J'ai donc grandi en pensant qu'il était vraiment très fort. Que rien ne pourrait le faire tomber. Le cancer est un excellent facteur d'égalisation. C'est aussi un fils de pute.

— Tu l'as vu récemment ?

— J'y vais quelques fins de semaine par mois. Du moins j'essaie.

Puis, il la regarda et sourit doucement.

— Il t'aimerait. C'est un vrai homme à femmes. Non pas que ça ait toujours été une bonne chose, mais oui. Toi, il t'aimerait.

— Alors, j'aimerais le rencontrer aussi.

— Peut-être la prochaine fois que j'y vais…

Il laissa la phrase en suspens, et elle ne sut pas s'il pensait que son père pourrait ne plus être là la prochaine fois ou si eux deux pourraient ne plus être ensemble. Elle ne savait que lui offrir, quand le moment présent était la seule chose dont elle pouvait être sûre.

Cela faisait cinq jours qu'ils s'étaient rencontrés en personne chez « Mon ami Gabi ». Cinq jours passés à parler et s'envoyer des SMS, se toucher et se séduire. Cinq jours à imaginer le reste de sa vie avec Todd. Cinq jours durant lesquels elle s'était dit que c'était trop tôt pour être amoureuse.

Ce qui ne signifiait pas que ses émotions n'étaient pas présentes. Elle était attachée à lui. Elle ne voulait pas le blesser. Et, en le regardant maintenant, la tristesse qu'il tentait si difficilement de dissimuler, le poids qu'il s'efforçait de porter seul...

Elle ne voulait pas qu'il regrette une invitation qu'il pourrait avoir faite parce qu'il se sentait vulnérable. Elle pouvait être un soutien, une amie, une confidente. Elle pourrait aussi être, et voulait être, tellement davantage.

Et il n'y avait aucun doute qu'elle franchissait le pas le plus important de sa vie quand elle se mit debout et dit :

— Allons à l'intérieur.

— Je suis désolé. Je n'y pensais même pas.

Il se leva et commença à rassembler les restes de leur repas.

— Tu dois avoir froid.

— Un peu, dit-elle en le regardant, attendant qu'il se tourne vers elle.

— Mais il se fait tard.

— D'accord. Tu dois travailler demain, et je suis assis là, me déchargeant sur toi. Tu aimerais probablement pouvoir me jeter du balcon en ce moment.

— Todd...

— Je sais, je sais.

Il passa une main dans ses cheveux.

— Demain sera très vite là. Je vais devoir y aller.

Oh, ceci n'était pas ce qu'elle souhaitait. Elle posa ses mains sur sa taille, en agitant une pour attirer son attention.

— Tu dois te lever tôt demain, aussi.

Il rit légèrement, s'attardant toujours avec la nourriture et la vaisselle, toujours sans croiser son regard.

— Veux-tu dire que j'ai du mal à dire au revoir?

— Alors ne le dis pas.

Il leva la tête.

— Quoi?

Enfin.

— Si tu passes la nuit ici, tu n'auras pas à dire au revoir.

Il la fixa pendant un long et calme moment, puis secoua rapidement la tête comme s'il voulait être sûr qu'il l'avait bien entendue et avait besoin d'être certain.

— Par passer la nuit…

— Oui.

Ses mains de nouveau sur sa taille, ses doigts se glissant les uns sur les autres comme une aiguille tenue nerveusement avec du fil.

— Je veux dire ce que tu penses comprendre.

Sa gorge se bloqua, sa mâchoire aussi. Son pouls s'emballa.

— En es-tu certaine? Parce que, si tu ne l'es pas, je peux dormir sur le sofa et prétendre…

Faisant le tour de la table, elle vint à lui, posa les doigts d'une main sur ses lèvres pour le faire taire, puis tendit son autre main vers les siennes. Elle les leva pour couvrir sa poitrine, se hissant sur la pointe des pieds pour glisser ses lèvres sur les siennes.

— Je n'ai jamais été aussi sûre de quelque chose, lui dit-elle, sa voix tremblant tout en chuchotant contre sa joue.

Si elle parlait davantage, elle savait qu'elle allait pleurer. L'émotion qui la remplissait était aussi puissante que le besoin de chercher son souffle, et elle ne voulait pas que

Todd se méprenne sur ses larmes. Elle baissa donc la tête, le prit par la main et le conduisit dans le couloir vers sa chambre.

L'avoir ici était un pas en avant vers son futur. Elle voulait qu'il le sache, mais sa langue était liée, ses doigts tremblants, son estomac serré comme dans un rouleau compresseur. Tout ce qu'elle pouvait faire, c'était de l'emmener vers son lit.

Une fois là, elle s'arrêta, le regard posé sur son torse comme elle défaisait les boutons de sa chemise. Elle l'avait touché quand ils s'étaient embrassés, avait caressé sa peau ; elle savait comme il était chaud, comme il était résistant. Comme ses muscles étaient fermes. Mais le toucher comme cela était différent. Il s'agissait d'apprendre ce qui le stimulait, ce qu'il aimait. Ce qu'elle pourrait faire pour qu'il se sente mieux qu'avec toute autre femme.

Elle tira les bords de sa chemise de son pantalon, fit descendre le tissu de ses épaules vers ses bras. Il retira le reste, le jeta sur le sol, puis lui rendit la pareille, prenant le bas de son chandail qu'elle avait porté pour travailler et le tirant au-dessus de sa tête.

Ils se tinrent ainsi pendant un très long moment, se fixant les yeux dans les yeux, le cœur battant, la chambre silencieuse comme si elle aussi retenait son souffle. Michelle avait peur de bouger, de rompre la magie, mais, finalement, tremblante, elle fit remonter ses paumes le long du torse nu de Todd et accrocha ses mains à sa nuque.

Il tendit sa bouche vers la sienne, ses mains trouvant l'agrafe de son soutien-gorge et l'ouvrant. Elle leva les bras pour lui permettre de le retirer, puis se pressa contre lui autant qu'elle pouvait pendant que leurs bouches se joignaient.

C'était purement magique, la sensation d'être peau contre peau, sans chemise comme elle se frottait à lui, sans chandail ou soutien-gorge l'éloignant d'elle. Il était avide, exigeant, sa langue glissant entre ses lèvres pour trouver la sienne. Elle gémit, le son reflétant une profonde vibration dans sa gorge, et il geignit en retour.

Puis, comme si ce n'était pas suffisant, elle enleva ses chaussures. Il enleva les siennes avec les orteils. Il trouva la fermeture au dos de sa jupe et l'abaissa. Elle fit bouger ses hanches, et le vêtement tomba. Elle s'occupa d'ouvrir la fermeture éclair de ses jeans de ses doigts habiles tandis qu'elle frôlait son érection. Il fit tomber ses pantalons à ses pieds.

Le cœur de Michelle battait, son sang affluant et la chauffant alors qu'il la poussait sur le lit puis la couvrait de son corps chaud et lourd. Il entrelaça ses jambes aux siennes, la serrant, et elle frotta la plante de ses pieds sur les muscles de ses mollets. Des mollets de coureur. Solides. Forts.

Avec un lourd gémissement, il tourna sur le côté et baissa un bras, sa main glissant le long de sa cuisse, de son genou. Elle retira sa main de sa poitrine, et il continua son exploration, découvrant la courbe de son mollet, de sa cheville, sa main se refermant sur son pied pour le serrer.

Elle frissonna et ferma ses yeux.

— Froid ? demanda-t-il doucement.

Elle secoua sa tête sur le couvre-lit, le tissu froid sous elle.

— Non. Seulement… dans l'attente. Cela fait tellement de bien.

Il déplaça ses lèvres le long de sa gorge.

— Et ça ?

— Oui. Oh oui.

Il couvrit de baisers sa clavicule, laissant sa peau moite.

— Et ça ?

Elle acquiesça, serrant ses doigts dans les draps et couvertures de chaque côté de ses hanches.

Il descendit davantage, découvrant ses seins, sa langue tournant autour des extrémités, ses dents mordillant... en même temps que sa main remontait sur sa jambe, à l'intérieur de son genou, l'intérieur de sa cuisse. Il s'arrêta quand il atteignit l'élastique de sa culotte, la taquinant là, glissant ses doigts le long de l'obstacle qu'elle souhaitait qu'il anéantisse.

— Tu sais comme tu te sens bien ? lui demanda-t-il, sa bouche sur son épaule, allant vers son cou, son oreille.

Son souffle était chaud, ses lèvres fiévreuses, le bout de ses doigts brûlant où ils jouaient.

Elle rit légèrement, un son désespéré, empli de désir.

— Je sais exactement comme je me sens bien. C'est toi qui me fais me sentir ainsi.

— Content de l'entendre. J'aurais détesté être le seul ici à trouver cela à couper le souffle.

— Crois-moi. Si je devais penser à respirer, je serais inconsciente.

— Ne pense pas, laisse-toi aller, dit-il, remontant ses genoux entre les siens et se débarrassant de son caleçon.

Il était magnifique, consistant et dense, et elle souleva ses hanches quand il la pressa de le faire, se dégageant de sa culotte qu'il fit ensuite glisser. Puis, il se pencha de tout son poids, la recouvrit, la laissant le sentir, son excitation prise entre eux et chaude là où elle se plaquait sur son ventre.

Il l'embrassa, une douce exploration avec sa bouche pendant qu'il bougeait sur elle, la cherchant, la trouvant et se glissant profondément à l'intérieur. Elle retint son souffle, et il s'immobilisa.

— Ça va ?

Elle acquiesça.

— Est-ce que je te fais mal ?

Elle secoua la tête. Est-ce qu'il la torturait ? Oui, mais elle l'avait voulu depuis le soir où ils s'étaient rencontrés. Depuis le soir où ils s'étaient embrassés dans sa cuisine. Depuis le matin où ils avaient mangé des crêpes sans goût du tout. Elle le désirait à jamais.

— Tu es sûre ? demanda-t-il.

Elle chercha sa voix pour lui dire :

— Tu fais tout exactement comme il le faut. Tu n'en fais juste pas assez.

Il gloussa, un doux grondement dans sa gorge, et il commença à bouger, se mouvant doucement contre elle, la comblant, ses yeux comme des flammes bleues dans le faible éclairage de la chambre. Elle voulait regarder ailleurs, fermer les yeux, pour s'abandonner à la sensation. Excepté qu'elle voulait qu'il sache à quel point elle éprouvait du plaisir.

Elle glissa le dos de ses doigts sur sa joue, le long de son cou vers son épaule, puis tourna la tête pour embrasser son bras qui était posé sur l'oreiller. Accrochant ses talons sur ses chevilles, elle s'arc-bouta pour pousser vers le haut comme il poussait vers le bas.

Ils bougèrent ensemble dans une parfaite synchronisation du rythme, leurs corps unis, dansant, se fondant l'un dans l'autre, s'élevant et retombant. Elle gémit, geignit. Il enfonça son visage dans l'oreiller près de son cou et grogna, poussant une dernière fois pour finir.

Elle jouit avec lui, comblée, se fragmentant en tellement de morceaux qu'elle savait qu'elle ne les trouverait jamais tous, spécialement ceux qui venaient de sa part à lui et qui appartiendraient pour toujours à ce moment. Elle avait aimé le sexe auparavant, mais là, c'était au-delà de ce qu'elle avait connu. C'était le corps et l'âme, l'esprit et l'émotion.

Elle soupira profondément, consumée de plaisir, une mare de sensation sous lui.

Il se leva sur un coude et lui adressa un sourire.

— Ça va ?

— Parfaitement bien.

— Tu es parfaite.

— Bon, pas si parfaite. J'ai quelques cicatrices.

— Montre-moi.

Elle rit, remua sous lui, aimant le sentir encore en elle.

— Je ne pense pas.

— Tu veux dire que je vais devoir allumer toutes les lumières et les trouver moi-même ?

— Je pense que ce serait beaucoup plus amusant si tu les découvrais par accident.

— Hmm. Ça pourrait prendre du temps. Et beaucoup d'exploration.

— Je ne vais nulle part.

Il écarta des cheveux de son visage.

— Tu es une femme incroyable, Michelle Snow. Je pense qu'il va falloir beaucoup de temps pour connaître tous tes secrets.

— Tu es le bienvenu pour rester aussi longtemps que nécessaire.

— Bien. Parce que je ne prévois aller nulle part.

— Alors, tu vas rester cette nuit ?

— Tu ne pourrais pas me sortir de ce lit même si tu essayais.

Douze

* Edelweiss : base d'amande recouverte de crème
au beurre aux amandes

Vendredi soir après le travail, Michelle et Todd coururent ensemble pour la première fois. Ils prirent une de leurs pistes préférées, le sentier du Capital Crescent Trail à Georgetown. Le temps était superbe, la soirée aussi parfaite que l'automne pouvait l'être à Washington.

Elle lui avait fait promettre qu'il courrait à son rythme normal et de ne pas l'attendre. Elle voulait voir comment ils s'accordaient en tant qu'équipe et découvrit qu'ils faisaient de parfaits partenaires de course. Néanmoins, Todd vérifiait souvent pour voir s'il ne la laissait pas trop loin derrière, ce à quoi elle répondait qu'il ferait mieux de faire attention, sinon il étoufferait dans sa poussière.

Le soir, c'était idéal. Bien qu'ils aient passé une bonne heure sur la piste, elle sentit à peine l'épuisement. Au contraire, elle appréciait la valeur ajoutée d'avoir Todd à ses côtés comme ils passaient l'avenue Arizona Trestle, le tunnel Dalecarlia et le pont de la rivière. Une fois de retour à son appartement, ils se douchèrent et se changèrent, et se rendirent rapidement en voiture chez Ledo pour une pizza.

— Mmm-mmm-mmm, marmonna Todd, mordant dans une portion et en retirant de longs fils de mozzarella qu'il enroula sur sa langue.

Il mâcha et avala, puis tendit le bras vers sa boisson gazeuse.

— À l'instant présent, je ne peux imaginer que même un cupcake ait aussi bon goût.

L'estomac vide, Michelle ne pouvait argumenter.

— Peut-être que je pourrais inventer un cupcake pizza.

— Hé, pourquoi pas. J'ai vu des gommes à mâcher au parfum de bacon.

— Eurk, dit-elle, plissant son nez. C'est juste répugnant.

— Et pas un cupcake pizza ?

Elle lança un bout de croûte à travers la table. Il atterrit au milieu de sa poitrine.

— Je plaisantais à propos du cupcake. Bien que je voie bien un pain style italien. Des tranches de fromage et de tomates. Beaucoup d'ail et d'origan de bon goût.

— Pour des sandwiches ou juste des en-cas ?

— L'un ou l'autre. Je veux dire, je n'ouvre pas une sandwicherie, dit-elle, enroulant un fil de fromage de sa pizza avec son doigt. Mais j'ai déjà pensé à ajouter mon pain aux graines de pavot à la carte. Et mon gâteau au café à la crème acidulée. J'ai aussi d'incroyables recettes pour des biscuits à la vanille et aux amandes givrés au sucre qui, selon moi, seraient un succès.

— Alors tu es plus qu'une fabricante de cupcakes.

Elle sourit.

— J'ai des talents que tu n'imaginerais même pas.

— Peux-tu faire un nœud avec la tige d'une cerise sur ta langue ?

— Reste dans les parages assez longtemps et peut-être que tu pourras le découvrir, dit-elle.

Subitement, l'ambiance à la table se transforma. Son sourire disparut. L'expression de Todd devint pensive, et il regarda au-dessus de sa tête comme il levait sa boisson gazeuse glacée pour boire.

Elle et sa grande gueule. Il partait demain pour son voyage en Allemagne. Elle avait fait de son mieux pour écarter son absence de son esprit et profiter de leurs moments ensemble. Le taquiner sur le fait qu'il reste dans les parages n'avait été rien d'autre qu'une plaisanterie de l'ordre de la séduction.

Elle désirait qu'il veuille connaître tous ses secrets. Elle ne voulait pas qu'il parte. Mais, plus que cela, elle ne voulait pas qu'il remette en question son départ.

Poussant un profond soupir rempli d'arômes de tomates, d'ail et de parmesan, elle dit :

— Je suis désolée. J'aurai dû m'exprimer différemment.

— Non.

Il reposa sa tasse et la regarda.

— Pas de précautions entre nous. Tu jouais. J'aime ça. Je n'aime pas que tu te remettes en question ou que tu te retiennes.

— Je n'aime pas voir cette expression sur ton visage.

— Quelle expression ?

— Celle qui chasse ta fossette.

Il sourit, bien qu'elle ne puisse dire si son cœur y était complètement.

— C'est mieux.

Sa fossette se creusa, ses cheveux retombant sur son sourcil.

— Je serai de retour dans une semaine, tu sais.

— Je sais, lui dit-elle.

Elle savait également que l'apparence joviale qu'elle affichait ne durerait pas. Il n'était même pas encore parti qu'il lui manquait déjà terriblement.

— Et il n'est pas dit que, dans deux mois à partir de maintenant, je ne me languirai pas pendant que tu trotteras à travers la Grande-Bretagne.

— Je ne trotte pas, rétorqua-t-elle en plissant les yeux, espérant néanmoins qu'il se languisse.

— Tu trottais pourtant selon moi sur la piste.

Il fit un clin d'œil alors qu'il attrapait la dernière pointe de pizza.

— Oh, tu vas me payer ça, dit-elle, la lui prenant des mains.

— Sais-tu qu'il y a 6 500 kilomètres de Bethesda à l'Allemagne ? demanda Michelle, lovée contre l'épaule de Todd sur son sofa.

La télévision était allumée, l'enregistreur passant l'épisode hebdomadaire précédent de *Pratique privée*.

Todd était certain que Michelle n'était pas plus absorbée par l'émission qu'il ne l'était. C'était samedi après-midi, et il partait plus tard ce soir. Pour un vol de 6 500 kilomètres. À 6 500 kilomètres d'elle.

— Je sais. Je sais également que c'est à environ 5 500 kilomètres de Londres.

— Je suis assez petite.

Elle se lova en une minuscule petite boule, ses genoux contre sa poitrine, ses bras autour de lui, et se blottit le plus près possible.

— Tu pourrais probablement me faire rentrer dans ta valise.

— C'est vrai, dit-il, l'entourant de ses bras. Mais ce ne serait pas juste puisque je ne tiendrais pas dans la tienne.

— Je pourrais t'expédier dans une malle.

— Hmm. Ça risque d'être un peu juste.

— Tu pourrais te dégourdir les jambes quand on arriverait, bien que cela puisse coûter moins cher d'acheter simplement un billet avec les prix que les compagnies aériennes demandent ces temps-ci.

Il rit, la serrant plus près.

— Pense à nos deux voyages comme des tests. Tu pourrais m'oublier à la minute où mon avion quittera le sol. Et un grand gars costaud irlandais pourrait littéralement te subjuguer et faire de toi sa bien-aimée.

Croisant ses mains derrière sa nuque, elle le regarda, son visage crispé en une sinistre grimace.

— Excuse-moi, mais pourquoi, dans les deux cas, suis-je celle qui t'oublie ?

Il lui dit la pure vérité.

— Parce qu'il est impossible que je t'oublie un jour.

Elle fit glisser une main pour déposer le bout de son index sur sa bouche.

— Je crois que je vais devoir sévir maintenant. Comme si, moi, je pourrais t'oublier un jour !

— Tant que par sévir, tu veux dire embrasser, dit-il, insérant son doigt entre ses lèvres.

Elle le libéra, inclina sa tête et l'embrassa jusqu'à ce qu'il ne puisse plus penser à l'Allemagne ou à Londres, aux semaines où ils seraient séparés, à changer d'avis et à rester. Il ne parvenait pas à penser du tout, et c'était très bien comme cela.

— Tu vas beaucoup me manquer, dit-elle quelques longues minutes plus tard. Qu'est-ce que je vais faire pendant ton absence ?

Elle disait cela comme si elle n'avait pas eu de vie avant de faire sa connaissance sur Match.com, et il savait que ce n'était pas le cas. Elle irait bien. Elle allait bien avant de le rencontrer, mais ils avaient probablement tous les deux besoin de se le rappeler.

— Tu vas travailler. Tu vas voir tes amies et ta famille. Tu vas manger, dormir et courir. Les mêmes choses que tu as toujours faites.

Elle poussa un soupir de frustration.

— Je vais présumer que ma vie n'était pas aussi ennuyante qu'il n'y paraît.

— Je pense que le bon qualificatif, c'est occupée, pas ennuyante.

Mais il avait raison. Un encouragement était tout ce dont elle avait besoin. Ou peut-être était-ce lui qui avait besoin de se rappeler qu'un an plus tôt, il n'aurait pas réfléchi à deux fois à faire ce voyage.

Et il y réfléchissait à deux fois. Il pourrait avoir autant de plaisir ici avec Michelle qu'en Europe avec ses amis ; c'était pourquoi il devait partir. Ils avaient tous les deux une vie. Ils ne pouvaient pas oublier cela.

Et puis, il y avait le rêve de Michelle d'ouvrir sa propre entreprise. Il ne pouvait pas se mettre en travers.

— Ce que tu devrais faire, si tu as le temps, c'est de travailler sur un menu pour ta pâtisserie.

— Quoi ? demanda-t-elle, repoussant son genou pour s'asseoir sur le sofa à côté de lui, lui faisant face, les jambes croisées.

Il décala une hanche dans le coin, appuya son bras le long du dossier pour mieux la voir, tendit la main et joua avec les pointes de ses cheveux.

— Pourquoi pas ? Tu peux décider comment tu veux décrire tes cupcakes. Donne-leur des noms accrocheurs, rends-les délicieusement hors du commun.

— Ils *sont* délicieusement hors du commun.

— Pourquoi alors ne m'en as-tu pas préparé une ou deux douzaines ?

Comme s'il avait allumé un interrupteur, une lumière envahit le regard de Michelle.

— Je vais le faire maintenant.

Ce fut à son tour de demander :

— Quoi ?

Elle sauta du sofa et sautilla presque en filant vers la cuisine. Il se leva un peu plus doucement, et, le temps qu'il l'a rejoigne, elle avait pris un carnet à spirales de recettes écrites à la main d'une étagère de livres de cuisine.

Il partait demain. Regarder Michelle cuisiner n'était pas exactement la façon dont il avait souhaité qu'ils passent leur dernière soirée ensemble.

— Tu n'es pas obligée de faire ça. Pas maintenant.

— Je le veux, dit-elle en fouillant dans les étagères de son placard.

Farine, sucre, sel, levure chimique, sucre roux, cannelle, chapelure de biscuits Graham... Elle les aligna sur le comptoir, ouvrit le réfrigérateur pour les œufs, le beurre et le lait.

Il comprit la logique de la plupart de ces ingrédients, mais pourquoi des «biscuits Graham»?

— Et ce n'est même pas la meilleure partie, dit-elle.

Son visage était plus lumineux qu'il l'avait vu toute la journée alors qu'elle sortait un bloc de chocolat à cuire et un très gros couteau.

De la chapelure de biscuits Graham. Du chocolat.

— Des *s'mores*? Je pensais qu'on allait manger des cupcakes.

— C'est ça, dit-elle. Nous allons manger des cupcakes *s'mores*.

— Ingénieux. Je veux voir ça.

— Prends un tabouret, dit-elle, prenant deux tabliers à un crochet de la porte du placard et lui en jetant un. Ou, mieux encore, prends une cuillère.

Elle lui fit commencer par mesurer les ingrédients secs dans des bols colorés en silicone, pendant qu'elle coupait le chocolat en morceaux et les râpait dans un bol en acier inoxydable. Elle versa de la crème dans une casserole et la posa sur la cuisinière pour la faire chauffer.

— Tu fais tes propres barres Hershey, n'est-ce pas? demanda-t-il.

Elle lui adressa un regard et un sourire pendant qu'elle prenait la boîte de chapelure de biscuits Graham.

— Et j'imagine que je suis ici pour faire mes propres biscuits Graham.

— Plus ou moins.

— Tu n'oublierais pas quelque chose? La guimauve?

— Tu n'as jamais entendu dire qu'on gardait le meilleur pour la fin?

Il était sûr que c'était ce qu'il avait fait en gardant la meilleure femme qu'il ait jamais rencontrée, sachant qu'elle était la dernière avec laquelle il voulait être.

— Ce concept m'est familier.

— Alors, mesure. Je vais faire la ganache.

— La ganache?

— La partie de la barre Hershey. C'est un glaçage de chocolat et de crème, mais les deux et les cupcakes doivent être suffisamment froids avant de les verser dessus. Sinon, ça ne tient pas.

— On parle donc ici de juste équilibre.

— C'est le cas pour la plupart des préparations et de la cuisine. Amener chaque partie du plat à la table au même moment, sans rien de brûlé, rien d'inachevé.

Elle se mit à couper le bloc de chocolat en morceaux.

— Mais la vie n'est pas tellement différente, n'est-ce pas?

— Tout ce que j'ai toujours eu besoin de savoir sur la vie, je l'ai appris en préparant des cupcakes *s'mores*?

— Pas juste en les préparant. En les préparant avec moi.

Il commençait à se demander si un autre moment, quand elle ne serait pas troublée sur le plan affectif, ne serait pas préférable.

— Alors l'ingrédient magique, c'est le sang de la cuisinière, la transpiration et les larmes? Parce que cette lame de couteau est plus qu'un peu effrayante.

— Je promets. Pas le sang.

Elle continua de déplacer d'avant en arrière le couteau, doucement, les morceaux étant maintenant de la taille de pépites.

— Mais je ne peux pas jurer de n'avoir jamais pleuré dans la pâte auparavant.

Oui, c'était ce qu'il craignait.

— Un peu plus de sel n'a jamais blessé personne.

Le couteau s'immobilisa. Elle se tourna et le regarda, puis les yeux rouges et larmoyants, elle dit :

— Je ne peux pas croire que je viens de te trouver et que tu t'en vas.

— Oh, chérie. Ne pleure pas, dit-il, époussetant la farine de ses mains et retirant son tablier.

— C'est un court séjour. Une semaine. Je reviendrai avant que tu ne t'en rendes compte.

Il ouvrit ses bras. Elle laissa tomber le couteau et s'y précipita, enroulant les siens autour de sa taille. Il caressa ses cheveux, la tenant serrée de son autre main, fixant au-dessus de sa tête la porte du balcon et les lumières de Bethesda Row.

La sensation de son corps contre le sien l'intimida presque. Ils avaient couru ensemble. Ils avaient ri et plaisanté. Ils avaient fait l'amour. Il connaissait bien son corps. Mais la tenir dans ses bras avec cette émotion qui les étouffait presque tous les deux était trop. Son souffle hésitait quand il essayait de respirer, et sa poitrine lui faisait mal.

Était-il prêt pour cela ? La responsabilité des émotions d'autrui quand il n'était même pas certain de la sienne ? C'était une question à laquelle il n'avait pas la réponse, mais il savait qu'il n'allait pas fuir et la quitter ainsi.

— Viens ici, dit-il.

Il se dirigea vers le sofa, cette fois l'installant à cheval sur ses genoux au lieu de la serrer contre lui. Il voulait voir son visage, sentir son poids contre lui. Il leva la main pour repousser des mèches de cheveux qui retombaient et se prenaient dans ses cils.

— Sept jours. C'est tout. Tu peux faire n'importe quoi pendant sept jours.

— C'est toi qui vas te relaxer, voyager, boire, et flirter avec les *fräuleins*.

— Je passerai aussi neuf heures en avion et presque autant dans les aéroports.

— Je ne compatis absolument pas, dit-elle, même si elle souriait.

Il lui sourit en retour, caressa d'un doigt le lobe de son oreille, puis le bas de sa mâchoire et de sa gorge, jouant avec l'encolure de son chemisier.

— Sais-tu comme une semaine passe vite ?

Les yeux fermés, elle leva son menton pour lui faciliter l'accès.

— Ça dépend si tu fais quelque chose d'amusant ou rien d'amusant du tout.

— Alors, fais quelque chose d'amusant.

Il ferma ses mains sur ses épaules et entreprit de la masser.

— Fais des essais pour ces recettes dont tu n'es pas encore certaine.

— Peut-être.

Ce fut tout ce qu'elle dit comme elle laissait sa tête rouler d'un côté à l'autre. Puis, elle ajouta :

— Ou peut-être que je rattraperai le sommeil dont j'ai manqué depuis que tu partages mon lit.

— Ce serait le bon moment pour le faire, parce que le sommeil sera rare quand je reviendrai. Je peux te le garantir.

Ses mains pressaient les biceps de Michelle maintenant, ses pouces effleurant ses seins.

Elle frissonna et ouvrit un œil.

— Ah?

Acquiesçant, il bougea sous elle, apaisant la pression sur son érection.

— Une semaine sans toi?

— Tu peux faire ce que tu veux pendant sept jours, lui dit-elle, tout en bougeant sur ses cuisses.

Hum. Il n'y avait rien comme l'impact de ses propres mots.

— Tant que ce n'est pas huit.

— Tu m'as eue ce matin.

— Je franchirai la ligne de changement de date internationale. Deux fois.

Elle attrapa le bord de son haut et passa le vêtement par la tête. Puis elle saisit le bord du sien.

— Tu établis des règles à ta guise, n'est-ce pas?

Il s'avança afin qu'elle puisse enlever sa chemise, puis il l'attira contre lui, ses bras autour d'elle, son visage enfoui dans l'épaisseur de ses cheveux. Il respira profondément, se souvenant, s'imprégnant.

— Je n'aime pas beaucoup les règles.

— Par exemple?

— Le dessert avant le dîner, dit-il près de son oreille. J'ai nettement l'intention de manger la moitié des cupcakes avant les sushis.

— Nous n'avons même pas encore enfourné les cupcakes.

Il atteignit le fermoir de son soutien-gorge.

— Devrions-nous aller le faire?

— Je préférerais que l'on fasse ceci, dit-elle, accédant à la fermeture éclair de ses jeans, entre eux.

Ils défirent rapidement les boutons et fermetures, retirèrent chaussures et sous-vêtements. Ils ignorèrent les cupcakes inachevés et les rideaux ouverts sur les portes du patio. Ils tombèrent sur le sofa et ne se plaignirent pas quand ils se cognèrent coudes et genoux dans leur effort pour se fondre l'un dans l'autre. Et ils se fondirent parfaitement, leurs corps familiers et à l'aise.

Il se mut contre elle, une poussée en rythme qu'elle accueillit avec une pression mesurée de ses hanches, ses jambes autour de sa taille, ses bras autour de son cou. Il poussa sur ses coudes posés de chaque côté de sa tête et baissa les yeux, observant le jeu des sensations sur son visage.

Elle était belle sous lui, elle ne retenait rien, elle ne cachait rien de ce qu'elle ressentait. Sa tristesse était partie, et ce qu'il vit dans ses yeux termina le travail de le faire entrer en elle. Ceci était réel, cette chose entre eux. Cela menait quelque part, et ils y arrivaient vite. Il ne s'y était pas attendu. Il n'était pas prêt. Mais, alors qu'il entrait en elle, qu'il se laissait aller tout comme elle, il savait qu'il n'y avait pas de point de retour.

Une fois qu'ils furent tous les deux calmés, remis et prêts à retrouver leurs vêtements qu'ils avaient jetés comme s'ils étaient en feu, ils retournèrent à la cuisine. Todd opta pour un tabouret. Ses jambes n'étaient pas prêtes pour supporter plus qu'une guimauve. Michelle réussissait bien mieux à marcher.

Il tendit le bras sur l'îlot pour prendre les ingrédients qu'il avait abandonnés sans les fouetter.

— Tu sais que nous allons devoir le refaire quand tu partiras pour la Grande-Bretagne, n'est-ce pas ? Est-ce que j'aurai des cupcakes pour pleurer ?

Elle tourna la tête, le visage rouge, les yeux fatigués et fiévreux.

— Quel parfum?

— Tu en as avec du chocolat?

— Environ une douzaine de variétés.

— Nommes-en-moi une.

— Ils n'ont pas encore de noms, mais il y a chocolat à la menthe, chocolat avec des Oreos, chocolat et vanille, chocolat et chocolat.

— Pas chocolat et beurre d'arachide?

— J'en ai bien un, oui. Laisse-moi le temps, et j'imagine que je peux en inventer davantage.

Il se demanda d'où lui venaient ses idées. Des livres de cuisine, des magazines, des émissions de cuisine, des menus de restaurants, du rayon sucrerie à l'épicerie?

— Est-ce que tu as jeté un œil sur ce que font les autres pâtisseries?

— Oui, mais pas pour voler ce qu'ils font. C'est plus pour m'inspirer, dit-elle, versant la pâte dans des ramequins alignés sur une plaque à biscuits.

— Comme pour transformer des biscuits Graham, mélanger de la guimauve et le plaisir de manger un sandwich au chocolat style cupcake au coin du feu.

— Exactement. Ou comme regarder Oprah qui aime un légendaire gâteau au chocolat et citron vert, et réfléchir si je peux travailler les mêmes arômes dans quelque chose qui conviendrait à ma boutique.

— Et? Tu as trouvé?

— Pas encore, dit-elle, revenant vers la ganache.

— Le citron vert m'a donné beaucoup plus de problème que le citron.

— Alors, tu as un cupcake au citron.

— C'est si bon. Tellement bon. Je t'en préparerai une fournée quand tu reviendras, dit-elle, la tristesse réapparaissant dans ses yeux.

Il refusa de se laisser aller, inspirant profondément les arômes qui se dégageaient du four.

— Je suis prêt à franchir tes portes et acheter toute la boutique. Bon sang que ça sent bon.

— Attends avant de goûter, dit-elle, commençant à préparer la garniture de la guimauve.

Todd la regarda œuvrer, posant des questions sur la préparation, surpris de la facilité avec laquelle elle assemblait les cupcakes avec la ganache et la guimauve grillée sur le dessus. Alors que lui avait deux mains gauches, ses doigts à elle étaient rapides et habiles tandis qu'elle manipulait ses instruments de travail.

Finalement, elle posa le gâteau sur une assiette à dessert, et ce fut la chose la plus décadente qu'il ait jamais vue. Et, quand il mordit dedans, ayant de la guimauve sur le bout du nez et plus de chocolat sur son visage que dans sa bouche, il jura qu'il avait trouvé une femme capable de créer le paradis sur terre.

Treize

⌒

* Fraisinette : base de fraise recouverte
de crème au beurre à la fraise

— Maman ?

— Ici, Shelly.

La réponse vint de la même cuisine d'où provenait l'odeur du beurre chaud et des oignons, ce qui fit gargouiller l'estomac de Michelle. Où aurait bien pu être sa mère sinon ? songea-t-elle, souriant comme elle se dirigeait dans cette direction.

Elle adorait cela de sa mère. Non pas qu'Anne Snow soit prévisible, mais qu'elle aime transformer le plus simple des ingrédients en le plus magistral des plats comme Michelle le faisait… et qu'elle ait mené à bien cet amour de la cuisine dans sa propre entreprise en tant que traiteur spécialisé dans les desserts.

Aujourd'hui, cependant, elles commençaient avec une tarte chou-fleur et oignons, un plat riche qui comprenait à la fois du mascarpone et du gruyère, et rendu encore plus riche avec l'ajout de crème fouettée. Pas un plat pour les estomacs fragiles, mais un plat dans lequel Michelle avait assurément hâte d'enfoncer ses dents.

Chaque semaine, sa mère et elle se retrouvaient pour tester des recettes, faire les magasins pour des batteries de cuisine, assister à des démonstrations de fabrication de gâteaux, trouver le meilleur produit que les marchés locaux proposaient. Aujourd'hui, elle était certaine que le temps passé avec sa mère serait la seule chose capable de lui extirper Todd de l'esprit.

Elle et Todd venaient juste de se rencontrer. Elle n'était pas prête pour se retrouver si éprise d'un homme, s'ennuyer autant de lui. Ou, pire, ressentir leur séparation comme une destruction de leur lien, de l'indépendance dont elle avait toujours été fière.

Était-il censé être si difficile d'équilibrer l'individualité et la vie en couple? Ou avait-elle encore des problèmes avec la confiance?

Elle posa son sac sur un coin du comptoir avant de rejoindre sa mère au grand îlot central. Elle pensait de nouveau à Eileen et elle, qui partiraient pour la Grande-Bretagne dans quelques mois, un voyage qu'elle attendait avec impatience depuis fort longtemps, et elle savait qu'elle affligerait la même torture à Todd. Du moins, elle espérait qu'elle lui manque tout autant.

— Est-ce que tu as apporté le sel à la truffe?

— Oh oui.

Évidemment. Elle était là pour cuisiner, pas pour être dans la lune ou se plaindre. Elle sortit le sachet de son sac à main.

— J'espère que ce truc se garde parce que j'imagine qu'aucune de nous n'en n'utilisera suffisamment pour justifier le prix. Et, s'il te plaît, promets-moi que c'est meilleur que ce que ça sent. Beurk.

— Oui, et oui, c'est cher, mais pas autant que l'huile de truffe que la recette exige. Je pense que le sel sera mieux.

Ann prit le sachet des mains de Michelle et en examina l'étiquette.

— Quoique je déteste vraiment les aliments compliqués.

Sa mère n'était pas la seule.

— Comme la cardamone que j'ai achetée et utilisée seulement une fois ? Dans le poulet au beurre que j'ai cuisiné pour le dîner que j'ai organisé avec Eileen ?

— Tu ne l'as pas encore terminé ? demanda sa mère en mettant le sel de côté pour défaire la tête du chou-fleur.

Michelle regarda les minuscules fleurons empilés, en mit un dans sa bouche et secoua sa tête.

— Eh non.

— Hmm.

Sa mère prit un couteau et commença à couper les fleurons en tranches.

— Alors on devra trouver un autre plat pour justifier l'achat.

— Toujours à chercher davantage de choses à cuisiner, n'est-ce pas ?

Ann sourit.

— Toujours occupée au travail ?

— Trop occupée.

Michelle saisit la recette que sa mère utilisait et parcourut les ingrédients et les indications.

— Tu ne peux pas imaginer à quel point je suis prête pour des vacances.

— Tu vas toujours à Londres, n'est-ce pas?

— En novembre, oui, mais je serai de retour pour Thanksgiving, s'empressa-t-elle d'ajouter quand sa mère fronça les sourcils vers elle au-dessus des montures de ses lunettes. J'ai dit à Eileen, quand nous élaborions le projet, qu'il était hors de question que je manque ta dinde.

— Est-ce qu'elle viendra avec quelqu'un? Et, si c'est le cas, quel est son nom?

Pour les cartons de table, bien sûr.

— Je lui demanderai et te le ferai savoir à temps.

— Et toi?

Michelle replaça la fiche de la recette sur l'îlot, faisant de son mieux pour ne pas sembler hésiter à répondre. Elle n'avait emmené personne pendant des années; alors la question de sa mère la surprit.

Qu'est-ce qu'elle suspectait et pourquoi?

— Quoi, moi?

— Emmèneras-tu quelqu'un?

Rester naturelle.

— Pourquoi me demandes-tu ça?

Sa mère reposa son couteau, prêtant à Michelle toute son attention.

— La rougeur que tu as aux joues depuis que tu es là? Les étoiles dans tes yeux? Le fait que je te connaisse depuis 31 ans et que je puisse lire en toi comme dans un livre ouvert?

Était-ce si évident? Affichait-elle sa passion pour Todd comme le nez au milieu du visage?

— Je te le ferai savoir aussi.

— Alors tu as rencontré quelqu'un, dit Anne, transférant le chou-fleur de la planche à découper vers un plat pour le four et le mettant de côté.

Elle l'avait rencontré, était sortie avec lui, avait fait l'amour avec lui, avait eu le coup de foudre en quelques jours. Mais qu'était-elle prête à partager avec sa mère de tout ceci ?

— Il s'appelle Todd. Je le vois depuis quelques semaines.

Sa mère fronça les sourcils.

— Et tu ne l'as pas emmené à la maison ?

— J'y travaille.

Silencieuse, sa mère retira un bol couvert du réfrigérateur contenant l'abaisse, et prit un rouleau à pâtisserie et un moule à tarte dans un des tiroirs de la cuisine. Elle commença à préparer la pâte pour le fond avant de parler.

— Je pensais qu'on avait discuté à propos du fait que tu devais oublier ce qui est arrivé à l'université.

En effet. Mais parler était facile. Oublier… pas autant. Michelle débarrassa les restes de chou-fleur pour donner à sa mère de la place pour travailler.

— C'est un grand pas.

— Alors, tu aurais dû l'emmener aujourd'hui et commencer par faire un petit pas.

— Aujourd'hui aurait été impossible. Il est en Allemagne. Il est parti hier soir.

Et, bien qu'elle ne l'eût jamais cru, Michelle avait dormi les 10 heures d'affilée qui avaient suivi son retour à la maison après l'avoir conduit à l'aéroport.

— Pour affaires ?

— Avec des amis.

— Vous avez donc l'amour des voyages en commun. C'est bien.

— En fait, nous avons une tonne de choses en commun. Nous aimons tous les deux voyager et les voitures de sport. Et les sushis. Et courir. C'est vraiment incroyable. Et — Michelle devait bien l'admettre — c'est un peu effrayant. Plus qu'un peu. Très.

— Pourquoi cela?

— Parce que les choses vont si vite. Nous avons à peine eu le temps de nous connaître.

— Néanmoins, tu as l'impression que vous vous connaissez depuis toujours?

— Oui, exactement.

Michelle prit le bord du rond de pâte que sa mère avait étalé.

— Mais, ce n'est pas le cas. Comment puis-je croire en quelque chose qui, je le sais, n'est pas réel?

Grimaçant, la mère de Michelle se tourna vers l'évier et se lava les mains, puis les sécha sur un des linges que Michelle savait être son préféré. Elle reconnaissait aussi une tactique dilatoire quand elle en voyait une, et, bien que sa mère ne soit pas de celles qui donnaient des leçons, Michelle ne put s'empêcher de se sentir sur la corde raide.

Finalement, se mère s'approcha et prit le visage de Michelle entre ses mains avec une expression aimante et chaleureuse.

— Effrayant, c'est légitime. Effrayant veut dire que tu es sérieuse et que tu ne veux pas d'un gâchis.

L'émotion comprima la poitrine de Michelle.

— Mais comment puis-je dépasser cette peur? Je ne veux pas toujours m'attendre au pire.

— L'instinct, dit sa mère en lui donnant une petite tape sur la joue. Le bon sens. Tu as fait suffisamment de mauvaises rencontres pour connaître la différence entre un homme qui cherche une femme et un homme qui te cherche.

Et à quel point cela était-il vrai ? Michelle y réfléchit tandis que sa mère retournait à sa tarte.

— Je déteste l'idée que l'université ait pu gâcher mes relations.

— Tu ne t'interrogerais pas sur ta prudence si c'était le cas.

— Hé, j'ai travaillé longtemps pour construire ces murs. Je ne suis pas certaine d'être prête à les voir s'effondrer.

— Que peut-il arriver de pire s'ils s'écroulent ? demanda sa mère, pliant délicatement la pâte en deux avant de la draper sur le moule.

— Je serai de nouveau blessée ?

— Tu pourrais, mais ne crois-tu pas que ces 10 années t'ont armée pour faire face aux coups durs de la vie ?

— Je suppose que oui.

Toutefois, elle n'était pas vraiment certaine d'avoir la force d'assumer de tels coups durs.

— Il y a beaucoup d'avantages à se jeter à l'eau, Shelly.

Elle savait que sa mère avait raison.

— Cela veut-il dire que tu seras mon filet de sécurité ?

— Ne l'ai-je pas toujours été ?

Un filet avec un tissage parfait, l'élasticité parfaite, exactement ce qu'il fallait pour amortir une chute, puis la faire rebondir pour la remettre en selle. Sa mère lui apportait toujours quelque chose qui la faisait se sentir mieux.

— Peut-être que ces vacances avec Eileen s'avéreront une bonne chose. Cela me laissera du temps et de la distance pour voir ce que je ressens vraiment.

— Tant que ce temps ne te retarde pas pour le dîner de Thanksgiving.

— Quand ai-je déjà été en retard pour le dîner de Thanksgiving ?

— As-tu décidé de ce que tu allais apporter ?

— Je pensais à un dessert.

Un dessert, en fait, avec du potiron et du piment, un glaçage avec du fromage à la crème et de la crème au beurre à la vanille, et un infime saupoudrage de cannelle pour la couleur sur le dessus.

— Des cupcakes peut-être.

À cela, sa mère sourit.

— Cela veut-il dire que tu penses davantage à ta pâtisserie ?

Sa pâtisserie. Michelle aimait la foi que sa mère avait en elle malgré les nombreux obstacles qui jouaient contre elle.

— Oui j'y pense. Et j'en ai même parlé avec Todd.

— Bien. Alors il sait que c'est ce que tu veux ?

Vouloir était la partie facile, mais seulement une petite portion de l'ensemble.

— Je ne suis même pas certaine que c'est ce que je veux. Je veux dire, je sais que ça l'est, mais je ne sais pas si cela va arriver. L'économie va si mal, et quand vais-je trouver le temps pour tout le travail que cela implique alors que je passe 10 heures par jour au bureau ?

Époussetant la farine sur ses poignets et son tablier, sa mère ouvrit le gruyère pour le râper.

— Élabore un plan, puis montre-le nous. À ton père et moi. Nous voulons t'aider pour que cela se réalise.

Est-ce qu'elle plaisantait ? Savait-elle combien de fois Michelle avait rêvé d'impliquer sa famille dans tout projet d'entreprise qu'elle abordait ?

— J'aimerais que vous deux en fassiez partie, mais je voudrais que vous ayez votre mot à dire en étant de vrais partenaires.

— C'est ton bébé, Michelle. Ton père et moi en avons parlé l'autre jour après le cours de pâtisserie. Nous savons tous les deux depuis combien de temps tu rêves de posséder ta propre pâtisserie. Nous voulons faire partie de ce rêve, t'aider de toutes les façons possibles, mais nous voulons que toi seule soit la force créative. Donne-lui vie avec tes propres idées.

La gorge de Michelle se gonfla, sa poitrine lui fit mal, ses yeux devinrent humides. Qu'avait-elle fait pour mériter une famille si aimante ? Leur soutien, leur générosité ; cela signifiait tout.

— Je ne sais même pas quoi dire.

— Dis oui.

— Bien sûr que je vais dire oui !

Elle rit, renifla, tendit les bras vers sa mère et l'étreignit.

— Mais tu ne peux pas être une partenaire trop silencieuse. Je veux que tu cuisines avec moi. Ce ne sera pas aussi drôle si je le fais toute seule.

— Pourvu que par cuisiner tu ne veuilles pas dire faire la vaisselle.

Michelle leva une main pour jurer.

— Jusqu'à ce que nous puissions nous permettre d'engager une aide supplémentaire, je promets de faire la vaisselle.

La mère de Michelle scruta le comptoir et l'îlot, fronçant les sourcils.

— Regarde si j'ai laissé la moutarde de Dijon dans le réfrigérateur. Je jurerais l'avoir sortie mais, manifestement, je devrais jurer que je perds la tête.

La moutarde était dans la porte avec le reste des condiments.

Michelle la donna à sa mère et demanda :

— Que veux-tu que je fasse ?

— Remuer les oignons, tu veux ?

Pendant que sa mère mettait la tarte dans le four et préparait les fleurons à suivre, Michelle commença à remuer la poêlée d'oignons dorant dans l'huile d'olive et le beurre. Elle se sentait comme si elle marchait sur les nuages.

Non seulement avait-elle le soutien émotionnel de ses parents, mais aussi leur soutien financier. Leur confiance en elle n'avait jamais vacillé, pas une fois dans sa vie, mais c'était plus qu'elle ne s'y attendait. Elle ne savait pas ce qu'elle ferait sans eux.

Son rêve paraissait de plus en plus pouvoir se concrétiser, bien que beaucoup de travail soit nécessaire. Inspections, licences, permis. Elle était submergée juste à y penser. Une étape à la fois. C'était tout ce qu'elle pouvait faire. Elle commencerait avec une liste des listes qu'elle aurait besoin de faire, et partirait de là.

Et, bien sûr, elle allait devoir décider comment faire tout ceci sans gâcher ce qu'elle avait avec Todd.

— Oignons remués. Quoi d'autre ?

— Les mini-artichauts. Il y en a quelques-uns dans le réfrigérateur. Tu peux les préparer pour les mettre avec les pommes de terre rouges fingerling.

— Et qui va manger tout ça ?

— Ton père et moi pour le dîner, et toi si tu es encore là. Sinon, tu devras emporter à la maison ton tiers de la tarte, et des pommes de terre.

Avec tout ce fromage, les œufs et la crème ajoutée aux légumes, Michelle était pratiquement certaine que même une part de tarte serait plus que ce qu'elle ne pourrait manger. Cependant, elle pourrait se régaler des pommes de terre pendant des jours.

Après avoir coupé les artichauts près de la base, elle commença à peler les queues et se débarrassa du bout et des feuilles dures extérieures. Ses pensées dérivèrent vers Todd et ses rêves de pâtisserie, et l'équilibre entre le travail et l'amour.

Si leur relation était de longue date, elle ne réfléchirait pas à deux fois à se lancer dans une nouvelle entreprise, mais était-ce juste de mettre autant de pression sur eux deux aussi tôt? Ce qu'ils avaient était nouveau, excitant, et elle devait admettre qu'elle voyait un grand potentiel d'amour durable.

Mais le plus gros souci était de commencer une relation en même temps qu'une entreprise. Une pâtisserie lui grugerait des heures et des heures, des semaines, et ils passeraient nécessairement moins de temps ensemble.

Même s'il était un fan de son idée de pâtisserie, comment se sentirait-il face à la réalité d'avoir de moins en moins son attention, sa concentration? Et comment se sentirait-elle d'avoir moins à lui donner d'elle-même?

Prendre une quelconque décision quand il était loin ne serait pas juste pour aucun des deux. Oui, elle pouvait soupeser les options, faire ses listes, en inclure une pour les avantages et les inconvénients. Mais elle se devait à elle-même d'explorer aussi le sujet avec Todd. Elle voulait les deux, une entreprise et une famille. Elle avait vu sa mère réussir et savait que ce n'était pas un exploit impossible.

Même si Todd ne s'avérait pas l'*Élu*, elle allait devoir faire face aux mêmes conflits avec quelqu'un d'autre. Peut-être que la double pression de s'engager avec un homme et de créer son entreprise allait être trop à gérer. Peut-être qu'elle avait besoin de solidifier l'un des projets, d'avoir une bonne fondation à la base, avant même de considérer l'autre.

Mais par quoi commencer?

Comment prenait-on une telle décision?

— Michelle. Tu es censée te débarrasser des feuilles et du chardon, pas d'enlever les cœurs.

Elle regarda le désordre qu'elle avait laissé sur l'îlot. Oups.

— Je pense que je devrais courir au marché.

— Oui, dit sa mère, secouant la tête. Je crois que tu devrais.

Quatorze

⁓ ⁖ ⁓

* Biscuit MÈREveilleux : base de chocolat recouverte
de crème au beurre et d'Oréo aux amandes

La semaine à venir allait être dingue. Dingue parce qu'elle allait attendre que Todd revienne d'Allemagne, dingue parce qu'il lui manquait et dingue parce que Michelle avait décidé qu'avec ses parents qui l'aideraient financièrement, il n'y avait pas de raison de ne pas travailler sur son projet d'entreprise de pâtisserie pendant que Todd était parti.

Elle ne pouvait nier que l'économie était un problème, mais cette même crise financière ne rendait pas la vision de son avenir dans le marché immobilier très brillante non plus. L'idée était de commencer par la base. Et elle commença simplement là où Todd avait suggéré, en donnant des noms à ses cupcakes.

Appuyée sur les oreillers dans son lit vraiment désert, elle démarra son ordinateur portable et importa un tableur vierge qu'elle intitula «Bébés Gâteaux». Puis vinrent les titres des colonnes : chocolats, arômes de fruits, nouveautés, divers.

Sous nouveautés, la première description qu'elle tapa fut la recette de guimauve que Todd et elle avait cuisinée ensemble la veille au soir. Le retour, après l'avoir déposé à l'aéroport, avait été dur, et, une fois dans sa voiture, elle avait dû respirer profondément avant de rentrer chez elle.

Dieu merci, elle avait déjà prévu de passer le dimanche à paresser dans la maison de ses parents. Maintenant, tout ce qu'elle avait à faire était de trouver des choses pour l'occuper pendant le reste de la semaine, des choses qui n'exigeaient pas beaucoup de produits gras comme la cuisine extrême avec sa mère aujourd'hui.

Toujours rassasiée par le festin de chou-fleur et d'artichauts, elle se concentra sur son tableur. Dans la colonne des arômes de fruits, elle dressa une simple liste : banane, fraise, pomme, citron, myrtille, potiron, noix de coco, cerise, citron vert, carotte.

Elle avait des recettes pour certaines de ces variétés, pas toutes, mais n'était prête à exclure aucune possibilité avant d'avoir testé plusieurs fournées. Le choix d'Oprah, des années auparavant, d'un gâteau au chocolat et citron vert comme étant une de ses recettes préférées, intriguait Michelle qui cherchait la possibilité d'exploiter la culture populaire pour trouver des idées.

Même si elle venait juste de se dire de trouver quelque chose en plus de cuisiner pour occuper son temps, essayer des recettes serait la chose parfaite à faire cette semaine pendant que Todd était parti. Et, contrairement aux légumes qu'elle avait cuisinés avec sa mère, les pâtisseries termineraient au bureau et non pas sur ses hanches.

Demain, ses collègues profiteraient du reste de la fournée de guimauves encore dans la cuisine. La dernière fois qu'elle en avait apporté, un membre du personnel informatique avait dit que les parfums lui rappelaient des vacances passées en famille à mélanger du chocolat et des guimauves autour d'un feu de camp.

Feu de camp ! Un nom parfait ! Elle ajouta le nom au-dessus de la description, se demandant si Todd approuverait. C'était son rêve, oui, mais ils s'étaient tellement amusés hier soir à cuisiner en équipe. Il semblait naturel de lui demander son avis sur ce à quoi elle penserait à coup sûr maintenant comme étant son gâteau.

Là encore, c'était probablement une meilleure idée de garder sa vie privée séparée du travail et de ses rêves, spécialement si tôt dans une relation. Qui sait ce qui arriverait quand Todd reviendrait ? Ou après son voyage en Grande-Bretagne ? Elle avait de grands espoirs, bien sûr, mais elle savait qu'il valait mieux ne pas vendre la peau de l'ours avant de l'avoir tué.

Bon, ensuite ? Pomme. Elle s'appuya sur la tête de lit, ferma les yeux et imagina les Jonathans, Fujis et Granny Smiths. Beurre de pomme, beignets aux pommes — le Dunkin' Donuts préféré de son père —, chaussons aux pommes, pommes flottantes, Johnny Appleseed, une pomme par jour, la pomme de Newton, tarte aux pommes. Ou… Oui ! *Pourquoi pas les deux ?* Elle réfléchit en tapant « la pomme de ma tarte ».

Elle enchaîna, considérant une de ses recettes préférées, une qu'elle avait brièvement décrite à Todd. Le gâteau au café avec pour base un beignet, pas trop sucré ni trop lourd, avec sur le dessus une crème au beurre avec un caramel mou au moka. Un parfait petit déjeuner, vraiment. Comme avoir un beignet et une tasse de café... cela donnerait un Beignacaf! Bien sûr!

Avant qu'elle n'en nomme un autre, son téléphone cellulaire sonna sur la table de nuit. Un message entrant. Elle regarda le réveil. Il était minuit... Qui cela pouvait-il être?

Tôt ici à Munich. J'espère que je ne te réveille pas. Voulais juste te faire savoir que j'ai retrouvé mes amis et que nous allons tous bien. Et aussi que je ne t'ai pas oubliée, pas encore.

Elle pressa ses doigts sur ses lèvres et rit, relisant son mot, les yeux pleins de larmes. Oh, il la faisait rire, mais il la rendait surtout ravie et de bonne humeur. Elle aimait la taquinerie, le jeu de séduction et les menaces de l'oublier. Elle aimait spécialement qu'il le fasse à des milliers de kilomètres de là et qu'elle puisse y répondre immédiatement.

Attention aux fräuleins! *Sinon, c'est moi qui t'oublierai!*

Mais cela n'arriverait jamais. Il lui donnait toujours quelque chose à méditer, un nouvel angle, des options qu'elle n'avait pas considérées. Même lorsqu'ils blaguaient et jouaient, parlaient musique et cinéma, leurs conversations profondes — la vie, les rêves, les objectifs — la laissaient songeuse.

Même si quoi qu'il y ait entre eux ne durait pas pour toujours, elle n'oublierait jamais Todd Bracken.

Durant le dernier jour de Todd en Allemagne, ses compagnons de voyage quittèrent l'hôtel avant le lever de l'aube pour prendre le premier de plusieurs vols qui les conduiraient sur le chemin de l'Ohio. Le vol de Todd était prévu pour plus tard, et, avant d'embarquer pour Washington, il devait passer une autre nuit à Londres, 12 heures dont il ne se réjouissait pas le moins du monde. Il voulait retrouver Michelle. Il ne voulait pas passer une autre nuit à l'étranger ou avoir à traverser l'Atlantique pour arriver là.

Le délai mis à part, les vacances avaient été l'une des meilleures semaines de sa vie. Du premier jour de l'*Oktoberfest* sur le *Wiesn*, quand le groupe avait été renvoyé de l'hippodrome après qu'un ami eut vomi sur le pied d'une *fräulein*, jusqu'à l'autoroute sans limites de vitesse pour voir Salzbourg et Vienne, qui étaient absolument magnifiques, et la vie à la dure avec une incroyable nourriture et d'excellentes bières dans un chalet douillet près du lac Königssee dans les Alpes allemandes, il avait savouré chaque minute de ce voyage.

Une partie de lui aurait aimé l'avoir réalisé avant de rencontrer Michelle. Non pas qu'elle ait été une distraction, mais elle avait été dans ses pensées. Beaucoup. Il lui avait téléphoné de son vélo près du village olympique le lundi, la joignant comme elle se préparait pour le travail. Il l'avait appelée une deuxième fois du sommet à Königssee, pensant combien il aimerait lui montrer la vue.

Ils avaient échangé des messages pendant toute la semaine, le plaisir de recevoir ses messages ayant incité ses amis à lui adresser davantage qu'un seul regard du genre «ça va?». Il avait mentionné que Michelle et lui sortaient ensemble, mais n'avait pas beaucoup parlé d'elle, voulant garder pour lui ce qu'ils partageaient jusqu'à ce qu'il le comprenne mieux lui-même.

Toutefois, avant même d'avoir quitté les États-Unis, il avait appelé sa mère de l'aéroport pour lui faire savoir qu'il voyait quelqu'un. Quelqu'un qui le rendait heureux. Quelqu'un qu'il aimait beaucoup. Et, bien qu'il ait gardé cela pour lui, quelqu'un qu'il pensait lui emmener à la maison pour lui présenter une fois qu'il serait de retour d'Allemagne.

C'était une bonne chose qu'il voyage tout seul en avion. Ses amis lui auraient fait la leçon sur ce retour qui le rendait ô combien malheureux. Même quand il monta à bord de l'avion à Heathrow, après une nuit agitée dans un hôtel proche, il n'avait pas pu dormir ou manger, ou se concentrer sur le film qui passait dans l'avion.

Toute cette aventure lui avait donné trop de temps pour penser. Il connaissait Michelle Snow depuis moins de trois semaines et, pourtant, il l'avait tant laissée s'approcher qu'il ne pouvait se l'enlever de l'esprit. Il n'était pas certain d'être à l'aise avec le fait qu'elle se trouve là. En fait, il était sûr qu'il ferait mieux de prendre une vitesse de croisière plutôt que de s'engager à toute vitesse.

Il détestait penser que ce qu'il ressentait puisse mener à l'échec, ou à quelque chose d'aussi élémentaire que le désir, mais quoi que ce soit de plus profond n'avait pas de sens. Pas après 10 jours en sa compagnie. Il n'était pas certain que cela ait du sens après 10 semaines. Il ne cherchait pas à remplir un vide dans sa vie. Sa vie était sacrément bien. Et il n'était pas sur le coup d'une déception amoureuse ; sa dernière relation datait de quelques années déjà.

Mais, pendant qu'il traversait l'Atlantique, regardant en bas vers l'étendue infinie d'eau, le soleil brillant à la surface comme des cordes de lumière ondulantes, c'était tout ce qu'il pouvait faire pour rester sur son siège et ne pas presser le pilote d'atterrir. Il était prêt à mettre son pied à terre et ses bras autour de Michelle.

Quand l'avion atterrit à Dulles, ce fut la première fois en plus de 24 heures que sa poitrine ne lui fit pas mal quand il respirait. Il s'était dit que ce n'était rien que l'anxiété normale du voyage, voulant rentrer enfin chez lui. Mais, tandis qu'il attendait une autre heure extrêmement pénible pour passer à la douane, il avait reconnu la vérité. C'était d'attendre de voir Michelle qui le rendait fou.

Enfin, il fut libre et il sortit de la douane en s'attendant à la voir. Elle n'était pas là. Il regarda partout. Elle n'était pas là. Il se dirigea vers l'extérieur. Rien. Elle n'était pas là. Où était-elle, bon sang ? Il revint au tapis des bagages, se disant d'un côté qu'elle allait arriver, et de l'autre, qu'il n'aurait jamais dû s'attendre à ce qu'elle vienne.

Ce fut alors qu'il la vit, fonçant vers lui, les cheveux au vent, ébouriffés, un nuage séduisant doré et marron. Sa robe soleil était couleur bronze, et ses talons étaient d'enfer. Ses jambes étaient magnifiques comme elle courait presque vers lui. Puis elle fut dans ses bras, plaquée contre lui, son cœur battant aussi fortement que le sien.

— Oh, Todd, tu m'as tellement manqué, dit-elle, murmurant ces mots contre sa poitrine.

Il n'en pouvait plus. Il la repoussa légèrement et approcha ses lèvres des siennes, l'embrassant comme s'il était parti depuis des années au lieu de quelques jours, comme s'il la connaissait depuis des années au lieu de quelques jours. L'embrassant comme s'ils n'étaient pas entourés par des douzaines, des centaines de curieux, mais cloîtrés derrière les portes fermées de son appartement. Il ne pensait pas qu'ils pourraient y arriver assez vite.

Une très longue minute plus tard, il la relâcha et rit. Elle leva les mains sur son visage pour lui enlever la marque du rouge à lèvres.

— Je t'ai souillé.

Il prévoyait lui faire la même chose.

— Ne t'inquiète pas pour ça. Je ne coûte pas cher en lavage et repassage.

Elle rit encore, un gloussement, sincère, comme si rien au monde ne pouvait la rendre aussi heureuse que de le revoir.

— Tu as faim?

— Je suis affamé.

Cela faisait des heures qu'il n'avait pas mangé, des jours qu'il ne l'avait pas possédée.

— Je pensais que ce serait peut-être le cas.

Elle passa son bras sous le sien tandis qu'il lançait son sac en toile sur l'épaule.

— Je vais t'emmener déjeuner, bien que j'imagine que pour toi ce sera le dîner.

Un bol de céréales en reste dans sa cuisine aurait très bien fait l'affaire.

— J'espérais que tu m'emmènes chez toi.

— Toute bonne chose vient à qui sait attendre, lui dit-elle, se serrant contre son bras comme ils marchaient vers sa voiture.

Michelle jeta un regard vers Todd pendant qu'elle conduisait. Sa tête était en arrière, ses yeux fermés. Il était épuisé. Trop tard, elle se rendit compte qu'elle aurait dû y penser avant de faire des plans. Elle avait commencé par passer sa voiture au peigne fin, puis avait passé les heures suivantes à se préparer. Cheveux, robe, chaussures, maquillage. Elle voulait que tout soit parfait.

Elle aurait voulu que Todd l'observe et se souvienne de Mon ami Gabi et de Mike's, des sushis de Raku, et de l'omelette du Silver Diner. Qu'il se rappelle leurs messages à propos de son linge, la préparation des cupcakes. Qu'il revive leur premier baiser, leur première nuit, chaque nuit après. Elle aurait voulu…

— Qu'est-ce que j'ai manqué la semaine dernière? Quelque chose de bien?

«À part moi», faillit-elle dire, mais elle garda sa faim de lui pour elle.

— J'ai passé une journée à cuisiner avec ma mère…

— Tu lui as parlé de moi?

— J'ai peut-être mentionné avoir rencontré quelqu'un.

Il resta silencieux un instant, puis demanda :

— As-tu préparé davantage de cupcakes?

— Oui, j'en ai fait. Et j'ai imaginé les débuts d'un menu. J'ai joué avec des noms de produits.

À ces mots, il s'assit plus droit sur son siège et la regarda, souriant.

— C'est chouette.

Elle sentit l'enchantement de son sourire — et son approbation—, au plus profond d'elle-même.

— Ce n'est pas beaucoup, mais c'est un début. Et c'était amusant. Les collègues au travail ont probablement pris cinq kilos chacun à manger les résultats des tests des recettes.

— S'amuser, c'est bien. Le plaisir, c'est tout. Travailler devrait être un plaisir. La vie est trop courte pour que ce ne soit pas le cas.

Il avait raison. Elle n'avait pas eu de plaisir depuis beaucoup trop longtemps et avait appris qu'être heureux et content n'était qu'un élément du tableau. Todd lui avait apporté de la joie ces derniers jours, lui faisant comprendre que, bien que sa carrière comporte ses propres récompenses, l'accomplissement personnel n'était pas l'une d'elles.

Elle s'était aperçu qu'elle commençait juste à trouver à donner des ailes à son rêve. Et elle serait toujours reconnaissante à Todd pour l'avoir aidée à découvrir cette vérité.

À ses côtés, Todd lut les panneaux de signalisation et gloussa.

— Tu m'emmènes à Shirlington?

— Oui, dit-elle, en entrant dans le pittoresque petit village de Virginia.

Elle trouva un endroit pour se garer.

— Je me suis dit qu'après une semaine de bière, de saucisses et de *spätzles*, tu pourrais être d'humeur pour des sushis.

— Pour ça et d'autres petites choses, lui dit-il, son air canaille ne laissant aucun doute sur ce qu'il avait en tête.

Un frisson la parcourut, la réchauffa, et elle lui adressa un sourire taquin tandis qu'ils marchaient vers le restaurant, main dans la main. Elle était également prête à enlever ses vêtements, mais elle pensa qu'il était préférable de garder ça pour elle pour le moment.

Ils dînèrent dehors, savourant leurs sushis, le magnifique air automnal et la compagnie de l'autre. Todd lui parla du vélo à travers Munich avec ses amis, des *Englischer Gartens* et du siège social de BMW.

Il lui parla des sacs à dos que lui et l'un des autres avaient achetés pour le voyage, pensant qu'ils resteraient dans des auberges, quand, au lieu de cela, ils avaient dîné dans une véritable pizzéria italienne à un café-terrasse et avaient nagé dans une piscine chauffée dans les Alpes.

— C'était bien de voir les amis, je dois dire.

Il étendit ses jambes et s'adossa.

— Je suis contente que tu aies eu du bon temps. Mais je suis encore plus contente que tu sois de retour. Je pense que j'avais besoin de te revoir pour savoir que ces jours, que nous avions partagés avant que tu partes, n'étaient pas un rêve.

— On a partagé des jours ensemble avant que je parte ?

Elle le fixa d'un air féroce qui était autant une taquinerie que ses propres mots.

— Tu sais que nous sommes aussi près de chez toi que de chez moi. Je n'aurai pas le moindre mal à te parachuter là pour récupérer du décalage horaire et rentrer seule chez moi.

— Oh si, tu aurais du mal, lui dit-il, posant sa serviette sur la table et tendant le bras vers sa chaise pour la glisser près de la sienne.

— Tu as pratiquement rampé sous ma peau à l'aéroport. Ce baiser m'a dit exactement à quel point je t'avais manqué. Alors, je me demande un peu ce que nous faisons encore assis ici.

Elle ne pouvait trouver sa voix pour répondre. Elle ne pouvait pas bouger. Elle ne pouvait pas penser. Tout ce qu'elle pouvait faire, c'était de le fixer dans les yeux. Le désir de Todd la submergea, vola sa force, sa volonté. Elle ne savait pas pourquoi elle avait pensé qu'ils pourraient attendre, quand l'accueil qu'elle voulait le plus lui donner était celui qu'il désirait le plus, et ils avaient besoin d'intimité pour que cela se produise.

Elle fut la première à se mettre debout. Il se leva plus doucement, prenant son temps, comme s'il la taquinait avec la pensée de ce qui allait arriver. Comme s'il savait ce que l'attente lui faisait. Il le savait probablement. Il l'avait probablement vu dans ses yeux. Cacher ses émotions n'avait jamais été une qualité qu'elle avait maîtrisée. Elle n'en avait jamais vu le besoin.

Ils allèrent vers sa voiture en la moitié du temps qu'ils avaient pris pour marcher vers le restaurant, et elle eut du mal à ne pas rouler à plus de 15 kilomètres heure au-dessus de la limite de vitesse sur le chemin les conduisant chez elle. Todd ferma les yeux pendant le trajet, mais la tension entre eux subsistait. Le seul son qu'elle entendait dans la voiture était celui de sa propre respiration, et il était tout aussi pénible que le battement de son cœur.

Quand elle arriva à son appartement et se gara, ses vêtements étaient trop chauds sur sa peau. Todd prit sa main, la tira avec lui dans l'ascenseur, puis l'attira dans ses bras. La montée était sans fin, et ses mains étaient partout, dans ses cheveux, sous son tee-shirt, enlacées aux siennes.

Ils empruntèrent le couloir une fois qu'ils eurent atteint son étage, essoufflés, riant, sans dire un mot. Elle cafouilla avec les clés. Todd les lui prit et ouvrit la porte. Elle la ferma, à clé, tout en enlevant ses chaussures du bout des pieds.

Il était déjà sans son tee-shirt quand elle se tourna, et elle saisit la boucle de sa ceinture, puis le bouton et la fermeture de sa braguette. Il fit glisser sa robe le long de ses bras, dénudant ses seins. Ses mains errèrent partout, puis sa bouche. Elle ferma les yeux, laissa tomber sa tête en arrière et se tortilla jusqu'à ce que le vêtement tombe sur le sol.

Tout ce qu'ils portaient d'autre suivit, jeté et éparpillé, et elle ne sut pas comment ils se retrouvèrent dans sa chambre. Mais ils étaient là, unis, s'aimant, trouvant ce qu'ils avaient perdu, ne se manquant plus mais apprenant, découvrant, se promettant sans mots que même le temps ne se mettrait pas entre eux.

Quinze

* Feu de camp : base de biscuit Graham recouverte
de ganache de chocolat au lait et guimauve

— Es-tu nerveux ? demanda Michelle, marchant avec Todd
dans le centre commercial tandis qu'ils faisaient les vitrines
des magasins avant d'aller rencontrer ses parents pour
bruncher.

Le moment était venu. Todd et elle étaient ensemble
depuis près d'un mois. Il faisait largement partie de sa vie
maintenant, et elle voulait que ses parents le connaissent.

— Le devrais-je ?

Il s'arrêta, fronçant les sourcils vers elle, ses yeux bleus
s'agrandissant avec espièglerie.

— Tes parents sont-ils effrayants ?

Riant, elle s'éloigna de lui et le tira en avant sans donner
de coup ou crier.

— Pas plus effrayant que toi ou moi.

— Hmm. Peut-être que je devrais être nerveux, dit-il, se collant à côté d'elle. Tu pensais que j'allais être un monstre. Le premier soir où tu m'as rencontré. Je me souviens que tu le disais.

Pouah, lui avait-elle vraiment avoué ses peurs ? Que, même en ayant vu sa photo, elle avait craint qu'il soit un ogre ?

— C'est le problème avec les rendez-vous arrangés. C'est comme les boîtes de chocolats, on ne sait jamais ce qu'on va avoir. C'est pourquoi j'espérais en avoir terminé avec ça.

— Attends une minute, dit-il.

Il la fit s'arrêter et la tourna pour lui faire face, ce qui créa un obstacle en plein milieu de la galerie marchande.

— Qu'est-ce que c'est que ce genre d'espoir ?

La tête haute, elle leva les yeux. Son regard sévère la prit au dépourvu. Elle pensait qu'ils plaisantaient là, qu'ils relâchaient la pression. Même s'il n'était pas nerveux, elle l'était. Elle voulait que le brunch se passe bien. Elle voulait que ses parents voient d'eux-mêmes à quel point Todd était incroyable.

Mais elle ne voulait pas qu'il se sente tendu pour quelque chose auquel il n'était pas prêt. Elle ne voulait pas du tout cela et elle s'empressa de revenir sur ce qu'elle avait dit, au cas où ils ne seraient pas sur la même longueur d'onde.

— Ça signifie juste que, même si les choses se passent bien entre nous, je ne veux pas vendre la peau de l'ours avant de l'avoir tué.

Il l'observa pendant un long moment, son expression se détendant en même temps.

— Et là j'ai ma carabine de prête.

Respirant plus facilement, elle les fit de nouveau s'avancer.

— Je sais. C'est difficile de se rappeler que nous nous sommes rencontrés seulement le mois dernier.

— C'est peut-être tôt pour passer le grand test des parents, dit-il, traînant les pieds, bien que seulement de façon métaphorique.

— Ce n'est pas un test, le rassura-t-elle. Ils ont juste hâte de mettre un visage sur le nom de cet homme dont je parle toujours.

— C'est plutôt important pour toi, alors. Que nous nous rencontrions.

— Ça l'est.

— Alors, je devrais probablement ajouter une condition de dernière minute.

Cette fois, ce fut elle qui s'arrêta au milieu de l'allée, forçant deux femmes derrière eux à les contourner par la droite. Elle s'excusa, puis tourna son regard vers Todd. S'il revenait vers elle, se vengeait par une plaisanterie, faisait en sorte de lui donner des sueurs froides, d'accord. Elle pourrait gérer ça.

S'il était sérieux… elle ne savait que penser.

— Laquelle ?

— Tu viens en Ohio la prochaine fois que je vais rendre visite à mon père.

C'était ça ? C'était tout ? Elle avait transpiré pour rien ?

— Bien sûr ! J'aimerais beaucoup.

— Je veux vraiment vous présenter tous les deux au cas où…

Il fit une pause, jetant un œil au loin comme s'il avait besoin d'espace pour respirer, puis se reprit et continua.

— Au cas où je n'aurais pas la chance de le faire plus tard. En plus, ma mère a vraiment hâte de te rencontrer.

Elle n'aimait pas entendre la tristesse dans sa voix, ou penser à la possibilité pour lui de perdre son père. Puis elle prit conscience de ce qu'il avait dit d'autre.

— Tu as parlé de moi à ta mère ?

— Tu as parlé de *moi* à *ta* mère, répondit-il.

Mais sa mère et elle se parlaient tous les jours et à propos de tout ; alors le fait qu'il n'apparaisse pas dans leurs conversations aurait été étrange. Elle ne pouvait s'empêcher de se poser des questions sur les circonstances qui l'avaient conduit à parler d'elle à la sienne.

— N'est-ce pas étrange que nous ayons tous les deux parlé à nos parents ? Après seulement un mois ? Je veux dire... Nous ne sommes pas vraiment des adolescents.

— Pourquoi le serait-ce ? Tu ne dis pas à ta mère ce qui se passe dans ta vie ?

— Je ne lui parle pas de tous mes rendez-vous, non. Je devrais d'ailleurs en oublier la plupart aussitôt.

— Eh bien, content de savoir que je compte.

Il comptait, mais elle n'était pas prête à reconnaître qu'il était le premier homme depuis sa rupture désastreuse à l'université à s'être montré à la hauteur. Lui adressant un rapide clin d'œil, elle dit :

— Que cela ne te monte pas à la tête !

— Tu veux dire que je dois présumer que la prochaine étape sera d'avoir la clé de chez toi ?

Ah, ça. Bien qu'il ne le sache pas encore, elle s'était déjà arrangée pour qu'il en ait une, ainsi qu'un accès à son garage. Elle allait devoir le laisser seul si souvent que cela tombait sous le sens. Mais c'était un grand pas pour elle, s'ouvrir, avoir confiance.

Heureusement, elle n'eut pas à répondre, car son regard fut attiré par une vitrine. Elle le tira vers les accessoires du magasin où des ceintures et des écharpes pendaient près des arbres à bijoux branchés.

— Oh, regarde ça !

Une boîte à bijoux était posée sur un socle en étain, les côtés tapissés d'une bande jaune et blanche, le dessus avec des pois noirs et blancs. Une rose en soie jaune, qui décorait un ruban noir et blanc, était posée sur le couvercle, et un cabochon ornait le devant pour compléter le tout.

— Viens, dit-elle, attrapant sa manche. Entrons pour que je voie ça de plus près.

— Ah oui. Le vice de faire les magasins.

Maintenant *ça*, elle se souvenait de lui avoir dit.

— Ce n'est pas pour moi. Je veux envoyer quelque chose à Woodsie pendant que nous sommes là. Ça t'ennuie ? On a tout le temps.

— D'accord, mais je ne sais rien de Woodsie.

Elle s'arrêta à mi-chemin de la porte et leva les yeux.

— Vraiment ? Je ne t'ai pas parlé d'elle ? Ma nourrice quand j'étais petite ?

— Non, dit-il, secouant sa tête. Pas un mot.

Comment avait-elle pu ne pas parler à Todd de cette femme qui avait été sa seconde mère et le salut de sa propre mère ? Qui faisait autant partie de sa vie que sa famille nucléaire ? Qu'était une famille, si ce n'était officiellement ou par le sang ?

Un incroyable oubli, mais il était facile d'y remédier.

— Elle vit à Carlisle. Où j'ai grandi.

— Pennsylvanie.

Michelle opina et le conduisit dans le magasin.

— Quand ma mère avait mon âge avec trois jeunes enfants, Woodsie lui a sauvé la vie. Elle a pris soin de moi et de mes frères à chaque fois que mes parents faisaient des heures supplémentaires. Et on restait avec elle quand mes parents sortaient la fin de semaine.

— Vous êtes toujours proches.

— Oh, oui. Très. J'ignore pourquoi, mais je semble lui apporter la chaleur dont elle a besoin. Elle a eu une vie difficile, émotionnellement, financièrement.

Michelle arrêta là son explication, s'enfonçant dans le petit magasin. Ce n'était pas son rôle de dévoiler quoi que ce soit sur la vie d'une autre femme, même à Todd.

Elle vérifia le prix sur l'étiquette d'une écharpe, pensant que le modèle jaune était un peu trop vif.

— J'essaie de lui rendre visite tous les deux mois. Ma mère et moi y allons habituellement ensemble. On y dîne, puis maman va voir de vieilles amies pendant que Woodsie et moi passons la journée pour rattraper le temps perdu.

— J'aimerais la rencontrer un jour. Si, tu sais, la peau de l'ours…

Présenter deux des personnes les plus importantes de sa vie ? Michelle aimerait cela, aussi, bien qu'elle sache que Woodsie était une personne secrète. Sa propre relation avec cette femme plus âgée était encore plus précieuse pour cette même raison.

Néanmoins, Todd avait toujours été un parfait gentleman. Elle n'avait pas de raison de penser qu'il ne respecterait pas les frontières de Woodsie.

— Je pense qu'elle t'aimerait. Ours ou pas.

Il la suivit comme elle tournait dans le magasin, commentant les articles qu'elle examinait. Un minuscule cadre en céramique en forme de soleil. Un bracelet de grosses perles d'ambre. Une broche ancienne en fils d'or brossé avec un verre jaune au centre taillé pour ressembler à une topaze.

Finalement, elle retourna vers la boîte à bijoux qu'elle avait vue en vitrine, l'admirant tandis que Todd demandait :

— Cherches-tu quelque chose en particulier ?

— Je trouve habituellement ce que je veux quand je ne cherche pas.

Elle prononça ces mots en se rendant compte à quel point justement ce sentiment s'appliquait aussi au fait de l'avoir trouvé, lui.

— Ou dans des endroits inattendus, rétorqua-t-il.

Elle était certaine qu'il lisait dans ses pensées.

Souriant en pensant à Match.com, elle prit la boîte et l'ouvrit. Le travail d'artisanat était magnifique.

— Je sais que ce n'est absolument pas pratique, mais cela me fait penser à elle. Elle pourrait mettre un chandail ou un châle ; ce serait plus utile.

Todd lui prit la boîte des mains, la tourna et l'examina minutieusement avant de la lui rendre.

— Mais peut-être que quelque chose de peu pratique est justement ce dont elle a besoin. Quelque chose pour se souvenir de toi à chaque fois qu'elle le voit.

— Tu crois ?

— Oui, dit-il, fouillant dans sa poche et lui donnant une petite boîte enveloppée dans du papier rouge. Un peu comme ça.

— Todd ?

Son pouls battant la chamade, Michelle mit de côté la boîte à bijoux et prit celle que Todd tenait. Elle défit le papier et l'ouvrit pour découvrir une délicate paire de boucles d'oreilles en argent fin en forme de croix sur le coton à l'intérieur.

— Oh, Todd! Elles sont magnifiques.

— Tu aimes?

— J'adore. Elles sont très jolies. Mais tu n'aurais pas dû.

Puis elle se souvint de ce qu'il avait dit d'un cadeau comme rappel ou souvenir.

— Est-ce que c'est pour te rappeler que je suis une bonne catholique?

Il secoua la tête, sa fossette dessinant un croissant sur sa joue tandis qu'il souriait.

— C'est pour te rappeler comme je suis content que tu ne sois pas une nonne.

Todd n'aurait pas de problème à reconnaître les parents de Michelle. Ann Snow était petite et énergique comme sa fille, et les yeux de Jack Snow avaient la même chaleur. Todd lui serra la main comme Michelle faisait les présentations et fit une accolade à sa mère quand Ann ouvrit ses bras.

— J'étais impatient de vous rencontrer tous les deux, dit-il alors qu'ils prenaient tous les quatre leurs sièges, Michelle à sa gauche, son père à sa droite.

— Michelle m'a tellement parlé de vous qu'il est difficile de croire que c'est la première fois que nous nous rencontrons.

— Elle ne nous a pas suffisamment parlé de vous, dit Jack.

Michelle dit dans un souffle:

— Papa, s'il te plaît!

— Quoi ? C'est la vérité, rétorqua-t-il. Tout ce que nous savons, c'est qu'il aime courir et manger des sushis comme toi, et que tu semblais plus heureuse ces dernières semaines que tu ne l'as été depuis longtemps. J'ai besoin d'en savoir plus. Comme s'il est partisan des Yankees ou des Red Sox.

La question de Jack fit rire tout le monde, et le reste du brunch se passa avec des conversations banales, sans interrogatoire serré sur des idées cachées ou visant à plonger dans le passé de Todd. Non qu'il n'eût pas dévoilé ce que les Snow voulaient savoir, car il n'avait pas de secrets qu'il ne souhaitait pas raconter, mais ils ne demandèrent rien.

Tout ce qu'ils firent tous les quatre, ce fut de parler. À propos de la politique et du fait de vivre au milieu de tout cela, de l'impact de l'économie et du marché immobilier sur Michelle et son travail. À propos de leurs endroits favoris à Washington — Todd aimait le Mémorial Franklin Delano Roosevelt — et des hivers en Ohio par rapport à ceux sur la côte atlantique.

Ce que Todd apprit, que Michelle ne lui avait pas dit, fut que sa mère et elle parlaient d'ouvrir une pâtisserie depuis des années. Il écouta les deux femmes parler de recettes et desserts jusqu'à ce que sa salade de poulet grillé ne suffise pas à mettre fin aux gargouillements de son estomac. Qui aurait pu deviner qu'il ne pouvait résister aux desserts ?

— Maintenant tu vois ce avec quoi j'ai dû composer pendant des années, lui dit Jack, complice.

— Cela ne paraît pas sur vous, répondit Todd, content de cette distraction avant de repartir de plus belle au sujet de la santé. Vous devez faire de la gym régulièrement.

— Pas aussi souvent que j'en ai besoin, j'en ai bien peur.

Jack se cala sur sa chaise et croisa ses bras sur son estomac.

— Michelle me dit que vous apprenez le Krav Maga?

— Oui, monsieur. Depuis quelques années maintenant. Il s'agit plus d'apprendre à neutraliser toute menace et de mettre en pratique des attaques préventives contre la violence que d'une stricte autodéfense. Je veux dire par là que je ne donne pas de coups dans les dents de n'importe qui, ou quoi que ce soit d'autre.

Todd s'empressait de rassurer l'autre homme. Sachant qu'il étudiait une forme d'art martial développée et employée par l'agence nationale secrète d'Israël pourrait ne pas convenir au père de Michelle.

Mais Jack ne semblait pas le moins du monde intimidé.

— C'est bon à entendre, car j'aime savoir, quand Michelle va courir, que quelqu'un la protège.

La mention de son nom attira l'attention de Michelle, et son regard passa de Todd à Jack.

— Allons, papa, tu sais que je n'ai jamais été adepte de courir seule à la noirceur. Et, quand je sors le soir, je reste sur les chemins et hors des bois.

Jack laissa échapper un long soupir.

— Qui parle de l'heure de la journée? Je n'ai jamais aimé savoir que tu étais dehors seule dans les rues.

— Bon, maintenant, je ne le suis pas; alors tu peux cesser de t'inquiéter et faire en sorte que Todd se sente responsable de moi.

Jack Snow jeta un œil vers sa fille, puis sa femme, avant de tourner son regard vers Todd, et même si en prononçant ces paroles, c'était pour Michelle, le sens profond n'était pas perdu.

— Je suis certain que, s'il se sent responsable de toi, ce n'est pas parce que j'ai dit quoi que ce soit.

Souriant tandis que Michelle et son père se disputaient gentiment, Todd se concentra sur sa salade, piquant avec sa fourchette dans la verdure tout en pensant que Jack Snow était incroyablement perspicace.

Et que cette qualité l'effrayait d'une façon qui n'avait rien à voir avec les monstres.

Seize

* Le bébé de Baba : base de carotte recouverte de crème au beurre, fromage à la crème et vanille

À son tour, Todd s'organisa pour que Michelle rencontre sa famille quelques semaines plus tard. Contrairement à elle qui avait facilement pu préparer une balade dans la galerie marchande avant le brunch, il avait dû s'occuper des tarifs aériens et de l'hébergement, bien qu'à la minute où sa mère fût au courant qu'il venait à la maison et l'emmenait avec elle, elle avait insisté pour qu'ils logent chez elle. Elle avait suffisamment de chambres vides après tout.

Ni Michelle ni lui n'étaient ravis à l'idée de passer une longue fin de semaine à dormir séparés, mais Michelle n'avait pas de problème à respecter les souhaits de sa mère. C'était seulement trois nuits, et ils passeraient leurs journées ensemble. Todd protesta, puis acquiesça, et ils quittèrent Washington un vendredi après-midi pour l'Ohio, tous deux partant tôt du travail pour faire le voyage.

À l'aéroport de Columbus, Michelle se prit à être plus anxieuse qu'elle ne l'aurait cru alors que Todd et elle franchissaient la porte menant au terminal où sa mère attendait. Elle voulait faire une bonne première impression ; la mère de Todd pourrait très bien finir par faire partie intégrante de sa vie.

Mais, à la minute où l'autre femme ouvrit ses bras à son fils, les inquiétudes de Michelle disparurent comme le brouillard dans l'air. La mère de Todd était tout sourire, chaleureuse et accueillante, et manifestement heureuse de voir son plus jeune enfant. Michelle se tint sur le côté et leur laissa du temps, savourant les démonstrations affectives en public.

Non pas qu'elle soit surprise. Todd était également démonstratif avec elle, lui tenant la main quand ils marchaient, s'assoyant près d'elle quand ils mangeaient, allant jusqu'à l'embrasser sans se soucier des curieux. Il était spontané, et elle aimait cela. Elle aimait aussi qu'il n'ait pas laissé la distance s'installer entre sa famille et lui.

L'idée de vivre si loin de ses parents et de ses frères lui donnait l'impression de partir à la dérive. Sa mère et son père étaient ses points d'ancrage, Brian et Michael aussi. Elle ne pouvait s'imaginer ne pas les voir aussi souvent qu'elle le faisait et admirait Todd d'autant plus pour sa force de caractère responsable de son indépendance.

Il finit par relâcher sa mère et jeter un coup d'œil vers son amoureuse, un sourire béat sur son visage.

— Maman, j'aimerais te présenter Michelle Snow. Michelle, voici ma mère.

— Je suis tellement heureuse de vous rencontrer, dit la femme plus âgée, en s'approchant de Michelle. J'en mourais d'envie depuis que Todd m'a téléphoné alors qu'il s'apprêtait à partir pour l'Allemagne et m'a parlé de vous.

Il l'avait fait ? Elle jeta un œil vers Todd et observa sa fossette se creuser comme sa bouche s'incurvait malicieusement.

— Je savais qu'il vous avait parlé de moi, mais je ne savais pas que c'était quand il avait appelé.

La mère de Todd passa son bras dans celui de Michelle, laissant Todd transporter leurs bagages à main comme elles se dirigeaient vers sa voiture.

— Il a appelé, et je n'arrive pas à me rappeler l'avoir déjà entendu si excité d'avoir rencontré quelqu'un. Je commençais à me demander s'il avait des rendez-vous ou s'il était trop occupé par son travail et ses arts martiaux.

Michelle chercha et saisit le regard de Todd. Il haussa les épaules avec insouciance, comme si son enthousiasme à avoir parlé d'elle à sa mère ne signifiait rien, alors que, pour Michelle, c'était essentiel.

Il était parti en voyage 10 jours après leur premier rendez-vous. Seulement 10 jours, et il avait téléphoné à sa mère pour lui dire qu'ils s'étaient rencontrés. Oui, Michelle avait parlé de Todd à sa mère la même fin de semaine, mais la confession était apparue au cours de la conversation pendant que sa mère et elle cuisinaient.

Le fait que Todd ait voulu que sa mère soit au courant pour elle, et que ses sentiments soient évidents peu de temps après leur première rencontre, fit fondre le cœur de Michelle. Elle écoutait tandis que l'autre femme expliquait les projets qu'elle avait faits pour leur fin de semaine, mais les détails des dîners familiaux et des fêtes d'avant-match de football échappèrent à son attention.

Toutes les pensées de Michelle étaient concentrées sur l'homme dont elle se rendait compte qu'elle était amoureuse.

Todd ne pensait pas que Michelle aurait pu s'intégrer aussi bien à sa famille que si elle y avait grandi à côté, s'était rendue à l'école avec lui et avait dîné à la table des Bracken. Sa mère l'aimait, sa sœur et son frère l'aimaient, comme tous leurs enfants.

Si quelqu'un était gêné par cette visite, c'était lui, et il ne pouvait dire pourquoi, excepté que l'Ohio n'avait pas été son lieu de résidence depuis très longtemps et qu'il se sentait plus à l'aise avec Michelle à Washington. C'était bien lui ; elle était avec lui ici et maintenant, et le mélange ne prenait pas aussi bien qu'il aurait dû.

La regardant maintenant en pleine conversation avec sa mère, sa sœur et sa belle-sœur, alors que les klaxons des voitures retentissaient autour d'eux dans le stationnement du stade et que les radios beuglaient l'avant-match des Buckeyes, il se dit qu'il était ridicule. C'est ce qu'était une famille, être ensemble, profiter de la compagnie de l'autre, se tenir au courant des nouvelles, des projets et des potins du coin. C'était peut-être ce qui était le problème.

Autant il voulait que Michelle rencontre sa famille et la voir lui-même, autant il détestait être loin de leur vie, de leur monde. Entendre ce qui se passait ici et qui comptait le plus pour eux. Passer du temps à profiter de leur ville, des pistes de course, des restaurants.

Ayant grandi au sein d'une famille aimante, même après qu'elle eut été brisée, il n'aurait jamais pensé qu'il éprouverait ce sentiment. Il avait été proche de son frère et de sa sœur, lui et son frère se lançant des choses d'un bout à l'autre de la table au dîner, entretenant la bonne humeur et faisant oublier à leur mère le divorce.

Ils avaient rivalisé pour voir qui pouvait être le plus drôle. Il s'agissait de comparer le style de son frère à l'image du sarcastique David Letterman et son propre sens de l'humour ironique, plus dans le ton de *Saturday Night Live* dans les années d'Adam Sandler et Chris Farley.

Il avait aimé sa vie ici, ses amitiés avec Scott Tucker et d'autres, jouer à la crosse et toutes ces victoires dans l'État. Mais il ne pouvait renier que sa vie était différente maintenant qu'il avait rencontré Michelle. Que, même s'ils ne possédaient aucun document officiel pour le confirmer, elle était sa famille, son quotidien, son futur.

Elle était sa demeure.

Il se débarrassa de ses rêveries, écouta alors que son frère et son beau-frère discutaient des statistiques sur les joueurs, des styles d'entraîneurs, des plans de jeux offensifs et de la stratégie défensive comme de vrais fans d'université peuvent le faire. Les terrains à l'extérieur de la zone *Horseshoe* étaient perdus dans une mer de rouge… drapeaux, bannières, tee-shirts, maillots, glacières. Il avait vu la même chose sur la route ce matin à travers Columbus, la ville manifestant son soutien à l'équipe locale.

Puisque Michelle et lui n'avaient pas de billets pour le jeu, ils avaient prévu rendre visite à son père pour le reste de la journée. Puis, après le dîner au J. Alexander's, avec sa mère, son frère, sa sœur et leurs conjoints, ils leur restait une nuit à passer là avant de retourner à Washington.

Il était prêt. Il détestait le reconnaître, mais, à l'exception de sa famille et des quelques amis de l'école qui étaient restés ici, l'Ohio faisait partie de son passé. Une bonne partie, mais toujours le même passé.

Michelle se tenait sur le seuil de la porte de la chambre qui avait été la sienne pendant la durée du séjour. Todd était dans le couloir. Elle pencha la tête d'un côté, cherchant une quelconque ressemblance entre lui et les membres de sa famille. Il avait le sourire de sa sœur, l'ossature et les fossettes de sa mère. Les Bracken étaient une belle famille.

Et son père. À présent, elle comprenait le sens de l'humour de Todd. Père et fils formaient une équipe imbattable.

— J'ai adoré rencontrer ton père cet après-midi.

— Lui aussi t'a grandement appréciée.

Todd agita ses sourcils.

— Il t'a trouvée très séduisante. Je t'avais dit qu'il était un homme à femmes.

— Il est totalement charismatique.

— Tu aurais dû le voir autrefois. Charismatique n'est même pas suffisant pour le décrire.

— Tu dois être fier de penser à toutes les vies qu'il a sauvées.

— Je le suis.

Il leva le bras et caressa d'un doigt sa joue en descendant vers le creux de sa gorge.

— C'est difficile de le voir aussi faible, bien qu'il ait eu l'air vraiment bien aujourd'hui.

Elle détestait ce que la famille traversait. Elle ne pouvait penser à quelque chose de pire que de voir un être aimé décliner et être sans défense face à la maladie.

— Est-ce que ça va aller pour dormir seul ? Plus qu'une nuit.

— Non, ça ne va pas aller, grommela-t-il. Et je ne vais probablement pas dormir non plus.

— Pauvre chéri.

Elle leva le bras et caressa sa joue, frissonnant tandis que sa barbe de trois jours picotait l'intérieur de son poignet.

— Difficile de croire qu'on ne peut pas dormir ensemble.

— Nous aurions dû aller à l'hôtel.

— Je ne pense pas que ta mère l'aurait permis.

Elle laissa sa main errer le long de son cou, vers sa gorge. Elle se mit sur la pointe des pieds et l'embrassa là, l'effleurant légèrement de ses lèvres, et sentit le battement de son cœur quand elle dit :

— Pense juste à combien tu vas devoir attendre.

Son sourcil se leva d'un air diabolique.

— Pourquoi ne viens-tu pas me le rappeler ?

Là, dans l'espace public et sans danger où rien ne pouvait arriver. Du moins le pensait-il. Elle releva son défi, coinçant une de ses jambes entre les siennes, posant une main sur son épaule et gardant l'autre entre leurs corps pour jouer.

Il sourit, sa fossette creusée et déformée en croissant de lune taquin, et déposa sa bouche sur la sienne. Elle l'entrouvrit sous lui, glissa sa langue le long de la sienne, se retirant pour mordiller sa lèvre inférieure comme elle bougeait sa main derrière la boucle de sa ceinture.

— Tu es une allumeuse, chuchota-t-il.

— Tu aimes ça, répondit-elle en chuchotant à son tour.

Puis, il l'embrassa encore, sa bouche s'appuyant contre la sienne, sa peau fiévreuse quand elle défit les pans de sa chemise. Il tituba, puis se redressa et avança d'un pas pour appuyer son épaule contre sa porte. Elle s'appuya plus fortement contre lui, le faisant transpirer, le faisant grogner.

— Pas si sûr que ce soit une bonne idée, dit-il en se dégageant.

— Moi qui pensais que nous nous amusions.

Le son dans sa gorge était rauque, brut et plein de promesses qu'il voulait retenir.

— C'est le cas, mais tu m'incites à davantage.

— J'ai remarqué, dit-elle, effleurant avec ses doigts le bout de son érection. Imagine que nous sommes à l'école secondaire et que nous essayons de ne pas nous faire prendre.

— Si cela te rappelle l'école secondaire, tu y as eu plus de bon temps que moi, dit-il, s'enfonçant davantage dans le creux de sa main une fois, deux fois.

Oserait-elle confesser la petite fille catholique qu'elle était vraiment? Qu'il faisait ressortir son côté diabolique?

— Si tu m'embrasses pour me souhaiter bonne nuit, j'arrêterai de te provoquer.

— Ou on pourrait aller à l'intérieur et fermer la porte, et tu pourrais me provoquer pour me dire bonne nuit.

Elle secoua la tête, puis fit non du doigt.

— Aucun garçon n'est autorisé. Règles de la maison.

— Hmm. Je ne me souviens pas de cela comme étant une règle quand je vivais ici.

— Parce que ta règle aurait été «pas de filles».

— Les deux règles me gênent, dit-il, les mots sortant dans une sorte de grognement étranglé.

Même si elle aimait l'exciter, elle aussi en avait assez du supplice. Elle voulait être à la maison, dans leur lit... Oh, comme elle aimait cette idée. Leur lit.

— Alors, donne-moi un baiser de bonne nuit, va dormir, et on sera plus près de prendre l'avion vers chez nous et d'établir nos propres règles.

Il sembla y songer et leva une main pour la poser à l'arrière de sa tête.

— Règle numéro un. Plus de mains dans mon pantalon si je ne peux avoir les miennes dans le tien.

— J'aime celle-ci, dit-elle, basculant sa tête en arrière et attendant.

— Règle numéro deux. Plus de réunions d'amis ou de proches avant l'année prochaine. Ou au moins jusqu'à Thanksgiving.

Il approcha sa bouche vers la sienne, effleura ses lèvres au coin de sa bouche, par de minuscules petits baisers qui étaient à peine plus qu'un souffle.

— C'est une bonne règle, dit-elle, souhaitant qu'il se dépêche.

Elle voulait davantage de lui que des jeux de mordillements et de pincements.

— Règle numéro trois. Tout futur voyage que nous ferons inclura une chambre d'hôtel avec un grand lit.

— Même si on ne reste pas pour la nuit ?

— En effet, dit-il,

Puis il l'embrassa goulûment, ouvrant sa bouche et lui demandant de faire de même.

Consentante, elle lui donna ce qu'il voulait, sa langue caressant la sienne, ses lèvres se pressant sur les siennes. Elle racla ses ongles sur la peau de sa nuque, et il grogna, créant une vibration qui la titilla jusqu'à travers elle, se logeant dans son estomac pour se transformer en un gémissement.

Elle aimait ce rapport entre eux, le féroce besoin que chacun ressentait pour l'autre, leur manière aucunement timide de le montrer. Pour l'instant, cependant, elle décida qu'ils en avaient suffisamment montré. Elle se retira de son étreinte malgré une grande réticence, souriant comme elle levait les yeux pour le regarder.

— Bonne nuit, Todd. Fais de beaux rêves.

Il poussa un soupir lourd, déçu, qui lui brisa le cœur.

— À demain matin. Je suppose que je survivrai à cette nuit.

— Tu survivras, dit-elle.

Puisqu'il ne bougeait pas, elle poussa sa poitrine.

Il feignit de basculer en arrière, levant la main comme pour couvrir la blessure qu'elle lui aurait infligée. Puis, comme elle riait doucement, il se redressa et tituba dans le couloir, faisant tellement de bruit qu'elle dut le faire taire avant qu'il ne réveille sa mère.

Bien qu'elle supposât, en fermant sa porte derrière elle, que c'était un bon moyen pour que sa mère sache qu'ils étaient bien dans des chambres séparées.

Dix-sept

* Amour d'automne : base épicée recouverte
de crème au beurre aux amandes

Les mystères de la vie[5]
(oui… Eileen et moi sommes les mystères de la vie)
organisent une mini Fête Monstre chez Snow pour
démarrer la fin de semaine d'Halloween. Rejoignez-nous
pour les bonbons, les gâteries, les cocktails Jell-O, et un
cours sur les mystères de la vie (juste au cas où vous
n'auriez jamais eu cette Discussion avec vos parents). Mon
appartement est tout riquiqui, tout minuscule, mais il y a
beaucoup d'espace pour les grosses perruques, tout comme
pour les **COSTUMES QUI SONT EXIGÉS !**
Nous commencerons la fête ici et participerons ensuite à la
folie des rues effrayantes de Bethesda.

---

5. N.d.T. : L'expression anglaise est *the birds and the bees*, qui se traduit littéralement par «les oiseaux et les abeilles», d'où les déguisements plus tard dans le roman.

— Es-tu certaine d'avoir assez de cupcakes?

À la question d'Eileen, Michelle regarda les quatre dou-zaines de cupcakes alignés sur son comptoir. Elle les avait préparés après le travail, conservés pendant la nuit, puis en avait décoré aujourd'hui les bords à la poche à douille pour former un riche anneau de glaçage à la crème au beurre, plaçant des friandises au centre pour compléter les gâteries d'Halloween.

Étant donné que les sucreries étaient pour les invités participant à leur mini Fête Monstre, plutôt que pour les enfants en costumes trimbalant leurs taies d'oreiller, et puisqu'elle avait reçu seulement 20 confirmations, eh bien… elle recompta pour être certaine.

Avec la table dressée comme un bar à tapas, le menu d'Eileen se composait de boulettes de viandes aux herbes et au Marsala, de roulés de laitue de gâteaux portugais aux crabes, de rouleaux aux crevettes, avocat et feta, et de cham-pignons farcis — et il y avait au moins deux cupcakes par invité; elle ne pouvait donc imaginer que quelqu'un puisse mourir de faim.

À moins, bien sûr, que la fête fasse boule de neige et que leur soirée attire des squatteurs. Elle secoua la tête. Elle ne pouvait s'inquiéter de cela maintenant.

— Nous en aurons suffisamment. En fait, nous aurons des restes, et je compte sur toi pour en emporter le plus grand nombre chez toi.

— Comme si tu devais me le demander. Tu sais ce que je pense des choses qui viennent de ta cuisine.

— Je le sais bien, mais, puisque tu as autant cuisiné que moi aujourd'hui, le crédit pour ce soir revient autant à toi qu'à moi.

— Ah, mais je n'ai pas préparé les cupcakes.

Un détail mineur.

— Mais tu as préparé les crevettes, les boulettes de viande, les gâteaux au crabe et les roulés de laitue. Tout ce que j'ai fait, c'est les champignons. Cela compte davantage.

Eileen repoussa ses cheveux derrière son épaule et prit la pose.

— Cela fait-il de moi l'hôtesse la plus importante ?

— À tout le moins, dit Michelle en souriant.

Puis elle regarda l'horloge sur sa cuisinière et prit une grande inspiration.

— Je pense que nous sommes prêtes.

— Je vais enfiler mes ailes et j'irai à la porte pendant que tu mets au point ton bourdonnement.

Riant, Eileen se précipita du couloir vers la chambre, ressurgissant au coin avec un rapide :

— Je suis impatiente de rencontrer Todd.

Prise par un fol afflux d'émotions, Michelle roula des yeux, souriant comme elle chassait sa meilleure amie au passage. Elle était excitée par la fête, anxieuse de ce qu'elle pourrait oublier, et impatiente de sortir et de voir quel plaisir fou ils trouveraient dans les rues. Mais, par-dessus tout, elle attendait la réaction de ses amis envers Todd.

Ce serait la première fois ce soir que la plupart d'entre eux rencontreraient l'homme dont elle avait parlé pendant le dernier mois et demi. Elle avait su à leur deuxième soirée ensemble chez Mike's que Todd n'allait pas être une aventure à court terme, mais elle n'était pas encore prête à le partager.

Rendre leur relation publique ouvrait la porte à des questions et critiques aussi bien qu'à des félicitations. Sa famille aimait Todd. La famille de Todd l'aimait. Ses meilleurs amis allaient l'adorer autant qu'elle. Mais il subsistait toujours une ou deux voix dans une foule qui ne savaient tout simplement pas quand se taire. Et celles-ci étaient les voix qu'elle voulait éviter.

Elle ne voulait pas entendre qu'un mois et demi ne signifiait rien quand elle savait que cela représentait tout. Elle ne voulait pas entendre qu'elle écoutait son horloge biologique au lieu de son cœur. Oui, elle voulait des enfants, mais elle s'était résignée à vivre sa vie comme une tante aimante avant que Todd n'arrive.

Elle ne voulait pas qu'on lui demande si elle avait vérifié son dossier de crédit, s'il avait une assurance maladie et un plan de retraite. Ce qu'elle voulait, c'était que ses amies soient contentes pour elle, croient en ce qu'elle savait elle-même et à ce qu'elle voulait. Elle ne voulait pas avoir à choisir entre l'homme qu'elle aimait et ceux qui avaient fait partie intégrante de sa vie jusqu'à maintenant.

Todd était son futur. Ils n'avaient pas fait de plans ni parlé de mariage, satisfaits de vivre au jour le jour. Mais elle savait au plus profond de son cœur que les jours, les semaines, les mois, les années à venir seraient les plus heureux qu'elle ait jamais connus.

Une heure après les festivités de la soirée, Michelle se rendit compte qu'elle n'avait pas besoin de s'inquiéter. Todd recueillait un franc succès. Il était intéressant, charmant, drôle quand il était temps de plaisanter, et capable de conversation intelligente quand les choses devenaient sérieuses. Pas mal pour un type habillé en poulet César.

Alors qu'elle était le bourdon jaune et noir, et Eileen, l'oiseau au panache vif, Todd portait une toge et une couronne de lauriers, et gouvernait avec un poulet en caoutchouc au lieu d'un sceptre. Il était le plus délicieux des poulets César sur lequel elle n'avait jamais posé ses yeux. Et elle pensait que beaucoup de ses amies le pensaient également.

D'un coin tranquille de sa cuisine où elle s'était retirée pour respirer un peu, elle regardait, alors que deux femmes seules se pendaient à chacun de ses mots. Il était un parfait gentleman, écoutant tandis qu'elles discutaient, répondant quand on lui parlait, riant à ce qui se disait.

Ce qu'il ne faisait pas, c'était de flirter. Même d'ici, elle pouvait voir qu'il n'y avait rien de répréhensible dans son comportement, rien qui ne la faisait douter de lui. Elle aimait cela. Elle aimait qu'il traite toutes ses amies de la même façon, même si quelques-unes qu'elle connaissait montraient leur vrai visage en le draguant sans équivoque. Bien entendu pas les amies qu'elle avait pensé qu'elles étaient.

Saisissant son regard fixe, il s'extirpa du petit groupe près de la porte d'entrée et se rendit vers la cuisine. Elle avait enfin réussi à s'éclipser pour manger un morceau, mais son appétit disparut face aux pirouettes que faisait son estomac à son approche.

— Chouette soirée.

Il ne s'arrêta pas, la plaquant contre le réfrigérateur à l'abri des regards des invités.

Elle tenta une esquive, son antenne s'agitant, ses ailes prises sur la porte du réfrigérateur.

— Merci, monsieur.

— Hmm. Ça, ça me plaît.

— Je ne m'y habituerai pas. Tenir la cour avec un poulet en caoutchouc ne va pas te faire gagner beaucoup de respect.

— Et c'est de la part d'une abeille ?

— Une chance pour toi que je ne sois pas l'oiseau, car cette chose sur ta tête ressemble à un nid.

— Non, dit-il, bougeant ses sourcils, la couronne bougeant, aussi. Une chance pour moi que tu ne sois pas une nonne.

Oh, les fourmillements et les choses qui faisaient tourner sa tête et son cœur. Elle était éprise, dingue de cela, aimant la façon dont il la faisait se sentir comme si elle était la seule femme dans la pièce. Comme s'ils étaient le seul couple et la cuisine, une île au milieu de la musique et des conversations.

Elle se demanda combien de temps ils pourraient rester isolés là. Quand quelqu'un viendrait pour les secourir quand elle ne voulait pas être sauvée.

— J'ai quelque chose pour toi.

— Pourvu que ce ne soit pas du chocolat, parce que j'ai déjà mangé près de trois cupcakes. Y compris chaque morceau de glaçage. Et les confiseries, dit-il, gonflant ses joues comme si elles étaient prêtes à exploser.

C'était correct, parce que, d'ici trois mois, il s'en serait remis.

— Cela pourrait concerner le chocolat. Le chocolat chaud. Un bon feu de cheminée. Beaucoup de neige froide. Des skis.

Ses yeux s'animèrent au mot « skis ».

— Tu as échangé ton voyage en Grande-Bretagne contre un en Bavière ?

— Non. Je t'ai laissé aller en Allemagne ; alors tu devras te faire à l'idée que j'irai à Londres.

Et elle devrait se faire à l'idée qu'ils seraient séparés une nouvelle semaine. Ce cadeau devrait compenser cela ou du moins rendre leur séparation plus facile à oublier.

— J'avais peur que tu dises ça.

Le regard posé sur l'assiette qu'elle tenait, elle tourna une boulette de viande sur sa brochette, priant pour qu'il ne refuse pas son invitation.

— Mais j'ai des réservations en février dans un chalet à Park City, en Utah.

— Tu veux dire qu'Eileen et toi avez des réservations.

Est-ce qu'elle lui avait parlé du voyage ou faisait-il semblant? Cela n'avait pas d'importance. Les plans avaient changé. Elle leva les yeux, son regard résolu, insistant, son cœur suppliant.

— Plus maintenant.

— Quoi?

Il étira le mot, curieux, une question à plusieurs niveaux. Elle commença par la réponse facile.

— C'est un voyage organisé par ma société. Eileen allait venir avec moi, mais elle a suggéré que je t'y emmène à la place.

— Une bonne amie que tu as là.

Elle l'était. Michelle serait perdue sans elle.

— Je n'ai pas pu t'offrir quelque chose pour ton anniversaire; alors j'aimerais que ce soit mon cadeau pour toi.

Il prit la boulette de viande de sa main et la mit dans sa bouche.

— Difficile pour un homme de dire non.

— Alors ne le dis pas.

S'il te plaît, s'il te plaît, ne le dis pas.

Un éclat de rire s'éleva dans la pièce principale, et il attendit que cela se calme avant de dire quoi que ce soit.

— Difficile aussi pour un homme de surpasser quelque chose comme ça.

— Alors n'essaie pas. Ce n'est pas une compétition.

Il lui avait offert un voyage dans l'Ohio. Il lui avait offert des boucles d'oreilles. Il lui avait offert des nuits qu'elle n'oublierait jamais, des jours dont elle se souviendrait quand il lui manquerait.

— Qu'est-ce que c'est alors? demanda-t-il, sa voix douce, tendre. J'espère que c'est une relation.

Ça l'était pour elle. Peu importe combien de fois elle s'était dit de ne pas vendre la peau de l'ours, elle ne pouvait nier qu'elle s'était engagée elle-même envers lui la nuit où ils avaient partagé des sushis sur son balcon et davantage dans son lit.

Levant la main, il repoussa une mèche de ses cheveux derrière son oreille.

— On pourrait appeler cela comme ça.

Cela signifiait-il qu'il était prêt à nommer leur histoire, mais sans préciser davantage? Et pourquoi l'avait-elle même évoquée? Ce n'était pas le bon moment. La situation ne se prêtait pas à ce genre de conversation qu'ils devraient avoir pour s'assurer qu'ils étaient sur la même longueur d'onde.

Ce serait un formidable moment pour une répétition.

— Nous n'avons pas à la nommer. Je veux dire, c'est vraiment trop tôt.

— Non, ça ne l'est pas, dit-il, passant lentement le bout de ses doigts sur le lobe de son oreille.

Les yeux fermés, elle prit une profonde inspiration, espérant calmer les battements de plaisir que ses mots déclenchaient dans sa poitrine.

— Je n'essayais pas de te mettre de la pression.

— En quoi? En admettant que quelque chose se passe ici? Que je ne vais nulle part? Que je ne vais pas te laisser partir?

— Oui. Quelque chose comme ça.

C'était tout ce qu'elle pouvait prononcer. Sa gorge était comprimée par l'émotion. Les choses qu'il lui faisait ressentir...

Il s'avança plus près, bloquant sa vue de tout sauf de son visage.

— Je n'ai pas besoin d'être sous pression pour admettre tout cela. C'est aussi facile que de dire mon propre nom.

Elle ne pouvait penser, ne pouvait respirer, ne voyait rien à part Todd, la façon dont il se sentait toujours, puis une nouvelle série de bruits de la fête la ramena au présent. Les choses lui échappaient; alors elle leva son regard vide vers lui et demanda :

— Quel est ton nom, au fait?

Il gloussa, recula et s'appuya contre le haut du comptoir comme si lui, aussi, avait besoin d'un retour vers la réalité.

— Je ne suis pas certain. Tu me fais perdre la tête.

— C'est probablement les cupcakes. Et les bonbons. Combien dis-tu en avoir mangé?

— Assez pour ne pas être responsable de tout ce que je fais ou dis.

— Non, non, non. Tu ne vas pas sortir de cette relation si facilement.

Il maintint son regard, le sien certain, confiant.

— Alors tu es à l'aise avec ça?

— Je le suis.

Il lui avait facilité la tâche. Elle glissa un doigt dans les plis de sa toge et tira.

— De plus, je ne laisse pas un quelconque empereur romain poser ses mains sur moi.

— Je pensais que c'était un des avantages d'être César, dit-il en posant sa main sur sa poitrine.

— Non, mais c'est un avantage d'être Todd Bracken.

Elle réfléchit, passant son doigt sur sa taille avant d'atteindre son verre et demanda avant de boire :

— Tu portes quelque chose en-dessous de ce drap, n'est-ce pas ?

— Et si je n'ai rien ?

— Tu vas avoir affreusement froid quand nous irons dans les rues.

— Ça te permettra de me réchauffer quand nous reviendrons.

Elle pouvait faire cela, mais elle devait d'abord régler l'autre problème de son tardif cadeau d'anniversaire.

— Alors, tu viendras avec moi ? Skier dans l'Utah ?

— Bien sûr que je viendrai. Est-ce que tu plaisantes ?

Ouf.

— J'avais peur que tu me trouves présomptueuse. Tu sais, planifier quelque chose trop à l'avance.

— C'est toi et moi, en un temps plutôt éloigné. Sois aussi présomptueuse que tu le souhaites.

Oh, elle aimait tellement cet homme.

— C'est en février. Est-ce que tu peux prendre un congé ?

— Donne-moi les dates. Je le ferai savoir aux responsables lundi.

— Tu ne demandes pas l'autorisation ? Tu vas juste leur dire, comme ça ?

— Un des avantages d'être Todd Bracken, dit-il en agitant le poulet en caoutchouc.

Elle sourit, puis lui serra sa main.

— Je suis contente que ce soit un voyage financé par la société, sinon je n'aurais peut-être pas eu de congé. Surtout que je serai absente une semaine le mois prochain pour mes vacances avec Eileen.

— Dur d'être dans l'immobilier de nos jours.

— C'est peu dire.

— Je présume que c'est une bonne chose que tu vises à réaliser ton affaire de cupcakes.

Il devait savoir que cette entreprise allait aussi être difficile.

— Ça va prendre presque tout mon temps.

Il se décala d'elle d'un pas, se rapprochant plus près de la pièce principale. Elle ignorait s'il cherchait à se protéger en utilisant l'espace ou s'il bougeait seulement pour mieux la voir. Son expression n'avait pas changé. Sa concentration sur elle n'avait pas vacillé.

— Cela vaudra la peine, dit-il finalement. Tout rêve le vaut.

Elle l'espérait.

— Même si cela voudra dire abandonner les soirées d'Halloween ? Et les voyages de ski ?

— Est-ce que cela voudra dire abandonner la course ? Et les dîners sushis ? Et les concerts ?

Elle bascula sa tête sur le côté.

— Nous ne sommes allés à aucun concert.

— Pas encore. Mais nous irons. Tu as besoin de davantage de musique dans ta vie que d'opéra et de Bach, lui dit-il, comme s'il délivrait un décret.

— Et je suppose que tu es l'autorité qui le réalisera ?

Il rit en marmonnant, sa fossette formant un profond croissant de lune.

— Si seulement tu savais.

— Savais quoi?

— À l'école secondaire? Je transportais une véritable bibliothèque musicale dans ma voiture. J'avais environ 500 cassettes, dit-il, avec un large geste du bras. Et je savais où chacune se trouvait. Du côté passager, le compartiment sous la vitre arrière, juste à côté de la bande de compilation avec les morceaux favoris, dont Jane's Addiction sur le côté B. Tout le monde savait que j'étais l'expert en la matière pour les nouveautés.

Mignon.

— Et maintenant? Tu as des disques durs complets de MP3?

— Ton vice, c'est faire les magasins. Le mien, c'est la musique. Qu'est-ce que je peux dire?

— Cette première nuit où je suis venue. Qu'est-ce que tu écoutais alors?

Il fronça les sourcils, réfléchissant.

— Peut-être The Fray?

— Est-ce que tu les as vus en concert?

— Non, mais ils seront au 9:30 Club en janvier. Tu veux venir avec moi?

— J'adorerais.

Et elle dit la vérité sans le moindre regret.

— Je prendrai les tickets, alors.

— Hé, Michelle.

Au son de la voix d'Eileen, Michelle se tourna pour voir son amie qui désignait la porte.

— Nous sortons. Et-ce que vous venez?

Elle leva les yeux vers Todd.

— Prêt à passer à l'action?

— Je suis venu, j'ai vaincu. Je suis prêt à glousser, dit-il, faisant encore remuer le poulet.

Michelle n'était pas certaine duquel d'entre eux grogna le plus fort.

Dix-huit

*Petitementhe : base de chocolat recouverte de crème
au beurre à la vanille et menthe poivrée

Au cours des quatorze jours suivants, Todd se surprit à se préparer pour sa semaine seul pendant que Michelle partirait en vacances. Il était resté chez elle la plupart du temps en ignorant son chez-lui. Il était déterminé à faire quelques progrès à cette occasion alors qu'Eileen et elle seraient parties, et il le ferait…, à condition que le fait qu'elle lui manque n'y fasse pas obstacle.

Il ne savait pas pourquoi il avait autant de mal à accepter la vitesse à laquelle les choses évoluaient, comment ils étaient passés d'étrangers à intimes en l'espace de quelques jours. Ils ne se disputaient jamais. Ils étaient rarement en désaccord. Ils respectaient l'autre plutôt que d'insister pour obtenir gain de cause.

Seulement, ce n'était pas… normal. À ce qu'il savait. Par rapport à ce à quoi il était habitué. Michelle était différente de toutes les femmes avec qui il était sorti. Ils étaient étonnamment fort bien assortis.

Tout en courant à côté d'elle tandis qu'ils faisaient leur tour du vendredi soir le long du parcours de Capital Crescent, il pensa à quel point c'était facile d'être avec elle. C'était peut-être ça le problème. Leur relation ne demandait pas de travail. C'était juste comme si elle s'était développée entièrement modelée, une entité avec sa vie propre. C'était une drôle de manière de voir les choses, mais c'était le cas.

Il n'avait jamais connu de relation qui n'exigeait pas de travail, que ce soit romantique, professionnelle, même amicale, et souvent familiale. Il n'y avait pas de concessions mutuelles avec Michelle ; c'était tout en offrande et bienveillance. Il y avait de la générosité et de la gentillesse, mais rien qu'il ne pourrait appeler sacrifice, du moins pas de sa part.

Ce dont il avait peur, c'était qu'elle se sacrifie pour être avec lui. Oui, elle parlait de sa pâtisserie. Oui, elle préparait des essais de fournées de cupcakes et l'utilisait comme son goûter. Oui, elle prenait des notes sur les choses à propos desquelles elle devait faire des recherches — des produits de base pour la pâtisserie, jusqu'à l'équipement et aux autorisations lui permettant de vendre ses produits de pâtisserie.

Ce qu'il n'avait pas vu, c'étaient les demandes pour lesdites autorisations, ou la recherche sur la superficie dont elle avait besoin pour son espace, ou les devis sur le coût d'un bail pour répondre aux besoins. Soit elle n'avait pas fait le travail, soit elle lui cachait. Il voulait le lui demander, mais il n'était pas certain de vouloir entendre les réponses.

Si leur relation était un obstacle à son rêve, la culpabilité serait un fardeau trop lourd à porter.

— Tu n'es pas très bavard là, dit Michelle, adoptant son rythme de course.

Cela le surprenait toujours, la façon dont ils formaient un duo parfait alors qu'il avait une bonne vingtaine de centimètres en plus. Il prit un moment, respira profondément dans la fraîche soirée d'automne, l'air froid, le feuillage tombant sur le sol, les oiseaux qui demeuraient tristement silencieux.

— Tu peux utiliser mon cerveau quand tu veux, si tu as besoin.

— Qu'est-ce que tu veux dire par utiliser ton cerveau ?

— Je suis organisé, plus qu'un maniaque, pour donner de bonnes idées.

Elle rit et recula derrière lui pour permettre à un cycliste de passer.

— Je m'en souviendrai si j'ai besoin d'un autre lobe ou deux.

— Je pensais que tu en aurais peut-être besoin maintenant.

— Pourquoi ça ?

Elle était encore de bonne humeur, son ton joyeux, ses pas sûrs plutôt que lourds. Elle allait partir en vacances dans quelques jours. Il ne voulait pas semer une grosse déception en elle, mais il était inquiet de cette discussion et avait besoin de se décharger, peu importe à quel point ce n'était pas le bon moment.

— Pour la pâtisserie. Si tu voulais passer au peigne fin les avantages et les inconvénients des emplacements, ou avoir mon aide pour sélectionner les fournisseurs… Tu as manifestement les meilleures relations pour l'immobilier, mais...

Il s'arrêta, s'apercevant qu'il n'entendait pas le poids des pas de Michelle ou son souffle. Se tournant, il la vit sur la piste, les mains sur ses hanches, l'air renfrognée à la place du sourire de tout à l'heure.

Oui, il avait eu peur de ceci, qu'elle pense qu'il intervenait où il n'avait pas sa place, ou qu'il ne savait pas de quoi diable il parlait. Il revint sur ses pas où elle se tenait, prenant son temps pour qu'elle l'utilise pour se calmer.

— J'ai un cerveau, merci.

Une réponse succincte.

— Je n'ai jamais dit que tu n'en n'avais pas, riposta-t-il, tout aussi sommairement.

— Non, mais tu laissais entendre que je ne l'utilisais pas.

— Ah oui? Je pensais que je te proposais seulement mon aide.

Elle croisa les bras, l'attitude altière, son front formant un sillon de rides entre les sourcils.

— Ce n'est pas ce que j'ai cru comprendre.

Il savait ce qu'il avait dit. Les mots qu'il avait utilisés. Il les avait choisis soigneusement, espérant qu'elle les prenne dans le sens visé. Encore une fois, c'était bien ce qu'elle avait fait, n'est-ce pas? Lire entre les lignes, des lignes peu subtiles, jusqu'au véritable sujet.

Il l'avait poussée pour que son rêve prenne vie. Il méritait tout ce qu'elle lui signifiait.

— Je ne voulais rien d'autre que me proposer de t'aider pour mettre les choses en marche.

— Parce que je ne bouge pas assez rapidement pour toi ?

Maintenant ou jamais, mon cher. Maintenant ou jamais.

— Parce que je n'ai pas vu beaucoup de mouvements.

Elle regarda au loin, la mâchoire fixe, ne disant rien.

Il prit une profonde inspiration et fit un autre pas vers elle.

— Écoute. Soit tu veux te lancer, soit non. Je suis d'accord avec tout ce que tu décideras.

— En autant que je prenne ma décision selon ton emploi du temps.

Aha.

— Alors tu n'as pas encore décidé.

— Ce n'est pas si simple, Todd. Il y a la somme de temps et de travail que cela va prendre pour réussir une entreprise dans cette situation économique. Il y a un autre prix à payer. J'aime ma vie. J'aime mon rêve. Mais je ne suis pas certaine d'être prête pour un tel bouleversement.

Elle s'écarta de lui vers un des bancs au bord du chemin et s'assit.

Il la suivit parce qu'il n'allait pas la laisser seule, et s'assit à côté d'elle, maintenant la distance qu'il lui avait laissé mettre entre eux.

— Cela ne va pas être facile. Mais ne penses-tu pas que de vivre ton rêve vaudra tout bouleversement ?

— Même si cela restreint le temps que j'ai à passer avec toi ?

Était-ce ce dont il s'agissait ? Leurs deux mois de constante intimité mettaient-ils un bémol à son enthousiasme ?

— Je ne vais nulle part, Michelle.

Ses mains pressées ensemble entre ses genoux, elle baissa le regard, éraflant une semelle sur les feuilles mortes et le gravier sur le bord du chemin.

— Je ne veux pas devoir choisir entre t'avoir et posséder une pâtisserie.

À présent, il était désorienté.

— Pourquoi le devrais-tu?

— Parce que je suis une fille entière.

Et elle ne pouvait donner cent pour cent d'elle-même à la fois à une nouvelle relation et une nouvelle entreprise. Il comprit.

— Alors, c'est une bonne chose, car je suis un type entier.

Son menton se souleva, mais elle regardait vers le pont sur chevalet au loin et non vers lui.

— Une relation nécessite deux personnes ensemble s'investissant à fond pour que ça fonctionne, et je ne vais pas te demander de porter le fardeau d'une nouvelle entreprise.

— Tu ne me l'as pas demandé. Tout ce que j'ai fait, c'est de t'offrir mon cerveau.

— Je sais que tu l'as fait. Et c'est très important pour moi.

— Mais tu penses encore que tu dois faire cavalier seul. Pour la pâtisserie, je veux dire.

Car, quant à sa présence dans leur relation, la question ne se posait même pas.

— Je cuisine avec ma mère depuis toujours. J'ai grandi en l'aidant, en apprenant d'elle, en appréciant chaque effort supplémentaire qu'elle faisait parce que son travail extraordinaire se reflétait sur chacun de nous.

Elle lui avait dit tout cela à un moment donné. Rien n'était nouveau. Mais, puisqu'il n'avait aucune idée à savoir où elle voulait en venir, il s'assit et attendit au lieu d'essayer d'arranger tout ce qui avait été brisé. Il n'aimait pas la voir triste.

Michelle retint sa respiration, puis souffla et bougea ses jambes d'avant en arrière.

— À la minute où j'ai commencé à penser à la pâtisserie, je savais que cela nécessiterait de faire le même effort sur un autre plan pour accomplir ce que je veux.

— La pâtisserie de cupcakes où tout le monde connaît ton nom, dit-il.

Et il entendit ce qui ressemblait à un rire, mais ce n'était peut-être qu'un soupir.

— Quelque chose comme ça. Et j'essaie vraiment de ne pas vouloir tout diriger, mais d'obtenir des résultats à ma manière. Je dois être celle qui va mettre du temps et de l'effort.

— Accepter de l'aide ne te fera pas perdre ce que tu construis par toi-même. Que ce soit la mienne ou celle de tes parents.

Elle se tourna alors vers lui, les yeux emplis autant d'incertitude que d'autre chose.

— Mais je n'ai pas à m'inquiéter pour mes parents si je rate. Ils me soutiennent, que je perde tout notre argent ou que je fasse notre fortune.

— Tu penses que je t'en voudrais pour un échec ?

— Je ne sais pas ce que je pense, excepté que je ne veux pas m'engager dans une aventure qui se mettra entre toi et moi. Que ce soit le temps, l'argent, tes propositions que je refuserais…

Il ne pensait vraiment pas être si susceptible, mais elle était clairement soucieuse, et il était sûr de la convaincre qu'elle n'avait pas à s'inquiéter sur ce qui était plus une question de temps que de paroles.

— Michelle, chérie, je ne vais pas laisser une quelconque partie de ta pâtisserie se mettre en travers de notre chemin.

— Tu dis ça maintenant...

— Et je tiendrai promesse plus tard. Te voir enthousiasmée par ce projet, savoir combien cela te rendra heureuse...

Comment pouvait-il l'assurer que ce n'était pas un problème? Que c'était là où «pour le meilleur» ou «pour le pire» commençait? Il tendit le bras, lui prit la main, enlaça ses doigts et attendit qu'elle lève les yeux vers lui.

Le soleil s'était couché, et les phares des voitures qui passaient sur le pont le plus proche envoyaient des ombres le long du sentier et à travers les arbres. Todd savait que Michelle n'était pas adepte de courir dans le noir et ne voulait pas que la distance physique entre eux ajoute à son inconfort.

— Je ne pourrais pas être plus heureux que tu fasses de ce grand saut mon idée.

Elle lui adressa un doux sourire.

— Une grande partie était ton idée. Du moins la partie de sa mise en œuvre.

— Alors fais-le et ne t'inquiète pas. J'étais là durant tes heures tardives au travail. Je serai là pendant que tu seras en vacances à trotter à travers le Royaume-Uni.

— Je t'ai dit, dit-elle, ses yeux plissés comme si elle combattait le sourire qui prenait maintenant place sur son visage, que je ne trotte pas.

— Tu m'as supporté avec ma maison sens dessus dessous, mes horaires au travail et mes cours de Krav Maga, sans parler de mes voyages chez moi pour voir mon père.

Il les avait prévus avant de la rencontrer. Il avait accompagné son père dans une clinique pour ses traitements, mais il avait emmené Michelle avec lui seulement une fois.

— Je veux que tu voies ton père. Tu as besoin de le voir. La question ne se pose même pas, dit-elle, serrant sa main.

Elle n'avait aucune idée de ce que cela signifiait de l'avoir à ses côtés quand il traversait quelque chose d'aussi terrible. Mais il mit cette idée de côté pour arranger les choses avec elle.

— Ta pâtisserie n'est pas non plus en question. Je sais que ce n'est pas une situation comparable, s'empressa-t-il de dire, pressentant son interruption qui lui brûlait les lèvres. Mais il s'agit de la vie. Ta vie. Alors promets-moi que tu utiliseras mon cerveau ou mes muscles si tu en as besoin.

— Je le promets, dit-elle, posant sa tête sur son épaule.

Tous deux restèrent sans bouger encore bien longtemps après la tombée de la nuit.

* * *

Après quatre jours, Michelle et Eileen abandonnèrent Londres pour l'île d'Émeraude. La deuxième partie de leur voyage les emmena à travers la mer d'Irlande, la rapprochant plus près de Todd. Oui, elle appréciait ses vacances. Oh, comme elle appréciait ses vacances. Elle aurait dû prendre cette pause des mois auparavant et prévoir deux fois plus de congés. Sa santé mentale en avait tellement besoin.

Et, non, elle ne passait pas son temps à se languir de Todd, bien qu'il lui manquât. Il était dans son esprit, totalement, énormément, et l'avait été depuis son premier appel à la maison après avoir débarqué. Il devait prendre le prochain vol pour l'Ohio. En raison de son système immunitaire affaibli, son père avait développé une grosse infection et était tombé dans le coma.

C'était difficile d'avoir le même enthousiasme après avoir appris de si terribles nouvelles, mais, même avec ses inquiétudes pour Todd et son père, elle avait aimé son séjour à Londres. Voyager avec Eileen était comme y aller seule, mais en mieux. Elles étaient toutes les deux spontanées, détestant les excursions organisées et préférant dormir, manger quand et où elles voulaient, même de la crème fraîche à chaque repas si elles le désiraient.

La température n'avait pas été à son meilleur, le brouillard typique d'automne et la misérable bruine froide, mais le London Eye lui avait donné une incroyable vue de la ville quand même. Elles avaient déjeuné dans un pub près de Piccadilly Circus, fait les boutiques chez Harrod's, visité le palais de Hampton Court, Tate Modern et la Tour de Londres. Ayant grandi en aimant la princesse Lady Di, Michelle vadrouilla pendant leur dernier jour pour trouver le palais de Kensington fermé, mais il y avait eu tant à voir et à faire que cette déception ne fut que passagère.

Ce fut durant leur excursion en Irlande que ça s'était gâté. Elles avaient pris le bus à l'aéroport vers leur hôtel et étaient descendues au mauvais endroit. Sous une averse torrentielle. Sans aucun moyen de rejoindre le lieu où elles devaient rester, devant faire une heure de marche sous la pluie.

Heureusement, toutes deux avaient été capables de rire de leur mésaventure et de profiter à fond des deux jours suivants. Elles s'imprégnèrent de tout à Dublin, visitant la Guinness Storehouse, l'Université de Trinity, le château de Dublin, faisant les boutiques à Grafton et dans les rues de Henry, buvant des Guinness et mangeant à tous les pubs de Temple Bar.

Durant leur dernière nuit dans le pays, elles vécurent une véritable expérience irlandaise. Le pub où elles allèrent dîner était un capharnaüm comme Michelle s'y attendait. Elle pouvait à peine s'entendre penser, encore moins comprendre ce qu'Eileen lui criait par-dessus le brouhaha. Tout ce qu'elle put faire, ce fut d'attraper le bras de son amie et de la laisser la conduire à travers la foule.

La pièce sentait la fumée d'un feu de bois, le houblon, le poisson frit et les pommes de terre, et un peu du froid mordant de l'automne s'accrochant à la laine. Les bières débordaient des verres au contact des toasts, et les voix s'élevaient encore plus fort. Eileen leur trouva une petite table près du mur, et un serveur au visage rougeâtre s'arrêta comme elles s'assoyaient.

Il planta ses mains charnues sur la table et se pencha.

— Qu'est-ce que vous prenez, mesdames?

— Ce que tout le monde prend serait parfait, lui dit Eileen. Votre poisson et frites semble être la chose qui garantit la bonne humeur.

Le serveur eut un rire bruyant, ses yeux se plissant aux coins quand ils se froncèrent.

— Les autres humeurs doivent rester à l'entrée. Je reviens tout de suite avec vos bières.

Michelle se pencha vers Eileen, riant comme elle criait presque.

— Après toute la Guinness que j'ai bue ces deux derniers jours, je ne suis pas certaine que je pourrai boire toute une chope.

— Je serais heureuse de terminer ce que tu ne peux pas.

— Merci, j'en suis sûre, dit-elle, s'adossant, soudainement prête à s'effondrer.

— Ouah, je pense que je souffre d'un épuisement de vacances.

— Mais c'est un bon épuisement, dit Eileen. Un épuisement d'amusements sans fin et de bonne nourriture. Ou principalement de bonne nourriture.

Michelle prit la chope que leur serveur avait posée devant elles en passant avant de se précipiter vers un autre client.

— À ta santé et un retour sain et sauf à la maison.

Eileen leva sa chope vers celle de Michelle et avala une gorgée.

— J'imagine que tu es prête à retrouver Todd. Des nouvelles de son père?

— Rien de nouveau depuis la dernière fois que je lui ai parlé. Bien qu'il ait dit qu'il serait à l'aéroport pour nous prendre.

— Alors il est rentré?

Michelle acquiesça.

— Il y retourne la fin de semaine prochaine, après les vacances.

— Est-ce qu'il vient chez ta mère pour Thanksgiving?

— Oui, et toi aussi, tu viens?

— Est-ce que tu plaisantes ? Les repas de Thanksgiving de ta mère sont les meilleurs.

Elle passa son doigt le long du bord de sa chope et adressa à Michelle un regard prometteur.

— Bien qu'en rentrant si tard j'imagine que tu n'auras pas le temps de préparer des cupcakes.

— Je me demande ce que goûteraient des cupcakes avec le décalage horaire ? Fond en carte d'embarquement avec des garnitures épuisées insipides ?

Riant, elle déplaça sa chope pour faire de la place aux plats de frites et de poissons.

— Les vlà, mesdames. Pas de carte d'embarquement insipide. Mangez et je reviens pour m'en assurer.

Leur serveur déposa une salière et une bouteille de vinaigre de malt, jurant haut et fort et se précipitant alors que, dans le pub, des empoignades dégénéraient. Eileen et Michelle reculèrent toutes deux au son d'une chaise qui se brisait, et le groupe de musique joua plus fort pour couvrir le bruit.

— Qui aurait dit que nous aurions autant de divertissement à notre dernière soirée ? dit Michelle en pressant la moitié de son citron sur son poisson.

Eileen fit de même.

— Ça n'a pas dû être facile d'être ici sachant ce que Todd traverse.

Cela ne l'avait pas été, mais elle avait fait de son mieux pour que cela ne gâche pas les choses.

— Même si j'étais à la maison, je ne pourrais pas faire quoi que ce soit, ou même être avec lui, puisqu'il passe la semaine dans l'Ohio; alors, s'il te plaît, ne pense pas que je n'ai pas passé du bon temps.

Grignotant ses frites, Eileen secoua la tête.

— Je sais que tu as eu du bon temps. J'ai été avec toi tous les jours, tu te souviens?

— Est-ce que je dois me souvenir de la marche sous la pluie?

— Oui, parce que cela vous donnera à Todd et toi l'occasion de rire. J'imagine qu'il aurait bien besoin de rire en ce moment. Sans parler d'amour.

— Crois-moi. Je m'assurerai qu'il en profite largement à la minute où nous serons à la maison.

— En autant que, par maison, tu veux dire ton appartement, et non le sol américain, dit Eileen, saisissant sa chope et revêtant un air horrifié qui offrit à Michelle son plus grand rire de la journée.

Dix-neuf

*La pomme de ma tarte : base de pomme épicée recouverte d'une crème au beurre à la vanille et au caramel

Les fêtes de fin d'année s'écoulèrent avec les fêtes au bureau, les réunions familiales, un dîner de Thanksgiving à tomber par terre, des cadeaux échangés avec de bons amis durant des dîners intimes ou en prenant un verre. Bien que l'état de son père restât inchangé, Todd retourna dans l'Ohio plusieurs fois avant la fin de l'année pour faire face à ses obligations là-bas.

Michelle voulait tellement faire davantage pour lui que de lui offrir une oreille attentive et une épaule sur laquelle se poser, mais elle savait que c'était le genre de soutien dont il avait le plus besoin de sa part. Elle était son île au milieu de l'horrible tempête qui faisait rage autour de lui.

Pour débuter la nouvelle année, il la surprit avec un voyage à Manhattan. New York était sa ville préférée au monde, et la visiter avec Todd la rendait encore plus spéciale, même s'ils ne virent pas grand-chose les premiers jours, à part l'intérieur de leur appartement loué à Gramercy Park.

Ce matin-là, cependant, Todd lui avait dit de s'habiller chaudement pour la journée qu'elle passerait debout plutôt qu'allongée. Il le lui avait dit alors qu'elle était à moitié endormie. Elle s'était alors demandé ce qu'il faisait avec son ordinateur portable, allongé sur la méridienne de la chambre au lieu d'être lové dans le lit à côté d'elle.

Quand elle lui avait dit de revenir, il avait répondu qu'ils avaient des endroits à visiter et des gens à voir. Et c'était la seule raison pour laquelle elle s'était levée bien avant d'avoir été prête à le faire, s'habillant pour une journée de marche dont elle n'avait pas envie.

— Qu'est-ce que tu veux dire par « pas de petit déjeuner » ? demanda-t-elle, tirant son bonnet sur ses oreilles. Comment vais-je marcher tous ces kilomètres que tu as recensés sans d'abord un bagel chaud et de la confiture ?

Todd vérifia ses notes, calculant.

— Il y a beaucoup de rues, pas tellement de kilomètres, et nous avons sept arrêts à faire, donc beaucoup de temps pour reposer tes petons. Nous devrions être de retour ici avant 17 h, et alors nous serons probablement plus que prêts pour le dîner.

Attends une minute. Quoi ? Elle leva les yeux de ses lacets de bottes.

— Nous n'allons pas manger avant le dîner ?

Ses yeux bleus brillaient d'une intelligente et malicieuse taquinerie.

— Oh, nous allons manger. C'est ce à quoi sont destinés les arrêts.

Sept arrêts semblaient beaucoup trop de repas, à moins qu'il ait prévu pour elle de manger seulement quelques morceaux à chaque fois. Elle supposait que c'était une bonne manière de tester bon nombre de perles cachées que la ville offrait. Mais quand même. Elle aurait été plus que contente de manger ici.

— Est-ce que je vais vraiment vouloir manger quand nous rentrerons ? demanda-t-elle, s'assurant que ses gants étaient glissés dans les poches de son manteau.

Todd rit, tirant le bord de sa casquette vers le bas.

— Oui, tu le voudras. Fais-moi confiance pour ça.

Maintenant elle était vraiment curieuse. Mais elle était aussi soudainement excitée. Todd avait longuement réfléchi à leur sortie, et, comme elle était une grande amatrice de surprises, elle ne pouvait attendre de découvrir ce que cela présageait.

La première étape de leur marche les emmena à 20 rues vers l'est, ou à peu près estima-t-elle ; elle s'était arrêtée de compter à 15. Ils se tenaient la main pendant qu'ils marchaient, se percutant volontairement, riant comme ils se taquinaient, pointant les endroits qu'ils reconnaissaient, les gens regardant et profitant de l'ambiance.

Après avoir passé les deux premiers jours de la nouvelle année seuls, c'était merveilleux de sentir l'énergie de Manhattan. L'air était vif, les poumons de Michelle brûlants quand elle le respirait, mais voir la ville avec Todd était comme la voir pour la première fois. En sa compagnie, tout était plus vivant. Les couleurs et les odeurs, les bruits et les parfums du quartier, tout débordait de vie, comme elle en sa compagnie.

— Nous y voilà, dit-il, tenant son coude et la guidant sur le trottoir animé vers un petit commerce de la rue Bleeker.

— Arrêt numéro un.

Elle regarda par les rideaux tirés dans la vitrine jusqu'au store, lut les inscriptions et jeta un œil vers lui qui attendait sa réaction.

— Tu as dit que tu n'avais pas regardé *Sex and the City*.

— Je n'ai pas besoin de regarder pour entendre les primeurs. Spécialement quand le distributeur d'eau de mon bureau est aussi fréquenté.

Elle releva les yeux vers l'écriteau. « La pâtisserie Magnolia ». Elle ne pouvait y croire. Les autres arrêts étaient-ils des références télévisées ? Ou au moins des restaurants ? Attends, non. Il l'avait emmenée dans une pâtisserie.

Oh mon Dieu ! Vraiment ? Elle se tourna vers lui, pleine d'espoir.

— Est-ce que tu m'emmènes pour une visite des pâtisseries ?

— Je savais que tu étais une femme brillante quand je t'ai rencontrée, dit-il, déposant un baiser sur son nez avant de la conduire à l'intérieur.

Oh, les arômes. Le sucre et la vanille, et la riche crème au beurre. La cannelle et le gingembre. Le chocolat et le café. Les baies sucrées, les bananes moelleuses et les tartes aux poires. Elle respira chacun d'eux, se noyant, devenant tout à la fois, ivre, étourdie et affamée.

Elle choisit un gâteau rouge velours, retirant le papier pendant que Todd payait, enfonçant son doigt dans le dessus du glaçage et le léchant complètement, laissant le morceau de pur bonheur se fondre dans le creux de sa langue. Ce ne fut pas avant qu'ils fussent ressortis qu'elle se rendit compte qu'il ne s'était rien acheté.

— Tu n'en veux pas ?

— Je prévois manger la moitié du tien, lui dit-il comme ils traversaient la rue vers le Biography Bookshop, à moins que tu penses que tu peux tout avaler et continuer à marcher.

Il ne croyait pas aussi bien dire, songea-t-elle, savourant la texture qui était moelleuse sans être spongieuse, le soupçon de chocolat aussi subtil que la vanille, le glaçage fouetté plus léger que s'il avait été préparé avec du fromage à la crème.

Pendant que Todd regardait les noms sur les chariots alignés sur le trottoir, elle se concentra sur le cupcake, en défaisant seulement une partie. Inspirant profondément à chacun des morceaux, elle les laissa fondre dans sa bouche, puis lui tendit le reste alors qu'il finissait de regarder les livres.

— Tu es gentille, dit-il, lui faisant un clin d'œil comme il mordait un peu plus de sa part en une bouchée.

— Je t'ai demandé si tu aimais ça, dit-elle, glissant son bras sous le sien. Mais tu ne peux pas goûter quelque chose quand tu l'avales comme ça.

— C'est ce que tu penses, dit-il, le terminant et léchant les miettes sur ses doigts. Mmm, mmm, mmm.

Quelques rues plus tard, ils atteignirent la pâtisserie Milk and Cookies dans la rue du Commerce. Là, Michelle choisit un macaron dont le glaçage au fromage à la crème était pris entre deux biscuits au chocolat. Il s'avéra plus croustillant que le style de gâteau traditionnel auquel elle s'attendait. Toutefois, elle ne pouvait remettre en question la combinaison des saveurs.

Comme elle fit avec le gâteau velours rouge, elle brisa ce délice en deux. Todd mordit dans le morceau qu'elle lui donna, fermant les yeux et savourant l'harmonie des saveurs et textures. Transformer un macaron en cupcake… cela pouvait sûrement se faire. Une base au chocolat, même si elle opterait pour une guimauve plutôt que pour un fourrage au fromage à la crème, recouverte d'une ganache à la crème fouettée. De la nostalgie pure et comestible. Sa mère serait enchantée de l'idée.

À environ neuf autres rues, ils arrivèrent chez Jacques Torres Chocolate où elle acheta une petite boîte de guimauves au chocolat faites maison trempées dans un enrobage de chocolat noir. Elle mit celle-ci dans sa poche pour plus tard, pensant que c'était une bonne idée de ne pas faire de dégustation au moins à l'un des sept arrêts.

Pour l'étape suivante, ils prirent leur temps, et, quelques minutes tranquilles plus tard, ils se retrouvèrent à la pâtisserie Billy's. Michelle était au paradis. Cette fois, elle commanda une part de gâteau au citron vert avec une croûte de pain d'épice. Elle se souvint d'avoir réfléchi à un cupcake au citron vert et se rendit compte, comme elle dégustait le dessert, à quel point le complément de pain d'épice était parfait.

— Là. Goûte ça, dit-elle en lui donnant une bouchée. Peux-tu imaginer cette combinaison de saveurs dans un cupcake ?

— C'est ton travail d'imaginer. Mon travail consiste à manger.

Secouant la tête, elle lui tendit le reste, qu'il avala en quelques secondes. Cet homme était son genre, un estomac insatiable qui aurait probablement pris 500 grammes de gras d'ici la fin de la journée.

Il leur fallut parcourir un kilomètre et demi entre Billy's et Babycakes, où la plupart des produits de pâtisserie étaient végétaliens. Michelle prit un cupcake à la carotte sans gluten, sucré avec du nectar d'agave et recouvert d'un glaçage à la crème à la vanille. Si elle n'avait pas lu la carte, elle n'aurait jamais su que le cupcake était sans soja, œufs et produits laitiers.

Elle aimait l'idée de proposer des produits pour ceux dont les régimes les empêchaient de s'adonner à la plupart des desserts. Spécialement depuis qu'Erin chez Babycakes avait prouvé que les douceurs n'avaient pas besoin d'être fourrées avec du sucre raffiné pour être appétissantes.

Depuis Babycakes, ils se dirigèrent vers Sugar Sweet Sunshine avec ses couleurs roses et jaunes, et son ambiance des années soixante. Michelle laissa Todd choisir, et il se décida pour leur *Black & White... Just Right*, une base de gâteau au chocolat avec un glaçage à la crème au beurre à la vanille. Michelle commanda un café. Ils s'assirent et se relaxèrent pendant quelques minutes.

— C'est tellement amusant, lui dit-elle, pesant chaque mot.

— Je savais que cela le serait, répondit-il en homme bien content.

Crumbs était à un autre kilomètre et demi, et, café ou pas, Michelle commençait à le sentir. Pas la marche seule, mais la marche dont le carburant était essentiellement des glucides simples. Mais, oh le choix à l'intérieur. Cupcakes pommes et caramel. Cupcakes cappuccino. Cupcakes tiramisu, *grasshopper* et pâte à biscuit. Ici, le propriétaire remettait les recettes des cupcakes célèbres aux organismes de charité qu'ils avaient choisis. Une autre idée que Michelle adorait.

Ce qu'elle n'aimait pas, c'était le manque total d'éléments nutritifs dans sa consommation alimentaire de la journée, mais souffrir d'un niveau de sucre anormalement élevé ne l'empêcha pas de commander une des spécialités de cupcake à la noix de coco de Crumbs. Ou d'apprécier l'histoire qui l'accompagnait, à savoir comment Mia les avait préparés pour Jason, et leur amour épanoui, comme leur idée de fonder Crumbs.

C'était le dernier arrêt de la tournée des pâtisseries de Todd, et Michelle se demandait s'il connaissait l'histoire d'amour qui avait fait naître la pâtisserie. Ou si cela avait été une coïncidence qu'il ait choisi de terminer leur journée ici. Mais, bien qu'elle désirât le savoir, elle ne le demanda pas. Elle ne voulait pas risquer de gâcher une incroyable journée avec une telle question tendancieuse.

Le trajet de chez Crumbs à l'appartement prit 20 longues minutes. C'était le moment des protéines, des vitamines, des minéraux et des glucides complexes, sans parler d'une douche bien chaude. Todd sentait la perte d'entrain aussi. Il marchait à côté d'elle, silencieux, ses pas plus aussi énergiques que lorsqu'ils étaient partis ce matin.

Après s'être lavés et avoir changé de vêtements, ils ressortirent, terminant dans une pizzéria voisine où ils partagèrent une simple quatre fromages. Tous deux étaient trop fatigués pour parler, mais c'était correct. Passer la soirée en compagnie de Todd suffisait. Ses yeux, son sourire... Michelle n'avait pas besoin de conversation quand il était avec elle.

— J'ai quelque chose pour toi, dit-il quelques instants plus tard.

Inopinément, il fouilla dans la poche de sa veste et lui tendit une boîte bleu pâle de son magasin préféré au monde.

— Tiffany's ?

La boîte était trop grande pour des boucles d'oreilles, trop petite pour un collier, et ce qu'elle vit quand elle l'ouvrit lui fit monter les larmes aux yeux. Sa gorge se serra et sa poitrine lui fit mal devant tant d'émotions, si bien qu'elle ne put prononcer un seul mot.

Le bracelet à breloques était le même que celui de sa grand-mère qu'elle avait porté quelques mois auparavant quand Todd et elle étaient allés bruncher au Silver Diner. Bien qu'il ait posé des questions sur les breloques et écouté tandis qu'elle lui racontait les histoires de chacune, elle ne s'attendait pas à ce qu'il prête manifestement autant d'attention.

C'était leur troisième rendez-vous. Ils s'étaient rencontrés seulement trois jours auparavant. Et, néanmoins, il *avait* fait attention au bracelet, au lien qui unissait les breloques et deux personnes qu'elle aimait. Aux mots qu'elle avait prononcés. Se souvenant de cette journée... elle ne se doutait pas qu'il était aussi observateur, ne le connaissait pas assez pour comprendre que ce trait faisait partie de son caractère.

Elle sortit le bracelet de la boîte et vit qu'il n'avait qu'une seule breloque : un ovale en argent avec les lettres « NYC » en grosses lettres noires.

— Oh, Todd. Tu es tellement mignon. Je l'adore.

— Mets-le, dit-il, tout en lui ôtant de la main pour le passer autour de son poignet, pressant lui-même le fermoir.

— Je ne peux pas croire que tu aies fait ça.

Elle tourna son poignet dans tous les sens.

— J'ai aimé voir New York avec toi. Je suis venue ici un million de fois puisque mes parents étaient tous deux New-Yorkais, mais les biscuits, les cupcakes, les friandises et la tarte au citron vert...

Il reprit où elle s'était arrêtée.

— Sans oublier l'appartement et voir le *Ball Drop* du Nouvel An de New York sans avoir à affronter la foule.

— J'ai probablement pris deux kilos à moi toute seule aujourd'hui, dit-elle, bien qu'elle prît une autre part de pizza sans ressentir la moindre culpabilité.

Le bracelet glissa sur son bras, et la breloque la chatouilla. Elle aimait le sentir là, léger en poids, mais chargé de signification.

— Je vais devoir faire quelques kilomètres en plus une fois de retour à la maison.

— Qui a parlé d'aller à la maison? demanda-t-il, se calant dans sa chaise, les jambes tendues, les mains derrière la tête, tout à fait décontracté. J'aime plutôt ça manger quand et ce que nous voulons, marcher dans la ville, rester au lit pendant des journées d'affilée.

— J'en suis sûre, dit-elle en riant. Mais nous allons devoir rentrer, car, si je n'ouvre pas ma pâtisserie après cela, la visite ne comptera pas comme une dette honorée.

— Celle-ci est pour moi. Mon cadeau pour toi.

Il se pencha en avant et enlaça ses doigts.

— J'ai tellement confiance en toi, Michelle. Tellement confiance. Tu as une incroyable tête sur les épaules et un don pour les détails comme je n'en ai jamais vu. Avec ta mère et ton père derrière toi, comment peux-tu échouer ?

Et toi ? commença-t-elle à demander, mais elle garda le silence. Elle savait qu'elle avait son soutien. Il suffisait de voir la journée qu'il venait de lui offrir ! Cela représentait autant un cadeau que le bracelet. Le fait de penser à cette visite des pâtisseries avait été incroyable et reflétait tellement l'homme prévenant qu'il était.

Si son entreprise marchait, le crédit de son succès lui reviendrait autant à lui qu'à elle. Ne voulait-il pas faire partie de ce qu'elle avait imaginé qu'ils étaient en train de construire ? Avait-il peur qu'elle ne veuille pas qu'il s'implique ? Ou attendait-il qu'elle lui demande d'être un associé ?

Cette pensée la prenait de court. Elle ne pouvait pas lui demander de prendre part au risque financier. Elle ne pouvait simplement pas. Si elle échouait, elle le fâcherait, et la culpabilité serait insupportable. C'était son saut à elle d'une très grande falaise vers l'inconnu.

Cela ne signifiait pas qu'il ne représentait pas une partie cruciale de l'ensemble.

Vingt

* Citron givré : base de citron recouverte
d'une crème au beurre au citron

De toutes les choses que Todd et Michelle avaient en
commun, le goût musical n'en faisait pas partie. Ils partageaient un amour passionné pour les Beach Boys, et une
admiration pour Ben Folds. Mais, alors que l'iPod de Todd
était rempli de morceaux d'artistes tels que The Ting Tings,
The Shins et Rilo Kiley, Michelle gravitait vers les œuvres
classiques avec lesquelles elle avait grandi.

Heureusement, elle aimait se familiariser avec les
groupes qu'il écoutait, et ils se trouvaient ce soir au Club
9:30 à Washington, attendant d'écouter The Fray. Il faisait
nuit, les réverbères et les panneaux lumineux des bâtiments
environnants fournissant le seul éclairage, tandis que la
couche nuageuse obstruait la lune et les étoiles. Il faisait un
froid glacial et humide, une mince brume collant à leur
peau, leurs vêtements, leurs cheveux.

Faisant la queue en attendant que les portes s'ouvrent, Todd tenait Michelle devant lui, serrée contre sa poitrine, sa veste ouverte autour de ses épaules pour les réchauffer tous les deux. Néanmoins, elle frissonnait, et ses tremblements le secouèrent. Protégée contre le froid ou pas, elle était petite et ressentait probablement la fraîcheur davantage que lui.

Il se pencha en avant, sa bouche près de son oreille.

— Est-ce que tu veux rentrer à la maison? Nous ne sommes pas obligés de rester.

Elle secoua la tête, les boucles de ses cheveux s'accrochant dans la peau mal rasée de sa barbe.

— Tu attends cela depuis des semaines. Nous allons rester.

Il avait hâte, mais ce n'était pas comme si c'était l'ultime étape de leur dernière tournée ou quoi que ce soit. Il pouvait les voir plus tard dans l'année à un autre endroit.

— Oui, mais je n'avais pas hâte que tu te gèles les fesses.

— Ça va. Je t'ai et la chaleur des corps de centaines d'étrangers pour me tenir au chaud.

Elle se blottit contre lui, glissant sa tête sous son menton.

C'était difficile d'avoir froid quand elle était si proche, ses mains enveloppées dans les siennes, ses cheveux tel un nuage humide sentant son shampooing, sa peau si douce quand il pressait ses lèvres derrière son oreille pour l'embrasser.

Elle tourna la tête, mais, au lieu de l'embrasser en retour comme il l'espérait, elle dit :

— Tu sais que tu me dois un opéra et une soirée à écouter un orchestre symphonique maintenant.

Il grommela. Il ne savait pas qu'elle établissait une liste de ses musiques par rapport aux siennes.

— Mais ça veut dire des vêtements de ville et s'asseoir dans de vrais fauteuils.

— Quel est le problème avec les vrais fauteuils ?

— C'est trop difficile de se câliner.

Elle frissonna de nouveau.

— Dit l'homme qui n'a pas encore assisté à un opéra avec moi.

Il aimait ce que cela représentait. Il aimait beaucoup cela.

— Alors, c'est un rendez-vous. Et, maintenant que j'y pense, j'aime vraiment l'idée que tu arranges tout et que j'y mette le désordre.

Elle leva un doigt et tapota son nez.

— C'est parce que tu n'as qu'une idée en tête quand il s'agit de moi, de mes cheveux et de mes vêtements.

— Je ne dirais pas cela. J'aime te voir les porter autant que sans eux.

— C'est l'idée dont je parlais.

— Je suis un homme visuel. Qu'est-ce que je peux dire ?

— Visuel ? demanda-t-elle, tout en grommelant. Toi avec tes mains posées partout.

— Vous n'êtes pas exactement du genre à ne pas toucher vous-même, mademoiselle Snow.

Un fait dont il remerciait le ciel régulièrement.

Elle se tint davantage dans le cercle de ses bras.

— Désolée. Je ferai plus attention à mes manières.

— Oh, pas besoin de faire attention à tes manières avec moi, dit-il.

Même s'il comprenait qu'elle avait quelque chose d'autre que leur relation physique à l'esprit.

— Tu es certaine de ne pas avoir froid ?

Elle soupira, la tension qu'il aurait juré avoir sentie disparaissant, puis il recommença à étreindre ses épaules.

— Ne t'inquiète pas pour ça. Rien d'autre n'a d'importance quand tu es là.

Hmm. Il n'aimait pas cela.

— Je me moque d'être ta zone de confort, mais si quelque chose se passe dont tu ne m'as pas parlé…

Il laissa la phrase en suspens, espérant qu'elle se livre sans qu'elle ait à se faire prier. Il ne pouvait l'aider à arranger les choses si elle ne lui faisait pas savoir par où commencer, un problème quand elle était tellement habituée à ne dépendre que d'une seule personne, elle-même.

— C'est à propos de mon humeur exécrable ?

Ah, alors il y avait quelque chose qui la préoccupait.

— Je n'ai pas dit que tu étais d'humeur à prendre avec des pincettes.

— Pas explicitement, non, mais je m'en remettrai.

— Michelle ?

Il s'éloigna et la tourna dans ses bras. La brume de la nuit collait à ses cils, mouillant ses yeux.

— Qu'est-ce qui se passe ?

Elle baissa les yeux, le menton rentré sur sa poitrine. Il approcha son doigt sous sa mâchoire, la forçant à le regarder.

— Michelle, chérie ? Qu'est-ce qui ne va pas ?

— Le bail de la boutique pour la pâtisserie est tombé à l'eau, dit-elle, ne le regardant toujours pas.

— Quoi, quand ?

Il savait combien elle comptait sur cet endroit. Le loyer était correct, la clientèle exactement dans la zone qu'elle souhaitait toucher.

— Qu'est-ce qui s'est passé? Quand l'as-tu appris?

— Hier.

— Et tu ne me l'as pas dit?

Un doux sourire atténua la tristesse sur son visage.

— Je viens juste de le dire.

Il prit une profonde inspiration. Il ne voulait pas se fâcher.

— Chérie, ce sont des choses que tu es censée partager. Comment puis-je arranger les choses si tu ne me dis pas qu'elles ont échoué?

— Tu n'as pas à arranger les choses, Todd. Le simple fait que tu sois là est suffisant.

Pour elle, peut-être.

— Je sais que tu comptais avoir cet espace. Je suis désolé.

Elle haussa un peu les épaules.

— La vie continue.

— Je déteste quand tu fais ça, tu sais. Agir de façon tout à fait autonome et ne pas demander d'aide.

— Il n'y a rien que quelqu'un puisse faire. J'ai juste à me plaindre pendant une journée ou deux, puis me relever et trouver un autre endroit.

— Et tu préférerais faire tout cela seule.

— Ce n'est pas comme si tu pouvais faire le deuil à ma place.

Était-ce vraiment ce qu'elle ressentait? Quand elle avait été là pour lui pendant qu'il s'occupait du déclin de son père?

— Tu ne penses pas que je souffre quand tu souffres ?

— Eh bien, oui, mais je ne peux pas décharger toutes mes difficultés professionnelles sur toi avec tout ce que tu traverses. Ce ne serait certainement pas juste.

Juste ?

— Alors, moi qui me décharge de toutes mes difficultés avec le gouffre financier de ma maison, c'est juste ? Sans parler de ce qui se passe avec mon père ?

— Ton père, ce n'est pas la même chose. Et tu ne parles plus que rarement de ta maison.

— C'est exactement la même chose, peu importe si c'est la famille, le travail ou la maison, ou quoi que ce soit. Cela n'a pas d'importance. Tu es là pour moi. Je suis là pour toi. Ça marche dans les deux sens, pour tout, ou ça ne marche pas du tout.

Elle s'éloigna, heurtant la personne devant elle. Todd attendit pendant qu'elle faisait ses excuses, les lampes des rues se reflétant dans ses yeux, la brume créant un nuage entre eux. Cela ressemblait à une barrière, trop impalpable pour se briser.

La foule commença à devenir plus bruyante, indiquant le mouvement près de la tête de file. Au lieu de répondre à ce qu'il avait dit, elle croisa ses bras et regarda au loin, le laissant se demander si ce qu'il y avait entre eux pourrait encore fonctionner.

Puis les portes s'ouvrirent, et la queue commença à serpenter en avant. Derrière elle, Todd marmonna :

— Enfin !

Mais Michelle était fixée sur ce qu'il avait dit et ne pouvait répondre.

Avait-il raison? Est-ce que son histoire de vouloir un partenariat n'était rien que du vent? Elle n'était certainement pas si inconsciente, et pourtant... chaque étape dans la carrière de sa mère, son père l'avait franchie avec elle. Chaque perte dont son père avait souffert, sa mère en avait également souffert.

Si Todd et elle devaient avoir un avenir, n'était-ce pas le moment de le laisser entrer dans ces zones dont elle lui empêchait encore l'accès?

La logique disait oui, pour les raisons qu'elle venait de se donner et davantage. Mais les émotions... Elle leva le bras et écarta sa boucle de cheveux de son visage. C'était difficile de penser à quelqu'un qu'elle aimait — et elle l'aimait, elle le savait — comme à quelqu'un risquant son argent, consacrant son temps, déversant son énergie dans quelque chose qui pourrait très bien échouer.

Pourquoi devraient-ils traverser cela tous les deux alors que la pâtisserie était son rêve? Il ne serait même pas en mesure de se proposer pour cette prise de risques si ce n'était pour elle. Elle ne savait pas si c'était de la culpabilité qu'elle ressentait, ou quelque chose en rapport avec le regret. Quoi que ce fût, elle n'était pas certaine de savoir quoi en faire. Elle n'aimait pas la façon dont cela l'irritait.

Une fois dans le club, Todd passa son bras autour de ses épaules, les empêchant de se faire heurter. C'était tellement bondé, une écrasante masse de corps froids et mouillés sentant le parfum et les cheveux humides, l'air dans le club sentant le renfermé et la bière rance. Le faible éclairage rendait toute navigation à travers la foule une entreprise douteuse.

Et néanmoins Todd y parvint. Il ne la laisserait jamais tomber. Même quand une bousculade se fit menaçante à sa droite et qu'un homme de trois fois sa taille s'écroula sur eux, Todd fut celui qui fit les frais des coups, se tournant et utilisant son corps comme un bouclier.

Une fois la vive agitation terminée, ils trouvèrent un endroit avec une vue correcte de la scène, et Todd se tint derrière elle, ses bras autour de sa taille tout contre elle. Il pencha sa tête en avant, sa bouche près de son oreille, et demanda :

— Tu vois bien ?

Elle était plus petite que lui, plus petite que beaucoup de gens, mais elle voyait suffisamment. De plus, ils étaient là pour écouter, et elle pouvait faire cela les yeux fermés, en s'appuyant contre la chaleur de Todd.

Elle repensait à tout. Elle savait cela et, néanmoins, elle ne semblait pas capable de faire cesser ses inquiétudes. Toute sa vie, elle avait été fière d'elle-même pour avoir établi des objectifs et les avoir atteints dans le sang, la sueur et les larmes. Alors, pourquoi trouvait-elle si difficile de laisser Todd y entrer ?

Comme elle se tenait debout dans ses bras, leurs corps serrés, la musique circulant vers eux, belle mais si douloureusement triste, elle comprit subitement, comme si elle avait reçu tout à coup une grosse balle sur la poitrine. Son rêve. C'était trop immense pour elle à gérer, trop grand pour une femme seule en scène.

Même si elle commençait modestement, en créant une intimité, un décor feutré, un endroit confortable en dehors de chez elle, le travail nécessaire pour voir sa pâtisserie passer du rêve à la réalité était trop énorme pour l'aborder seule. Elle avait le soutien de ses parents, et sa mère passerait autant d'heures qu'elle à cuisiner, mais elle avait besoin de Todd.

Elle avait besoin de Todd.

Il lui donnait de la force quand la sienne baissait. Il lui remontait le moral quand le sien dégringolait. Avec juste un sourire, cette fossette en virgule, ses yeux bleus étincelants, il la sortait de tout découragement qui la faisait sombrer.

Il était là pour elle à chaque minute de la journée. Pourquoi était-ce si difficile de voir cela sans partager son rêve avec lui ? Son rêve ne lui apporterait jamais autant de plaisir qu'il le devrait s'il n'était pas impliqué, à ses côtés, son égal.

La bande sonore des notes suggestives du piano la transporta, et elle se tourna, enveloppant ses bras autour de son cou et se dressant sur la pointe de ses pieds. Il baissa les yeux, fronçant les sourcils, penchant sa tête pour qu'elle puisse lui chuchoter à l'oreille.

À la place, elle l'embrassa, sa bouche silencieuse témoignant de son besoin qui était plus qu'un désir physique. Il la serra contre lui, et elle hocha la tête quand il mit ses lèvres près de son oreille et dit :

— Rentrons à la maison.

Vingt et un

* Nille Nille : base de vanille recouverte
de crème au beurre à la vanille

Bien que les vacances de ski à la station de Park City soient uniquement financées par l'employeur de Michelle, le fait que son chef et quelques-uns des associés participaient à la fin de semaine de trois jours en faisait un voyage d'affaires plutôt que la romantique échappée qu'elle avait voulu partager avec Todd.

Elle savait qu'elle n'avait aucune raison d'être nerveuse de l'emmener ou de veiller à son comportement, mais, comme ils arrivaient à Salt Lake City, elle ne put s'empêcher de ressentir que la fin de semaine serait consacrée à marcher sur des œufs. Todd la mit rapidement à l'aise.

Il s'adapta comme il l'avait fait à la soirée d'Halloween, charmant et impressionnant ses collègues sans jamais attirer l'attention sur lui ou sur elle. Il fut le vrai gentleman qu'elle savait qu'il était. Elle aimait cela en lui, la façon dont il pouvait évaluer une situation et les personnes concernées, et passer de l'une à l'autre aussi aisément dans son rôle. Il l'étonnait vraiment. Elle n'avait jamais connu quelqu'un de si bien dans sa peau.

Après avoir dormi le samedi matin, ils profitèrent d'un agréable petit déjeuner à leur hôtel avant de prendre la navette vers la station.

Le reste du groupe était parti plus tôt, ce qui leur laissait à tous les deux la possibilité de rendre ce moment à l'écart le plus intime possible.

Une fois équipés pour passer une matinée en montagne, ils prirent la remontée vers le sommet. Tandis que Todd avait fait beaucoup de ski dans l'Ouest avec son père, c'était la première fois pour Michelle dans cette partie du pays. La majesté de la vue l'époustoufla. Elle était habituée aux hivers dans le nord-est, aux pentes dans les Adirondacks, aux lieux d'escapades dans la vallée de la Shenandoah.

Les Rocheuses étaient à couper le souffle. Tandis que le remonte-pente grimpait, le paysage somptueux dépassait l'imagination. Elle appuya sa tête contre l'épaule de Todd et inspira les senteurs enivrantes des pins, de la terre froide et de l'air glacé. Le ciel était bleu, les cimes mauves et roses au loin, des ombres de nuages lointains jouant avec le soleil sur la neige.

Ce fut à leur première descente qu'elle se rendit compte que Todd était un expert. Il la faisait passer à un niveau de débutante. Elle était parfaitement à l'aise et n'avait pas du tout de problème sur les pistes. Mais, ouah, Todd était magnifique à regarder. Elle ne devrait pas être surprise; c'était un athlète. Elle savait combien il était en forme, quel effort il faisait pour s'amuser ; que ce soit la course, la crosse ou le Krav Maga.

Plus d'une fois lors des descentes le matin, ils s'arrêtèrent pour voir la vue. Todd était aussi captivé qu'elle l'était, bien qu'elle fût certaine que sa joie venait du fait de constater le plaisir qu'elle prenait. Elle eut moins de plaisir la deuxième moitié de la journée quand ils essayèrent tous deux la planche à neige pour la première fois.

Et ce n'était pas tant qu'elle ne s'amusait pas à chercher son Shawn White intérieur que le fait qu'elle tombait plus qu'elle l'aurait voulu et qu'elle se cognait la tête trop fréquemment. La goutte d'eau qui fit déborder le vase fut de voir un hélicoptère qui transportait un skieur tombé en montagne. Ce fut à ce moment qu'elle prit sa planche sous le bras et qu'elle marcha le reste de la descente. Assez joué les casse-cou.

Désormais assise devant un bon feu dans le chalet, elle leva les yeux vers Todd qui marchait vers elle, deux tasses fumantes de chocolat chaud recouvert de guimauve dans ses mains. Elle les prit et, les yeux fermés, respira profondément le sucre, le cacao et la crème avant de boire.

— Mmm. Merci, dit-elle comme il se pressait dans un fauteuil surdimensionné et capitonné derrière elle. J'ai attendu ça toute la journée.

— Quelle partie ? demanda-t-il, la regardant comme s'il n'y avait qu'une seule réponse correcte. La boisson au cacao devant un bon feu de cheminée ou être assise et blottie tout contre moi ?

— Puisque je me suis blottie contre toi dans le remonte-pente toute la matinée, je prendrais la partie du cacao et du bon feu de cheminée, dit-elle, cachant son sourire comme elle buvait.

Pour protester, il la poussa du coude, mais pas trop pour qu'aucun d'eux ne renverse sa boisson.

— C'est une bonne chose. Peut-être pourrais-tu ajouter un chocolat chaud et un cupcake feu de cheminée réconfortant à ton menu.

Elle posa sa tasse sur la petite table, remonta ses genoux vers sa poitrine et regarda les flammes jaillir et lécher les bûches.

— La partie chocolat serait facile. Mais je ne suis pas certaine de pouvoir incorporer le feu de cheminée réconfortant.

— Trempe-le dans le rhum et craque une allumette ?

Ce serait tout un spectacle.

— Un cupcake flambé ? Je doute de pouvoir souscrire une assurance pour ça.

— Est-ce que je te l'ai dit ? J'ai vu un site Internet l'autre jour au sujet d'une pâtisserie qui vend des cupcakes alcoolisés.

— Sérieusement ?

Il acquiesça, tendit ses bras vers ses jambes et les tira sur ses genoux.

— Cela faisait figure de réponse de la part d'un homme face aux cupcakes roses féminins.

Des cupcakes féminins ?

— Qu'est-ce qu'il y avait sur le menu ?

— Voyons voir, dit-il, appuyant sa tête contre le dossier du fauteuil. Ils en avaient un fourré à une crème bavaroise au Bailey. Un au brandy. Un gâteau à la bière et chocolat avec bretzels écrasés dans le glaçage. Un autre était à l'érable avec du bacon émietté sur le dessus.

Elle n'arrivait pas à y croire. Un gâteau à la bière et chocolat ? Du bacon ?

— J'en reste à ma carte pour l'instant. Tu peux te charger de lancer le bacon et l'alcool.

Il la regarda tandis qu'elle reprenait son bol de chocolat, et elle croisa son regard.

— Quoi ?

— Est-ce que tu penses te diversifier ? demanda-t-il.

Son ton était non empreint de jugements ou de suppositions, mais d'une vraie curiosité.

Son intérêt l'inspirait. Il l'inspirait.

— Puisque je n'ai même pas encore ouvert ma boutique, c'est un peu tôt, ne crois-tu pas ?

— Pas vraiment. Je suis certain que tu as un plan sur 5 ans, peut-être même 10 ans.

Oui, 10. Cela paraissait tellement d'années, mais elle savait que ce n'était rien en affaires. Elle aurait aimé être la prochaine Sprinkles, devenir un grand nom dans la région de Washington et s'étendre à l'échelle nationale. Mais c'était un rêve improbable. Et elle pensait qu'il était préférable de se concentrer à bien faire son lancement.

— Oui, et cela implique d'ajouter de nouveaux produits, de retirer ceux qui ne se vendront pas bien. Peut-être les réintroduire en tant que nouveaux et les améliorer seulement pour un temps limité. Ce genre de choses.

Il y réfléchit un moment, puis reprit :

— Mais pas de cupcake au steak fourré à la purée de pommes de terre ?

Elle secoua la tête et frissonna.

— Cela ne convient pas à bien des égards. Je ne sais même pas par où commencer.

Son bras entourant ses cuisses, il poussa un soupir qui ressemblait beaucoup à un soulagement.

— Bien, parce que je pense que je ferais mieux de vendre des cartes d'adhésion pour un club de Krav Maga que des gâteaux masculins alcoolisés.

Ça, c'était toute une nouvelle.

— Vraiment? As-tu pensé à ouvrir une salle de gym?

Il répondit par un haussement d'épaules.

— C'est encore loin, mais tu m'as motivé pour mettre cela dans ma liste de choses à faire. J'imagine que l'on a juste à attendre ce qui arrivera.

De retour à leur hôtel, elle y réfléchissait tandis qu'ils s'habillaient pour une soirée de hors-d'œuvre au chalet d'un des associés de la société. Et elle continua d'y penser quand Todd et elle dînèrent plus tard à un formidable barbecue commun. Ils parlèrent pendant des heures, et elle ne cessait de penser que chercher à réaliser son rêve l'avait encouragé à poursuivre le sien.

Cela la ravit d'avoir pu lui donner cela. Avec tout ce qu'il lui avait donné, elle se sentait souvent égoïste. Elle savait que Todd aimait comploter et faire des plans pour la pâtisserie autant qu'elle, mais elle n'était pas habituée à mettre ses propres intérêts devant ceux des autres. Ce tournant rendit le temps qu'ils consacraient ensemble à son rêve moins lourd.

Ils consacrèrent une grande partie du lendemain à skier, s'épuisant avec quelques longues descentes. Leur grande fatigue fit de leurs 90 minutes de massage suédois une récompense fort appréciée. Leur fin de soirée au Blind Dog Grill, où ils regardèrent le chef des sushis préparer leurs choix, les rassasia, et ils étaient prêts à dormir.

Pour leur dernier matin à Salt Lake, l'air était froid et sec, sentant la glace et le sapin, et la vue magnifique des montagnes coupa presque le souffle de Michelle. Todd et elle prirent un taxi de leur hôtel jusqu'à la ville, puis ils marchèrent et firent les boutiques avant de terminer dans une adorable petite pâtisserie pour un petit déjeuner tardif.

Pendant qu'elle prenait des notes sur l'équipement et la carte, Michelle dit :

— Tu sais, tu peux utiliser mon cerveau quand tu veux.

Todd s'arrêta, sa tasse de café à mi-chemin vers sa bouche.

— Euh… Qu'est-ce que j'ai fait encore ?

— Tu n'as rien fait, s'empressa-t-elle de le rassurer. Je prenais juste les devants.

Sur ce, il sourit, sa fossette formant une charmante virgule.

— Tu veux tester le Krav Maga sur moi, c'est ça ?

Bon sang qu'elle aimait cette fossette et ce scintillement qui naissait dans ses yeux.

— Non, je veux que tu le testes sur Todd Bracken.

— Ah d'accord, je me demandais quand cette histoire de cerveau me retomberait dessus.

Elle sortit son stylo et un carnet de son sac.

— Tu as tellement fait pour moi. Je ne pourrai jamais te rembourser.

— Je ne demande pas à être payé pour quoi que ce soit.

— Je le sais, dit-elle, mangeant un morceau de beignet aux pommes qu'elle savait que son père adorerait. C'est juste que nous parlons toujours de la pâtisserie. Nous voilà lors d'une échappée romantique et où sommes-nous ? Dans une pâtisserie. À vérifier comment ils font les choses. Notre voyage de la nouvelle année à New York. Qu'est-ce que nous avons fait ? Manger des cupcakes à nous rendre malades.

— Nous avons mangé plus que des cupcakes. Et nous avons fait beaucoup plus que manger.

Elle se sentit rougir.

— Je sais, mais c'est toujours, toujours à propos de moi.

— Et, quand ce sera mon tour de vendre des abonnements à un club de gym ou des gâteaux d'homme, il s'agira uniquement de moi.

— En es-tu sûr ?

Il croisa ses avant-bras sur la table et se pencha aussi loin qu'il le pouvait vers elle.

— Chérie, je ne serais pas là si je n'en n'étais pas sûr.

— D'accord, dit-elle, ne voulant rien d'autre que de se pencher en avant et embrasser sa fossette avant d'aller vers sa bouche.

Comment diable était-elle si chanceuse avec celui-ci ?

— Mais, promets-moi que tu me diras si les conversations autour des gâteaux deviennent impossibles.

— Promis, juré dit-il, levant sa tasse vers sa bouche.

— Et, continua-t-elle, parce que c'était la partie la plus importante, promets-moi que tu ne prononceras plus jamais les mots *homme* et *gâteaux* dans la même phrase.

Sur ce, il postillonna du café à travers la table, et Michelle se plut à s'amuser le reste de la journée.

— Je vais être parti pendant quelques jours. Je dois aller voir mon père.

Depuis leur siège dans la rangée centrale de leur vol de retour vers Washington, Michelle jeta un regard vers Todd assis près de l'allée. Son regard était dirigé vers le sol, sa moue profondément marquée.

Elle prit sa main, laissant leurs doigts croisés sur sa cuisse.

— Tu veux que je vienne avec toi ?

— Non. Il ne saura pas que tu es là.

— Mais toi tu le sauras.

— Je préférerais te savoir en sécurité à la maison, dit-il, tournant son regard vers elle. La météo dit qu'un puissant blizzard arrive. J'aimerais être là-bas avant qu'il ne frappe.

— Alors tu vas faire demi-tour et repartir directement ?

Il haussa une épaule, puis les deux.

— Je pensais réserver un vol dès que nous atterririons, mais je vais sans doute devoir aller à la maison me doucher, prendre quelques vêtements propres et vérifier... des choses.

Il n'y avait rien qu'il avait besoin de vérifier.

— Ou tu pourrais réserver un vol, partir pour l'Ohio, et la blanchisserie de l'hôtel laverait ce que tu as.

— J'ai pensé à ça aussi.

— Alors tu devrais le faire. C'est le plus logique. Je peux rentrer à la maison seule.

Son expression s'adoucit, ses yeux devenant tristes.

— Je déteste demander.

— Tu ne demandes pas.

Si elle avait pu, elle aurait frappé sur une table. Là-dessus, elle n'accepterait pas de refus.

— C'est moi qui te l'ai suggéré. Ton moment d'arrivée est crucial. Ne t'inquiète pas pour moi.

— Je ne sais pas ce que je ferais sans toi.

Il leva la main pour passer un doigt le long de sa joue, son sourire tendre et mélancolique lui brisant le cœur.

Elle savait à quel point il souffrait.

— J'aime à penser que je suis indispensable, mais tu te débrouilleras bien. Tu le faisais avant que nous nous rencontrions.

— Je gérais.

Il laissa tomber sa tête sur le dos du siège comme s'il était trop épuisé pour s'asseoir droit.

— Je ne suis pas sûr que j'appellerais ça bien me débrouiller.

Elle posa sa tête sur son épaule. Elle savait exactement ce qu'il voulait dire. Elle avait été heureuse, seule mais pas solitaire, contente en tant que célibataire Snow. Ou peut-être s'en était-elle convaincue jusqu'à ce que Todd arrive et la fasse changer d'avis.

Deux jours plus tard, Michelle décrocha le téléphone.

— Salut, chéri, comment ça se passe ?

— Pas bien, lui dit-il, la voix rauque, fatiguée, l'émotion dans ces deux mots lui disant ce qui était arrivé avant qu'il ne poursuive.

Elle chercha sa respiration avant qu'il n'ajoute :

— Il est mort.

Vingt-deux

~

* Choc-o-tout : base de chocolat recouverte
d'un nappage de fondant au chocolat

Michelle vérifia le réveil sur sa table de nuit. Cinq bonnes minutes étaient passées depuis la dernière fois qu'elle avait regardé. Comment cela pouvait-il faire seulement cinq minutes ? Attendre Todd devenait interminable. Il avait appelé pour lui faire savoir que son vol de l'Ohio avait atterri et qu'il allait être bientôt à l'appartement. Leur vol partait plus tard ce soir.

Elle avait emballé toutes ses affaires et la plupart des siennes. Elle avait prévenu le bureau qu'elle serait absente quelques jours en raison d'obsèques familiales. Elle avait vérifié deux fois que la porte du balcon était fermée, l'alarme réglée, le fer à repasser, la machine à café et le four éteints.

Ce qu'elle n'avait pas encore fait, c'était de prendre son téléphone pour passer un coup de fil à ses parents. Elle le fit, détestant annoncer des nouvelles si tragiques au téléphone, mais l'horaire ne permettait pas une visite. Son père décrocha le téléphone à la troisième sonnerie.

— Allo?

— Bonjour papa, c'est moi.

— Que se passe-t-il? Un appel au milieu de la journée de ma fille? demanda-t-il.

Puis, comme s'il se rendait compte de la portée ce qu'il venait de dire, il se modéra.

— Quelque chose ne va pas?

— Oui, dit-elle, essayant d'effacer l'émotion de sa gorge avant que sa voix ne commence à se briser. Le père de Todd est décédé hier soir.

— Oh, Michelle. Je suis tellement navré. Que pouvons-nous faire?

Là-dessus elle entendit sa mère en arrière-fond qui écoutait tandis que son père lui transmettait la nouvelle.

La voix de sa mère fut la suivante à l'oreille de Michelle.

— Shelly? Comment va Todd? Quand a lieu l'enterrement? Est-ce que tu vas dans l'Ohio?

— Il est en route pour ici maintenant, dit Michelle, marchant vers les portes du balcon pour regarder dehors.

Comment se faisait-il que tout ressemblât à hier alors que rien n'était plus du tout pareil?

— Nous décollons ce soir. Le service a lieu après-demain. Et pour ce qui est de Todd…

Ils avaient eu si peu de temps pour parler. Il lui avait appris la nouvelle, lui avait dit quand l'attendre, puis il avait raccroché pour s'occuper de choses de son côté. Elle s'était affairée pour s'occuper des siennes, mais jusqu'à ce qu'elle le revoie…

— Je ne sais vraiment pas comment il va, dit-elle à sa mère. Aussi bien que possible, je suppose. J'en saurai davantage quand il sera là.

— Dès l'instant où tu connais les détails du service, dis-le-moi pour que ton père et moi puissions envoyer nos condoléances.

— Je le ferai, maman.

C'est ce qu'elle dit, parlant comme un robot, platement, comme si elle avait coupé toute émotion, parce que c'était l'unique manière qu'elle connaissait de s'en sortir.

— Et Michelle ? Todd va avoir besoin de toi maintenant plus que jamais. Il ne voudra pas l'admettre. Les hommes ne l'admettent jamais. Ils détestent paraître faibles, mais porter le deuil n'est pas une faiblesse. Assure-toi qu'il le sache. Et qu'il sache que tu es là pour lui.

Les larmes commencèrent alors à couler. Elle avait si bien réussi à les retenir, ayant fait ce qui avait besoin d'être fait. Mais penser à Todd souffrant était plus qu'elle ne pouvait le supporter, et, sans le bruit de sa clé dans la serrure de la porte d'entrée, elle aurait probablement fondu en larmes.

— Il est là, maman. Je t'appellerai dès que je connaîtrai les dispositions. Je t'aime, dit-elle, entendant sa mère lui exprimer elle aussi son amour quelques secondes avant qu'elle ne raccroche.

Elle jeta le téléphone sur le sofa et courut vers lui, enveloppant son bras autour de sa taille, pressant sa joue contre sa poitrine. Les mots lui manquaient. Tout ce qu'elle pouvait faire, c'était de le tenir et de lui dire avec son cœur et ses mains combien il comptait pour elle et combien elle était navrée.

Il resta immobile plus longtemps qu'elle ne s'y serait attendue, immobile et silencieux, comme perdu. Elle écouta le battement de son cœur, ses inspirations et ses expirations. Finalement, il leva une main pour prendre sa tête et plaça l'autre entre ses omoplates, la serrant contre lui.

Ils demeurèrent ainsi pendant un long moment, donnant et recevant sans dire un mot, une compréhension mutuelle provenant d'un lien résultant de l'union de leurs corps et de la fusion de leurs âmes. Si c'était tout ce qu'elle pouvait lui donner, cela suffisait.

La journée avait été la plus longue de la vie de Todd, et il ne s'attendait pas à venir à bout des quelques prochaines heures plus facilement. La seule chose qui l'aidait à rester debout, c'était de savoir qu'il n'avait pas à les passer seul. Il survivrait à la soirée comme il l'avait fait le jour des funérailles. Avec Michelle à ses côtés.

Portant toujours la robe noire, le chandail et les talons qu'elle avait depuis ce matin, elle saisit son veston alors qu'il l'enlevait. Elle était sur le point de retirer ses affaires tout comme lui. Il était presque minuit. Et les vêtements des obsèques paraissaient toujours plus serrés qu'ils ne l'étaient réellement.

— Laisse-moi le suspendre. Et ta cravate.

Le nœud défait l'embêtait; alors il le tira comme un nœud coulant au-dessus de sa tête et entreprit de défaire les boutons de sa chemise alors que Michelle se dirigeait vers l'armoire de la chambre de l'hôtel. Il avait été si soulagé de l'avoir tout près, si fier. Elle avait consolé les membres de sa famille comme s'ils étaient les siens et avait gracieusement accepté les condoléances. Il ne savait pas qu'il aurait eu besoin du soutien de sa présence. C'était le cas.

Même maintenant, alors que les souvenirs de son enfance lui revenaient en mémoire, il était tellement content de ne pas être seul. Il frotta ses mains sur son visage et grommela comme si cela l'aidait à bloquer ses émotions.

— Je n'arrête pas de penser à quel point mon père insistait pour venir à mes parties de crosse. Il travaillait 60, 70 heures par semaine. Il travaillait même quand il était malade. Il n'a jamais assisté à autant de matchs qu'il le voulait, mais sachant qu'il essayait...

— Je suis certaine qu'il aurait adoré voir chaque partie que tu jouais.

Elle le dit en ramenant ses cheveux en arrière avec ses doigts, massant son cuir chevelu, évacuant sa douleur par des caresses lentes, mesurées, calmantes.

Todd se sentit comme s'il était bloqué sur le pilotage automatique, agissant machinalement tel un zombie.

— Il était né pour sauver des vies. Cela voulait dire des jours et des nuits au bloc. Je ne peux pas le lui reprocher.

— Et tu as eu des séjours en ski.

Il acquiesça. En Utah, il lui avait parlé du ski avec son père, de leur compétition amicale pour être meilleur l'un que l'autre à chaque descente, de la compétition moins amicale qu'ils avaient eue dans les implacables et impitoyables montagnes.

— Bon sang, c'étaient des moments incroyables ensemble. Nous deux seuls à la merci de la terre de Dieu.

Elle prit sa chemise et la posa sur le dos de la chaise du bureau, puis s'assit à côté de lui au pied du lit, glissant une jambe croisée derrière la sienne.

— Je suis tellement désolée que tu n'aies pas eu plus de temps avec lui en grandissant. Je sais que tu étais heureux, mais cela devait tout de même être difficile.

— C'était ce que c'était, mais oui. Il m'a manqué.

Il se pencha en avant, un nuage d'émotion roulant sur lui, lourd et gris, le comprimant. Il secoua la tête, espérant déloger la douleur, mais elle demeura, grandit, et devint un monstre, l'étouffant.

— Il va tellement me manquer.

Quand Michelle le prit dans ses bras, il se laissa aller et pleura, des sanglots qui brûlaient comme du soufre dans sa poitrine, qui arrachaient sa gorge comme des griffes, qui luttaient avec des couteaux quand il essayait de respirer. Il enfouit son visage dans ses mains, cachant ses larmes, bien qu'il ne sache pas pourquoi. Il n'en n'avait pas besoin. Le doux contact des doigts de Michelle sur son dos lui permettait de pleurer.

Et il pleura, pour le petit garçon qui avait voulu partager ses blagues avec son père, pour l'adolescent qui avait jeté un œil aux gradins pour voir si cette fois son père avait pu s'échapper. Pour l'adulte qui ne s'assoirait plus à la table de ce vieil homme pour y savourer un dîner chinois, pour ses propres enfants qui ne connaîtraient que la légende de leur grand-père.

C'était une douleur atroce de se souvenir, d'accepter, d'être en rage contre la perte. Il ne pensait pas que quelque chose l'ait déjà détruit avec une telle force. Il était épuisé quand ils se glissèrent dans le lit, son corps mou, ses os douloureux, son cerveau paralysé. Il avait l'impression d'avoir couru un marathon. Il était complètement anéanti. Michelle s'enveloppa autour de lui, sa tête sur son épaule, son bras en travers de sa poitrine, glissant une jambe pour la caler entre les siennes.

Il la respira, son shampooing, sa peau, et s'imprégna de la chaleur qu'elle lui transmettait. Ils se couchèrent ainsi pendant ce qui parut des heures, aucun d'eux ne dormant, aucun d'eux ne parlant. Le calme et l'obscurité les enveloppaient. Les seuls bruits étaient leur souffle et leur cœur battant doucement.

C'était le premier moment de paix que Todd connaissait depuis des jours.

Vingt-trois

* Biscuit Mentleman : base de chocolat recouverte de crème au beurre et de biscuits à la menthe et à la crème

Si Todd avait appris quelque chose au cours des derniers mois, c'était de refuser de perdre une minute de sa vie et qu'il ne voulait pas voir Michelle faire autre chose que vivre la sienne pleinement.

Leur voyage du Nouvel An à New York et leur visite à pied des pâtisseries avaient été une incroyable expérience. Le simple fait de voir l'expression de Michelle quand elle se rendit compte de ce qu'il avait planifié avait valu l'excès de sucre et la consommation ridiculement exagérée de calories.

En fait, jusqu'à ce qu'ils soient partis pour leur séjour à Park City, en guise de cadeau d'anniversaire en retard, en février, pour skier et faire de la planche à neige, il n'aurait pas pensé que quoi que ce soit puisse dépasser le jour des biscuits et des cupcakes. Mais aucun endroit n'aurait été aussi magique s'il n'avait pas partagé ce plaisir avec Michelle.

Et puis son père était décédé, poussant Todd à réfléchir où il allait. Sa propre renaissance n'était pas suffisante. Sa forme physique, son examen de conscience, le bilan… c'était trop étriqué, trop égoïste. Tout tournait autour de lui alors qu'il n'était pas seul.

Michelle faisait partie de sa vie, et ce, depuis la première soirée où ils s'étaient rencontrés. Les décisions qu'il prenait désormais devaient l'inclure, être les leurs, pas seulement les siennes. Il voulait être impliqué dans ses choix, également, pas ceux de nature privée, mais ceux qui auraient un impact sur chacun d'eux.

S'ils devaient avoir un futur, s'ils devaient être le couple qu'il pensait qu'ils seraient, qu'il savait qu'ils seraient, ils devaient regarder vers l'avant ensemble. Et cela englobait les projets de sa pâtisserie. Raison pour laquelle il lui avait dit qu'il la sortait ce soir pour une surprise en deux parties.

— D'accord. De quoi s'agit-il ?

Elle le demanda une fois qu'ils furent assis à leur table au bar à sushis, à Washington, leurs commandes placées devant eux.

— Tu sais combien j'aime tes surprises, et cet endroit en est une jolie, ajouta-t-elle, regardant autour. Mais je ne peux pas rester dans le suspense si longtemps.

Todd saisit ses baguettes, espérant que le restaurant corresponde aux commentaires qu'il avait reçus. Il voulait que cette soirée se passe bien.

— C'est parce que tu es toujours celle qui donne au final, laissant chacun de nous attendre.

— Je ne suis pas…

Il la coupa avant qu'elle ne prononce quelque chose de plus.

— Tu le fais, aussi. Tout le temps. Mais, puisque tu es la personne la plus généreuse que je connaisse, tes cadeaux en valent la chandelle.

— Quand t'ai-je fait attendre pour quelque chose ? Excepté pour le séjour en ski, ajouta-t-elle rapidement. Ça ne compte pas puisque je n'y étais pour rien dans le choix de la date.

— Tu m'as emmené manger des sushis après mon retour d'Allemagne et tu m'as fait attendre pour t'emmener au lit.

Ses joues rosirent.

— Je pensais que nous parlions de surprises.

— C'en était une grosse, lui dit-il. Je m'attendais à être violé à l'aéroport.

— Donc, cela ne compte pas non plus.

Elle plongea sa cuillère dans sa soupe miso, gardant son regard baissé.

— Le sexe n'est pas une surprise ou un cadeau.

Elle avait tellement tort.

— Le sexe avec toi est un cadeau que je ne me lasserai jamais d'attendre pour le recevoir.

Un sourire surgit au coin de sa bouche.

— Et si c'était le moment ou l'endroit, je te remercierais correctement pour cela, mais étant donné que ce n'est pas le cas…

— Étant donné que ce n'est pas le cas, répéta-t-il, s'assurant de son attention, c'est le moment parfait pour donner un nom à ta pâtisserie.

— Quoi ? demanda-t-elle, levant les yeux.

Il sortit un petit carnet de notes à spirales de la poche arrière de ses jeans et un stylo de la poche de sa chemise. Il posa les deux sur la table mais, puisqu'il n'était pas certain de celui d'entre eux qui se chargerait d'écrire, il ne les poussa pas vers elle. La pousser vers cette étape était déjà proche de l'audace.

— C'est comme enregistrer un fichier informatique. Ou un auteur donnant un titre à un livre. Ou des parents choisissant des prénoms de bébés pendant la grossesse. Nous ne pouvons pas continuer à l'appeler la pâtisserie ou l'entreprise. Elle a besoin d'un nom pour la rendre réelle. Comme Sprinkles. Ou Crumbs. Ou Babycakes. Et il faut que ça dise Michelle Snow.

Puis, il s'arrêta parce qu'il savait qu'il était en train de radoter et que Michelle ne disait rien du tout. Elle n'avait pas touché à sa salade ni à ses sushis à la limande. Ses yeux étaient écarquillés et remplis de quelque chose qu'il ne pouvait définir. L'incertitude, peut-être? Avait-il dépassé les bornes? Avait-il été trop insistant en donnant son point de vue?

Ou peut-être pas, décida-t-il, alors qu'elle arrivait avec les choix qu'elle avait considérés, saisit le stylo et le papier, ouvrant le carnet de notes vierge à la première page, cliquant sur le barillet du stylo.

— J'avais pensé à un jeu de mots sur mon nom. Snow. Snowflakes. Snow Angels. Pas Snowballs en raison des casse-croûte Hostess. Mais tout ce qui est « snow » est peut-être trop froid.

— D'autant plus que tu souhaites chaleur et convivialité, dit-il, prenant son sushi unagi.

Elle n'avait encore rien écrit, mais au moins elle parlait. Ce devait être un bon signe.

— Alors, qu'est-ce qui est chaleureux et convivial ? Chocolat chaud et guimauves ? Un bon feu ? Des chaussettes ?

Elle leva un sourcil à son attention.

— Des chaussettes ?

Son expression le fit sourire.

— D'accord, au lieu de Snow, utilise Michelle. Ou Chelle. Chelles garnis. Mama chez Michelle.

— Trop narcissique, dit-elle, rejetant son idée.

— Et trop italien.

— Alors pense aux ingrédients. Sucre et Épices. Cacao et Crème. Beurre et Rhum.

Elle perdit la bataille en souriant.

— As-tu ajouté des gâteaux à l'alcool à ma carte quand je ne regardais pas ?

— J'ai essayé, dit-il en plaisantant.

C'était si bon de la voir s'amuser.

Elle se cala sur sa chaise et tapota le stylo sur la table.

— Hauts et Bas. Sauf que cela ressemble à un magasin de vêtements.

— Ou à un épisode de *Seinfeld*.

Ils passèrent les 30 minutes suivantes à débattre autour d'autres idées. Quelques-unes basées sur les saveurs. D'autres sur ses noms de cupcakes. Il était un fan de Beignacaf ; cela voulait tout dire. Café, dessert, ou au moins un dessert à venir.

Il aimait aussi Feu de camp. C'était son gâteau préféré sur la carte, et il n'avait jamais oublié les avoir préparés avec elle pendant la soirée où il était revenu d'Allemagne. De plus, un feu de camp, c'était chaleureux et accueillant. Elle n'était pas convaincue et secoua la tête.

À court d'idées, il fit une dernière tentative.

— J'opterais pour Confiseries et Petits Pains, mais cela semble trop... complexe.

Elle ronchonna, ferma le carnet de notes et lui tendit son stylo.

— Nous devons peut-être laisser tomber pour ce soir. Je ne suis pas certaine d'avoir autre chose.

Il fit un signe de la tête vers sa nourriture à peine entamée.

— Noms de pâtisseries ou sushis.

— J'exagère, hein?

Elle saisit sa boisson.

— C'est juste que c'était tellement tendu au travail cette semaine. Mon estomac est tellement noué que je n'ai pas d'appétit.

— Alors, viens, dit-il, se levant et lui tendant la main.

— Avant que nous rentrions à la maison, je veux te montrer quelque chose.

— La deuxième partie de la surprise? demanda-t-elle, saisissant son sac, puis le laissant la guider vers l'extérieur.

Ils quittèrent le restaurant et traversèrent la ville, se garant près du FDR Memorial, le monument préféré de Todd. Cette soirée estivale était chaude, et ils marchèrent ensemble à travers les galeries en plein air, se tenant la main, lisant les inscriptions sur les sculptures comme ils se promenaient, la brume se levant au-dessus du Potomac derrière eux.

Todd savait que le moment devait être parfait avant qu'il ne parle à Michelle. Il avait déjà attendu si longtemps. Il n'était pas certain de savoir pourquoi. Il connaissait ses sentiments depuis des mois. Il ne savait pas ce qui l'avait empêché de les formuler avant maintenant, à l'exception d'une crainte légitime d'être rejeté. Ce n'était plus un souci.

Ils se rendirent au bord du Tidal Bassin, les cerisiers se tenant comme des sentinelles, le Jefferson Memorial à proximité. Sur l'eau se reflétait la majestueuse pleine lune sise dans le ciel près du Washington Monument. La vue était intimidante, inspirante. Une telle beauté rendait les mots qu'il était venu dire ici faciles à prononcer.

Tenant Michelle devant lui, il s'inclina. Ils s'étaient tenus comme cela tant de fois. Il savait la façon dont elle se plaçait, comme elle se sentait. Il savait anticiper la façon dont elle se serrerait contre lui. Il frotta sa joue contre la sienne, la respirant, plaçant sa bouche vers son oreille, et enfin, *enfin*, il chuchota :

— Je t'aime.

Il entendit sa respiration s'accélérer, sentit son corps commencer à trembler. Il enroula ses bras plus fermement autour d'elle, ne sachant pas trop si elle ne se sentait pas bien ou si elle était sur le point de fuir. Il ne pouvait imaginer que ce soit la seconde possibilité, mais elle n'avait pas dit un mot.

Et il avait besoin d'être sûr...

— Est-ce que tu m'as entendu, chérie ? Je t'aime tellement. Tu es mon monde, mon tout. Notre futur ne pourrait être plus heureux. Je suis impatient de goûter à chaque moment qu'il nous procurera.

— Oh, Todd. Je t'aime aussi !

Elle se tourna dans ses bras et se jeta contre lui, le serrant de toutes ses forces. Il soutint l'arrière de sa tête et enfouit son visage dans ses cheveux, respirant les senteurs du soir et celles qu'il reconnaîtrait comme les siennes s'il avait les yeux bandés.

Enfin, elle recula, le regardant avec des larmes dans ses yeux. Il se sentit lui-même désemparé; alors il tendit sa bouche vers la sienne, lui disant encore avec son baiser qu'il l'aimait, qu'elle était sa vie, que, maintenant qu'il l'avait trouvée, il ne la laisserait jamais partir.

Vingt-quatre

* Les Frères Cacahuète et Chocolat : base de chocolat recouverte de crème au beurre et de beurre d'arachide

À l'instant où Todd entra dans l'appartement, il savait que quelque chose n'allait pas. La plupart du temps, Michelle arrivait avant lui à la maison, et, quand il rentrait, elle était soit en train de se changer pour leur course du soir, soit en train de réaliser un dîner rapide qui ne serait pas trop lourd dans la chaleur du mois d'août.

Mais elle n'était pas dans la cuisine ni dans la chambre. Il la vit à la minute où il entra, recroquevillée dans son gros fauteuil marron, les lumières et la télévision éteintes, ses yeux fermés. Pendant quelques très longues secondes il resta là, sans bouger, sans parler, refusant que quelque chose n'aille pas, qu'il puisse la perdre après l'avoir eue pendant seulement une année.

Cette pensée le galvanisa, et, le cœur serré, il laissa tomber son sac d'ordinateur, alluma une des lampes du salon et s'assit sur l'ottoman en face d'elle.

— Michelle? Qu'est-ce qui ne va pas? Tu te sens bien?

Elle secoua la tête, mais ne dit rien, puis il posa une main sur son front.

— Es-tu malade?

Selon lui, elle ne faisait pas de fièvre; alors il bougea sa main pour prendre sa joue.

— Parle-moi, chérie. Qu'est-ce qui ne vas pas?

— Rien, dit-elle, sa voix étranglée par l'émotion.

— Absolument rien. Plus maintenant.

Il ne savait même pas ce que cela voulait dire.

— Tes parents vont bien? Tes frères? Est-ce que quelque chose est arrivé à Woodsie? ou à Eileen?

— Pour autant que je le sache, ils vont tous bien.

Ce qui signifie…

— Et tu n'es pas malade?

— J'ai envie de vomir. Je peux à peine respirer. Mais malade? Non.

Si elle était nauséeuse… mais pourquoi pleurait-elle?

— Es-tu enceinte?

Elle releva la tête du fauteuil et ouvrit les yeux.

— Pourquoi penserais-tu que je suis enceinte?

— Tu as dit que tu avais envie de vomir.

— Avoir mal à l'estomac ne veut pas dire que je suis enceinte.

— Alors, qu'est-ce que cela signifie?

Il était fatigué de ses questions restant sans véritables réponses.

— Cela signifie que je ne vais pas avoir de pâtisserie et que bientôt je n'aurai même plus d'assurance santé parce qu'aujourd'hui j'ai perdu mon travail.

Perdu son travail ? Quoi ?

— J'ai été licenciée. Une statistique. Une victime de plus de l'économie.

Oh. Ça. Il prit une profonde inspiration et se redressa. Il savait qu'elle n'avait pas vu cela venir. Ou, si elle l'avait vu, elle n'avait rien dit, et puisqu'il n'y avait rien dont ils ne parlaient pas...

Bon sang. Il ne savait pas s'il devait lui apporter une consolation ou un conseil pour tenter de déterminer ce qu'elle ressentait, ou la laisser se débrouiller seule. Mais il ne voulait pas qu'elle doute et voie son futur s'effondrer quand un licenciement, aussi grave que cela puisse paraître, n'était pas la fin du monde.

— Tu dis qu'il ne se passe rien. Plus maintenant. Est-ce que tu veux parler de la pâtisserie ? Tu abandonnes ?

— Qu'est-ce que tu veux que je fasse, Todd ?

Elle plaça ses jambes sous elle, s'éloignant.

— Utiliser mon indemnité de licenciement pour financer une entreprise qui pourrait me mettre en faillite plus vite que d'être sans emploi ?

Il s'était dit de se montrer prudent. Il savait à quel point elle était indépendante, autonome. Elle se l'était prouvé pendant des années et avait grimpé les échelons jusqu'à un poste de direction. Perdre cela était un coup dur. Bien sûr que c'était un coup dur.

Mais ce n'était pas le reflet de ce qu'elle était, de ses compétences, de sa perspicacité.

— Je ne veux pas que tu sois en faillite, non, mais tu as tes parents à tes côtés. Ce n'est pas comme si tu devais utiliser toute ton indemnité de licenciement. Tu devrais encore avoir suffisamment pour vivre quand tu démarreras la pâtisserie.

— Je dois trouver un autre travail.

Ce fut tout ce qu'elle dit.

C'était ce qu'elle pensait maintenant, sous l'impulsion du moment. Il lui rappela que quelques jours auparavant elle aurait pensé différemment.

— Tu allais démissionner quand ta pâtisserie ouvrirait, de toute façon. Pourquoi chercherais-tu un autre travail si tu continues?

Elle resta silencieuse, refusant de croiser son regard. Il prit un de ses pieds qu'il pouvait voir et le tira sur ses genoux, massant ses orteils, son talon, sa cheville. Il ne parla plus jusqu'à ce qu'il sente la raideur s'atténuer, qu'il voie la plus grosse des rides de stress disparaître de son visage.

— Est-ce que tu te rends compte combien de temps tu vas pouvoir consacrer maintenant à démarrer ton entreprise? Finies les 10 heures par jour au bureau. Plus de maux de tête liés au stress et plus de fins de semaine à te préparer pour les lundis.

— Tu fais comme si perdre mon travail était une bonne chose, dit-elle, bougeant pour appuyer son autre pied sur ses genoux.

— Qui sait si cela ne s'avérera pas justement cela?

— Mon hypothèque? Mes cartes de crédit? Sans parler de mon compte bancaire.

— Eh bien, tu réduis tes dépenses dans les centres commerciaux et les boutiques. Nous mangerons à la maison, ou les factures seront toutes pour moi quand nous sortirons.

— En quoi est-ce que c'est juste envers toi ?

Elle savait qu'il était vain d'aller dans cette direction. Il savait qu'elle le ferait ; il savait, aussi, que ce n'était pas le moment ou l'endroit pour faire des choix de vie.

— C'est une relation. Il ne s'agit pas d'un partenariat 50-50. Je comble le vide quand tu es en manque, tu fais la même chose pour moi.

— Tu sais qu'il n'y aura plus de fins de semaine si je poursuis dans cette voie. Et il y aura encore beaucoup de maux de tête liés au stress.

— Oui, mais ne préférerais-tu pas avoir mal à la tête à cause des cupcakes plutôt que de l'immobilier ?

Elle leva une main et frotta sa tempe.

— Je préférerais ne pas avoir mal à la tête du tout.

— Alors lève-toi. Change de vêtements. Nous allons courir.

— Et si je ne veux pas courir ?

Il ne l'avait jamais vue ne pas vouloir courir.

— J'y vais. Et ce n'est pas aussi amusant si tu n'es pas là.

— Tu essaies juste de me faire sortir de mon fauteuil.

— Sortir de ce fauteuil et te rendre de meilleure humeur.

— J'aime ce fauteuil.

— Alors, tu pourras t'y blottir et dormir quand nous reviendrons.

— J'avais l'habitude de le faire, tu sais. Avant toi.

— Quoi ? Dormir dans ton fauteuil ?

Il se souvenait à peine d'elle assise dedans. Elle s'assoyait toujours près de lui sur le sofa.

— J'ai mangé ici, dormi ici, payé mes factures ici, regardé la télévision ici. Je me suis assise ici une soirée pendant des heures à chercher des profils sur Match.com.

— Alors, on devra le couler dans le bronze. Ou le garder pour nos petits-enfants.

— Nous allons avoir des petits-enfants ?

Ce n'était pas la conversation qu'il voulait tenir maintenant, bien qu'il soit responsable d'avoir commencé. Il prit ses mains, se leva, puis la tira pour la mettre debout.

— Pas si tu ne sors pas de ce fauteuil. Change tes vêtements et fais de moi un homme heureux en courant avec moi.

— Courir n'est pas la façon pour avoir des petits-enfants, lui dit-elle comme elle marchait péniblement vers sa chambre.

Ah, si seulement elle savait, mais comment le pouvait-elle ? Elle n'était pas celle qui regardait son corps quand elle courait.

— Tu vas te doucher, dit Todd aussitôt qu'ils revinrent à l'appartement. Je vais préparer le dîner.

Elle l'avait suivi à travers la pièce principale, mais s'arrêta net.

— Tu vas cuisiner ? Quand as-tu déjà cuisiné ?

— Un de mes talents que je garde en secret.

— Tu en as d'autres ?

— Oh, des surprises t'attendent, dit-il, la tapotant sur les fesses et la chassant au passage.

C'était un geste tellement sexiste, et elle aimait ça, riant seule jusqu'à la salle de bain où elle retira ses chaussures et ses vêtements, et sauta sous le jet brûlant. Quelle journée ! Quelle journée ! Elle était épuisée et, même si elle se sentait mieux après sa course avec Todd, elle avait l'impression que 10 années de sa vie avaient été jetées à l'eau.

Il avait raison sur une chose. Perdre son travail lui accorderait beaucoup plus de temps à consacrer à son entreprise. Et, si elle surveillait ses dépenses, son indemnité de licenciement durerait longtemps. Puisqu'elle avait toujours été prudente, ses frais quotidiens étaient bas.

Elle pourrait cesser complètement tout achat qui ne concernerait pas la pâtisserie. Elle avait des vêtements, des chaussures, des bijoux. Elle pourrait acheter des cartes au lieu des petits cadeaux qu'elle aimait trouver pour les amis. Et si Todd et elle abandonnaient toute soirée pizza et sushis chez Raku pour manger à la maison…

En parlant de manger, quelle était cette odeur? Même par-dessus le savon et le shampooing, elle pouvait sentir quelque chose de puissant. Des épices. De l'ail. Tomate et poivre. Comme dans barbecue? Son estomac grondant, elle se dépêcha de terminer sa douche, vêtue d'un short confortable et attachant ses cheveux mouillés entortillés sur l'arrière de sa tête en allant vers la cuisine.

Elle y arriva juste à temps pour voir Todd tartiner des pains hamburgers. Une poêlée de Sloppy Joe à l'odeur délicieuse mijotait.

— Ça sent si bon. Je suis affamée.

— Content de l'entendre, dit-il, la dirigeant vers un tabouret.

— C'est presque prêt. Je sais combien tu aimes le barbecue. Ce n'est pas la même chose, mais c'est le mieux que je puisse faire dans un si bref délai.

— Ce que tu peux faire paraît sensationnel.

Elle se pencha au-dessus de l'îlot et respira tous les arômes qu'elle avait reconnus plus tôt.

— Je devrais peut-être te passer le relais de toutes les futures préparations de repas.

— En autant que beaucoup de Sloppy Joes ne te dérangent pas. Bien que je prépare un succulent pâté au poulet.

— Ne me provoque pas à moins que tu en aies l'intention. Je pourrais alors m'habituer à être gâtée.

Il contourna le bar, posa une assiette devant elle, tourna sa chaise pour lui faire face et avança entre ses genoux.

— Alors habitue-toi. Laisse-moi te gâter. Tu prépares les cupcakes, et tu me laisses m'occuper du reste.

— Je t'aime, mon tendre Todd. Je ne sais pas ce que je ferais sans toi.

— Crois-moi, chérie. Tu n'auras jamais à le découvrir.

Vingt-cinq

* La joie de papa : base de chocolat recouverte de crème
au beurre et de noix de coco et amandes

Dans la file d'attente du Dunkin' Donuts, Todd téléphona rapidement à Michelle et fut, contrairement à son habitude, soulagé d'avoir sa messagerie. Pendant tous les mois qu'ils avaient passés ensemble, il ne lui avait jamais dit un mensonge. Lui mentir maintenant n'allait pas être facile, mais ne pas avoir à tenir une conversation, pendant qu'il le ferait, serait moins difficile.

— Salut chérie, je suis en retard, dit-il une fois que le bip retentit. Je dois aider un type à faire un truc, quelques courses ; alors je serai là quand je pourrai. Je t'aime.

Ceci étant fait, il éteignit son téléphone et commanda. Quand elle aurait le message, elle le rappellerait. Il le savait sans l'ombre d'un doute. Michelle s'occupait de ceux qu'elle aimait. C'était une des choses qu'il adorait en elle.

Mais, quand elle appellerait, elle voudrait savoir quelles courses il avait à faire, avec qui il les faisait, ou pour qui, et il ne voulait pas avoir à grossir le mensonge, qui était pour le moment petit et pieux, et avoir à le transformer en quelque chose d'hypocrite et laid. Sa rencontre avec son père ne prendrait pas beaucoup de temps, et, avant qu'il ne la voie, il aurait trouvé un moyen de brouiller les pistes.

Il se gara au bureau de Jack et attrapa les cafés et le sac de beignets aux pommes. Ces beignets étaient les préférés de Jack, et Todd aimait l'homme comme un père. Ce n'était pas vraiment une conversation dans laquelle il avait besoin de corrompre ou pour laquelle il devait amadouer Jack. La discussion serait un motif de célébration, et le café et les beignets, une façon de porter un toast à la bonne nouvelle.

— Todd.

— Jack. Merci de me recevoir.

— Quand tu veux, dit-il.

Jetant un œil aux pâtisseries que Todd tenait, il sourit et ajouta :

— Emportons cela dans la salle de conférence. Nous aurons de la place.

Une fois installés à la table, Jack déchira le sac pour l'utiliser comme assiette pendant que Todd cherchait les mots qu'il allait prononcer. Il resserra ses deux mains autour de sa tasse de café, mais il était pratiquement certain que l'acide dévorerait son estomac s'il buvait. C'était une conversation importante. Il voulait la mener correctement.

— Comment va Michelle ? Je ne lui ai pas parlé depuis quelques jours.

Todd fit un signe de la tête pendant que Jack mordait dans son beignet.

LA CERISE SUR LE GÂTEAU

— Elle va bien. Un peu excitée avec tous les projets pour la pâtisserie, mais bien.

— Je suis content qu'elle ait cette nouvelle entreprise pour la maintenir occupée. Quand elle a été licenciée, j'ai eu peur qu'elle soit sans ressources. Bien que…

Jack prit son café.

— … connaissant ma fille, c'était une angoisse plutôt ridicule.

Todd savait l'amour que Jack portait à sa fille et que les pères s'inquiétaient toujours. Faisant rouler sa propre tasse dans ses mains, il s'éclaircit la gorge.

— Vous vous demandez probablement pourquoi je voulais vous voir en personne au lieu de décrocher le téléphone.

Doucement, Jack se cala dans son siège, une main agrippée au bras de son fauteuil, l'autre appuyée sur la table.

— Étant donné que vous avez mentionné que c'était personnel, j'ai une idée. Je pourrais peut-être aussi le dévoiler au grand jour avant que vous n'éclatiez.

Fixant toujours ses mains sur sa tasse, Todd sourit. S'il avait dû chercher, il n'aurait pu trouver un meilleur homme pour beau-père. Et cet homme méritait toute son attention, si bien que Todd prit une profonde inspiration et lui fit face.

— Si vous avez une idée sur la raison de ma présence ici, alors vous avez une idée de ce que je ressens pour votre fille.

— Oui, mais continuez, dit Jack, frottant son index et son pouce sur ses moustaches tandis qu'il essayait de dissimuler un sourire.

Todd avait autant de mal à cacher le sien.

— J'aime Michelle, monsieur. Je pense que je suis tombé amoureux d'elle lors de la première soirée où nous nous sommes rencontrés. Et, si ce que je ressentais ce soir-là n'était pas de l'amour, c'était certainement ce qui allait le devenir.

— Continuez.

— À part une semaine en Allemagne, et la semaine où elle était au Royaume-Uni, pas un jour n'est passé sans que nous n'ayons parlé. Elle est constamment dans mon esprit. Mais, plus important encore, elle est dans mon cœur.

Todd s'interrompit, sa poitrine comprimée, son cœur battant comme s'il avait couru un 10 kilomètres. Quelque chose lui faisant reconnaître Michelle comme une partie vitale de sa vie l'obligeait à lutter pour respirer.

Et s'il ne l'avait pas trouvée ? Et s'il avait considéré son appréciation par courriel de son sourire comme un flirt sans intérêt au lieu de lui répondre ? Et s'il n'avait jamais suggéré qu'ils laissent tomber cette affaire de courriels pour pousser les choses à un niveau plus personnel ?

Il ferma les yeux et ravala la boule de stress logée dans sa gorge comme une balle. Une fois débarrassé de cela et pratiquement sûr qu'il pouvoir faire davantage que gémir, il regarda Jack dans les yeux et dit :

— Monsieur, j'aimerais beaucoup avoir votre permission pour épouser votre fille.

Jack fut le premier à détourner le regard, tournant dans son fauteuil et imitant l'attitude de Todd comme il serrait ses mains autour de sa tasse de café. Il plissa les lèvres comme s'il était en réflexion, fronça les sourcils comme s'il réfléchissait davantage et fit un petit signe de la tête comme si les choses auxquelles il pensait n'allaient pas dans le sens de Todd.

Puis il haussa un sourcil, jeta un œil par-dessus les montures de ses lunettes et cligna d'un œil.

— Désolé. Je devais juste vous faire transpirer encore pendant une minute.

— Une minute était probablement tout ce que j'allais pouvoir supporter.

Todd avoua, bien que connaissant bien Jack, qu'il aurait dû s'attendre à ce que l'autre homme lui joue un tour.

— J'ai probablement pensé à vous comme mon beau-fils depuis le dernier Thanksgiving quand Michelle vous a emmené dîner. De toute sa vie, ma fille n'a jamais été aussi heureuse que depuis qu'elle vous a trouvé. Et je suis certain que sa mère a commencé à planifier votre mariage derrière votre dos depuis des mois. Bien sûr, une fois que ma fille découvrira ce que ma femme trafique, cela fera du grabuge, mais c'est bon de savoir que je n'aurai pas à souffrir seul des retombées.

Il tendit la main et tapa dans le dos de Todd.

— Bienvenue dans la famille, Todd. Bienvenue, bienvenue, bienvenue.

* * *

Michelle commençait à se demander si elle allait manger seule des sushis. Plutôt que de s'être assise au bar où Todd et elle aimaient regarder le chef préparer les commandes, elle avait choisi de l'attendre à une table.

Elle n'avait jamais imaginé attendre si longtemps ou qu'il n'appellerait pas à l'heure qu'il était. Ce n'était pas qu'elle le tenait en laisse, mais toujours, toujours, il lui faisait savoir quand il était en retard et pourquoi.

Leurs voyages mis à part, elle ne pensait pas qu'ils aient perdu contact plus de quelques heures à un moment donné depuis leur rencontre.

S'ils ne se parlaient pas, ils s'envoyaient des SMS, même s'ils n'avaient qu'un simple «je t'aime» à se dire.

Ce contact permanent était l'une de ses choses préférées dans leur relation. Il était toujours là pour elle. Elle était toujours là pour lui. Le lien qu'ils partageaient était exactement ce qu'elle désirait, même si elle ne le savait pas jusqu'à ce qu'elle l'ait rencontré.

Quels services devait-il rendre? Qui aidait-il et qu'est-ce qu'ils faisaient? Pourquoi cela prenait-il si longtemps?

Les yeux fermés, elle appuya sa tête contre le dos de sa chaise et respira profondément. Elle était ridicule de s'inquiéter comme cela, mais elle ne pouvait s'en empêcher. Il ne relevait pas ses messages. Il ne répondait pas à ses SMS. Quelque chose n'allait pas, et si elle le perdait maintenant...

D'accord, assez de mélodrame. Ils s'étaient mis d'accord pour se retrouver à 19 h 30. Il n'était pas encore 19 h 45. Elle avait son agenda dans son sac et des piles de notes sur la pâtisserie à organiser.

C'était le moment parfait pour se faire une idée sur celles qu'elle devait garder, celles qu'elle devait mettre de côté et celles qui n'en valaient plus la peine et qu'elle devait jeter. Se débarrasser de cette tâche lui donnerait davantage de temps plus tard pour passer à travers.

Elle avait ouvert son agenda et était en train de sortir des bouts de papier qu'elle avait placés à l'intérieur quand Todd se glissa sur le siège à côté d'elle. Elle sursauta, surprise, l'attendant mais l'esprit ailleurs.

— Todd, tu m'as fait une peur bleue. Ne fais plus ça.

— Je pensais que tu allais former un détachement que tu enverrais à ma recherche.

Il se pencha et lui donna un baiser qui, elle le savait, avait pour but de la distraire.

Cela ne marcha pas.

— Où étais-tu ? J'étais terriblement inquiète.

Il saisit la paperasse sur la table.

— Si soucieuse que tu étais en train de travailler ?

— J'essayais d'éviter de penser aux milliards de choses qui auraient pu t'arriver.

— Comme si je m'étais endormi à mon bureau et que Vikram et Guoming avaient fermé le bureau derrière moi ? demanda-t-il, lui rappelant que ses collègues étaient des pitres.

— Plutôt que tu te serais endormi au volant de ta voiture et tombé dans le Potomac, dit-elle, se demandant quels services avaient déclenché cette bonne humeur.

Il agissait comme s'il était pile à l'heure, comme si elle n'avait pas laissé une douzaine de messages. Comme s'il ne savait pas qu'elle était restée assise à en devenir dingue.

— Alors qu'est-ce que tu étais en train de faire ?

Manifestement il ne savait rien de tout cela.

— Je regarde juste de nombreuses notes que j'ai prises.

Il prit un des bouts de papier.

— Coût des bacs hermétiques ? Quelle sorte de garantie de fraîcheur ? Est-ce que tu penses proposer l'expédition ?

— J'aimerais, mais je doute que cela soit envisageable la première année. Je préférerais mettre sur pied la pâtisserie, être sûrs que nous pouvons diriger l'affaire localement avant de proposer d'expédier.

Le sourire qu'il lui adressa était lent à venir et rempli d'une modeste satisfaction.

— Nous ?

Elle fit un signe de la tête. Ne savait-il pas qu'elle ne serait pas arrivée aussi loin sans lui ?

— Nous.

— Est-ce que tu as décidé du nom ? demanda-t-il, regardant comme elle empilait ses notes et les classait dans une pochette à fermeture éclair.

Le nom d'une boutique était la dernière chose importante. L'affiche, les sacs et boîtes personnalisés, un logo, toute la publicité, tout était en suspens jusqu'à ce qu'il soit trouvé. Ils en avaient tellement énoncé ; tout ce qu'ils avaient trouvé et qu'ils aimaient avait été utilisé pour une pâtisserie quelque part dans le pays.

Non pas qu'elle comptât être totalement originale, mais quelque chose de trop kitsch et excessivement raffiné serait bizarre.

Elle voulait que ce soit simple, clair, simplement pas ennuyeux.

— Frosting. Une pâtisserie de cupcakes.

Ses yeux s'agrandirent.

— Chelle ! J'aime ça ! J'aime vraiment, vraiment ça !

Devant son enthousiasme, l'inquiétude qui avait hanté son esprit toute la journée disparut.

— On l'a tout le temps appelée « pâtisserie de cupcakes » ; je me suis dit : « Pourquoi ne pas l'intégrer dans le nom ? »

— C'est parfait. Sincèrement. Et « Frosting », c'est vraiment parlant. Mignon et accueillant, et tout ce que tu voulais.

— Je le pense aussi. Je pense que ça marchera. Je peux voir l'affiche et les lettres.

Elle fit un mouvement de la tête, réfléchissant, savourant, contente. Du moins elle fut contente jusqu'à ce qu'elle
se rende compte que l'expression du visage de Todd avait
changé.

Il était sérieux maintenant, songeur, et avait quelque
chose de réellement important à l'esprit.

— Todd ? Qu'est-ce qui se passe ? Pourquoi ne me le
dis-tu pas ?

— Je t'ai tout dit, avoua-t-il, sa voix basse et calme, son
ton mesuré, comme s'il ne voulait pas faire d'impair. Je
t'aime Michelle. Et j'aimerais que tu laisses ton rêve être le
mien.

Il l'inspirait. Il lui donnait des forces. Mais il devait
connaître les enjeux.

— Tu sais que si ça tombe à l'eau, je croulerai sous les
dettes. Même si ça réussit, les dettes vont peser sur ma tête
pendant des années.

Un léger mouvement de la tête la rassura à l'effet qu'elle
n'avait pas besoin de s'inquiéter.

— Si les dettes pesaient sur la mienne aussi, cela ne te
ferait pas autant mal si ça échouait.

— Todd, je ne veux pas te demander de faire ça.

— Tu ne me l'as pas demandé. J'ai fait la proposition.

Il saisit ses deux mains, si petites dans les siennes, si
fortes et néanmoins fragiles. Sa force le surprenait, son courage. Elle devait le savoir.

— Je veux faire partie de ta vie. Je veux être avec toi
pour toujours. Je veux pleurer tes échecs aussi bien que célébrer tes victoires. Je veux tout, absolument tout, que tout
soit nôtre.

Elle dévia son regard sur leurs mains jointes alors qu'il frottait ses pouces sur ses doigts, ses poignets. Mais il ne savait pas qu'elle pleurait jusqu'à ce que la première larme tombe pour mouiller sa peau.

— Qu'est-ce qu'il y a, chérie? Dis-moi ce qui ne va pas, à quoi tu penses.

Elle secoua sa tête, renifla, ses cheveux tombant en vagues, dorées et marron.

— J'ai tout fait seule pendant si longtemps. Pendant des années. Toute ma vie d'adulte. Une partie de moi a peur que, si je ne peux pas agir seule, c'est que je suis une bien belle ratée.

— Et l'autre partie?

— L'autre partie meurt d'envie d'avoir une épaule sur laquelle se reposer.

— J'ai une épaule. J'en ai deux.

— Mais pas juste une épaule. Je veux un cerveau à questionner.

— Tu en as un.

— Et des bras pour me serrer.

— Tu en as deux.

— Et un dos solide pour me ramasser quand j'affronterai le stress et la surdose de sucre de tous les essais que je devrai faire.

— Je suis doué pour goûter. Doué aussi pour enfiler nos souliers de course afin de brûler toutes ces calories.

— Alors tu ne crois pas que j'aie besoin de grossir de quelques kilos pour être séduisante?

— Michelle Snow. Si tu ne sais pas encore comme tu es magnifique.

— À quel point penses-tu que je suis magnifique?

— Non, je ne veux rien dire.

Et il attendit qu'elle lève les yeux. Seulement quand elle le fit, quand ses yeux qui étaient si intenses et si bleus rencontrèrent les siens, il continua :

— Tu es une femme incroyable, Michelle Snow. Je comprends que cette pâtisserie te rende folle, mais cela ne change rien à ce que tu es. Tu es aimante et généreuse. Tes amis savent cela. Ta famille sait cela. Je le sais probablement davantage que chacun d'entre eux. Je n'ai jamais rencontré quelqu'un avec un cœur si généreux.

Il prit une respiration et réfléchit. Il n'allait pas lui raconter d'histoires, ni rester les bras croisés pendant qu'elle abandonnait son rêve.

— Tu es tellement intelligente. Tu es déterminée. Tu sais ce que tu veux et tu y tiens. C'est une énorme prouesse.

— Vraiment ?

— Vraiment. Tu as également bon goût, comme si tu étais le roi Midas, ou quelque chose de la sorte, qui transforme tout ce qu'il touche en or. Les tables que tu dresses, les fêtes que tu organises, sans oublier que tu as fière allure. Et qui a dit que tu avais besoin de prendre quelques kilos pour être séduisante ?

Il voulait vraiment qu'on lui botte le cul à cet idiot.

— Montre-le-moi.

Elle ébaucha un sourire.

— Alors tu peux t'adonner au Krav Maga sur lui ?

— Ça aussi. Tu es formidable, et te voir si perturbée par cette affaire de pâtisserie me donne envie de frapper quelqu'un. Ou de taper dans un mur, ou autre chose.

Là-dessus, elle se mit à rire. La légère tension qui se relâcha facilita sa respiration.

— Si tu veux cogner dans un mur, fais-le chez toi où tu as déjà les outils pour le réparer. En ce qui concerne l'autre chose... tu pourrais m'embrasser.

Cela, il pouvait le faire. Oh oui, il pouvait le faire. Il se pencha, posa le coin de ses lèvres sur les siennes et l'embrassa doucement, avec une tendre expression de tous les sentiments auxquels il ne pouvait céder avec une table dans le passage et en public. Mais, quand sa bouche s'entrouvrit et qu'il la goûta, il se décida, et puis zut.

Il repoussa sa chaise, fit le tour vers l'endroit où elle était assise, s'empara d'elle et glissa sur son siège avec elle sur ses genoux. Elle plaça énergiquement ses bras autour de son cou pour éviter de tomber sur le sol, puis elle sourit. Un grand, large sourire gagna ses yeux encore larmoyants, et il ressentit également des picotements.

Bon sang que cette femme lui procurait du désir. Elle lui donnait envie de choses qu'il avait crues impossibles à réaliser. Elle lui donnait envie d'être meilleur, de se battre, de prendre des risques et d'affronter qui que ce soit. Mais, par-dessus tout, elle lui donnait envie de l'avoir à ses côtés, d'être son partenaire, son époux.

Il tint l'arrière de sa tête et amena sa bouche vers la sienne. Autour d'eux, les clients de Raku applaudirent et les acclamèrent. En dessous de lui, Michelle soupira et sourit. Il sourit aussi, mais il ne la lâcha pas. À la place, il inclina sa tête suffisamment et ouvrit sa bouche. Elle lui retourna la délicieuse faveur, sa langue trouvant la sienne, son abandon pour le moins pressé et insistant. Égal au sien.

Sa bouche était douce, abandonnée. Ses mains sur son cou serraient avec une volonté possessive. Il pensait à la manière dont elles agissaient sur sa peau, provocantes, tentantes, obsédantes, et il savait qu'il ne pourrait jamais avoir ce qu'il voulait, aller où il voulait, au milieu du restaurant avec le monde qui les regardait.

Avec une certaine réticence, il se détacha d'elle, mais juste assez loin pour qu'il puisse voir son reflet dans ses yeux.

— Est-ce que tu laisseras ton rêve devenir le mien ?

Elle fit un mouvement de la tête, le signe éperdu d'un fol espoir.

— Oh, Todd, oui. Partager la pâtisserie avec toi, c'est comme si la dernière pièce du casse-tête trouvait enfin sa place.

Ce n'était pas vraiment la dernière, mais celle-ci pouvait attendre jusqu'à la semaine prochaine.

Vingt-six

*Tarte à la citrouille : base épicée à la citrouille recouverte de crème au beurre et fromage à la crème à la vanille

Michelle ne pouvait rien trouver de moins palpitant que de courir ce matin les 10 kilomètres de la Turkey Chase. C'était une belle cause, des organismes de charité supportés par le Rotary Club, et elle se sentirait pingre si elle abandonnait. Mais elle y pensait. Elle n'avait plus aucune énergie, Todd couvait un gros rhume, et, d'aussi loin qu'elle s'en souvienne, c'était la première fois qu'ils étaient tous les deux en retard.

Elle se glissa sur l'ottoman devant son confortable fauteuil marron, la chaise qu'elle n'avait pas utilisée pendant des mois, puisque le fait d'être lovée sur le sofa à regarder la télévision, les bras de Todd autour d'elle, était devenu un rituel à la fin de la journée. Passer sa matinée ici, ou même retourner au lit, semblait tellement mieux que de sortir par un temps atroce.

— Tu es sûr que tu es en état pour ça ?

— C'est Thanksgiving, chérie. C'est une tradition. Les dindes comptent sur nous.

Il le dit avec le nez déjà bouché. Il n'était pas en état de courir dans l'humidité et le froid pas plus qu'elle ne l'était.

Son héros ! Il avait un tel courage. Elle était deux fois moins malade que Todd et, pourtant, elle était celle qui cherchait une raison pour ne pas y aller.

Au moins elle avait terminé hier soir de préparer les cupcakes. Tout ce qui restait à faire avant de les emporter chez ses parents pour le dîner était de les glacer. Le faire semblait bien mieux que de courir, et, comme excuse, il n'y avait qu'un pas.

— Je devrais sans doute rester et glacer les cupcakes.

— Tu auras le temps quand nous rentrerons, lui dit-il, vérifiant qu'il avait ses deux gants.

Qu'est-ce qu'elle avait fait des siens ?

— En supposant que nous trouvions l'énergie pour faire notre course dans les délais habituels.

— Ça ira.

— Sinon nous arriverons à la maison, fiévreux, avec une pneumonie.

— Pas de pneumonie. Pas de fièvre. Promis.

Il prit sa main et la mit debout.

— On prendra la voiture et on se garera près de l'accueil. Gardons nos forces pour la course.

Bien. Mais elle n'allait pas lui faciliter la tâche pour l'emmener jusqu'à la porte.

— Je dois trouver mes gants.

— Dépêche-toi, chérie. Le temps presse.

Qu'avait-il aujourd'hui ? Il se sentait tellement mal pour agir si joyeusement, même si elle admettait que l'idée du dîner du Thanksgiving de sa mère était suffisante pour mettre n'importe qui de bonne humeur. Et si elle se remuait le popotin, la course serait terminée et bouclée, et ils seraient en route pour profiter du festin, de la famille et des amis.

Ce fut la seule pensée qui lui fit passer la porte et entrer dans la voiture. Le chemin était court, et Todd trouva un endroit pour se garer dans les environs près de l'accueil du YMCA de Bethesda. Cependant, la marche fut horrible, le froid s'infiltrant au travers des vêtements de Michelle, lui donnant la chair de poule.

Elle tremblait quand ils prirent leurs numéros et leurs chronomètres de chaussures, cette procédure la faisant se sentir mille fois pire. Tout ce qu'elle voulait, c'était de rentrer à la maison.

En raison de leur retard, ils avaient seulement quelques minutes pour s'échauffer avant que les coureurs soient appelés à la ligne de départ. Et c'était la cohue. Génial. Dix kilomètres passés à courir serrés comme des sardines dans les rues étroites de la ville, ce n'était pas sa conception d'un bon moment. C'était seulement l'étrange bonne humeur de Todd qui l'empêchait de retourner vers la voiture pour faire la sieste pendant qu'elle attendrait qu'il finisse la course.

Ne voulant pas gâcher sa journée, elle avança, un pas après l'autre. Todd, juste devant elle, faisait de même. Elle pensa à ses cupcakes en courant, son corps bougeant spontanément, mais, même en courant avec l'homme qu'elle aimait, sa pensée concentrée sur le travail qu'elle aimait, elle ne s'amusait pas.

S'amuser aurait consisté à traîner avec sa mère, Colleen et Eileen dans la cuisine de ses parents. S'amuser aurait été d'écouter son père, Brian, Michael et Todd encourageant l'équipe de football pour laquelle ils sympathisaient.

S'amuser serait de s'asseoir autour de la table après le dessert, à boire du café et du vin, à parler tout le reste de la journée et grappiller les restes avant qu'il soit l'heure de rentrer à la maison.

Et puis il y avait le plaisir d'avoir des toilettes propres, car, alors qu'il lui restait deux kilomètres et demi, elle dut s'arrêter.

— Todd. Je dois trouver des toilettes. Continue, je te rattraperai.

— Non, je vais attendre, dit-il, juste comme une station-service sur la route de Old Georgetown apparaissait. Fais vite. Nous avons presque terminé.

Sachant qu'il ne leur restait qu'une courte distance l'aida à entrer, sortir et retourner sur la piste. Elle participa au reste de la course, courant avec un maximum d'efforts et franchissant la ligne d'arrivée en même temps que Todd. Après une joyeuse célébration, ils se dirigèrent vers les chaises pliantes sur la touche pour ôter les chronomètres de leurs chaussures.

Elle était pressée de rentrer à la maison. Elle devait encore se doucher, s'habiller et glacer ses cupcakes, mais ils seraient à la maison de ses parents suffisamment tôt. Todd s'agenouilla sur la route devant elle pour défaire le chrono-mètre de sa chaussure, retirer ses gants... puis retirer de son petit doigt une bague de diamant.

Il dit en la lui offrant :

— Michelle, courras-tu avec moi pour toujours ?

Oh mon Dieu, oh mon Dieu ! Est-ce la réalité ? pensa-t-elle, mais ce qu'elle dit fut :

— Oh, chéri.

Et elle se pencha pour jeter ses bras autour de lui.

Il lui donna la bague, une magnifique, parfaite, vraiment grosse bague. Elle ne pouvait prononcer un mot compte tenu de la boule d'émotion qui l'étranglait. Tout ce qu'elle pouvait faire, c'était d'étreindre Todd.

Mais Todd s'éloigna, la regarda dans les yeux et lui demanda :

— Veux-tu m'épouser, Michelle ?

Ne venait-elle pas de le dire ? Non ! Elle n'avait rien dit du tout ! Oh, zut. Elle était une telle idiote de le faire attendre.

— Oh, oui, oui. Oui, Todd, je veux t'épouser, dit-elle, lui tendant sa main pour qu'il glisse la bague à son doigt.

Et, bien qu'ils aient couru 10 kilomètres, ils coururent tout le long vers leur voiture, s'embrassant, riant et se réjouissant de nouveau. La vie était belle ; comment ne pas célébrer ? Ils appelèrent la mère de Todd une fois de retour à l'appartement, puis passèrent un long, long, vraiment long moment à se préparer pour le dîner de Thanksgiving.

Bien sûr, puisqu'elle n'avait jamais été en retard chez ses parents pour les fêtes, dormant souvent chez eux le mercredi soir afin d'aider pour les préparatifs du matin suivant, Michelle savait qu'elle s'exposait à de lourds reproches.

Son grand frère Brian fut le premier à le dire.

— Merci d'être en retard et de ralentir les choses, Chelle. Certains d'entre nous sont affamés, tu sais.

— Oh, je suis désolée, Brian. Je ne pouvais pas me dépêcher, j'étais trop occupée à me fiancer !

Elle hurla presque le dernier mot, sautant pendant qu'elle exhibait sa bague.

— Quoi ? demanda Brian, les yeux écarquillés, son sourire s'élargissant comme il la serrait dans ses bras.

Il la lâcha, mais seulement pour saisir Todd et faire de même. Sa mère et Colleen descendirent, riant, pleurant presque, admirant sa bague et souhaitant leurs meilleurs vœux avec de nombreux baisers et étreintes.

Elle croisa le regard de Todd au-dessus de la foule, le vit aussi accepter des poignées de mains et des tapes dans le dos. L'instant était magnifique, irréel, sa famille partageant le moment le plus important de sa vie, sa fête préférée rendant cet événement particulier.

Comme chacun se dirigeait vers la table pour manger, les yeux brouillés, elle tendit les bras vers Todd pour l'enlacer encore une minute. Leur étreinte provoqua davantage de rires et de cris comme «Gardez ça pour la chambre», «Vous avez toute la vie pour ça. Ne vous épuisez pas maintenant» et «Ça suffit, je veux manger».

Sa mère mit le holà à tout cela.

— Assoyez-vous, assoyez-vous. Je veux tout entendre de la demande.

Todd aida Michelle à raconter l'histoire pendant qu'on découpait la dinde, qu'on servait les assiettes de farce, purée, pois et canneberges, qu'on versait la sauce et qu'on faisait circuler les petits pains beurrés. Tous se ruèrent dessus comme si Brian n'était pas le seul affamé.

Sa mère posa des questions sur le mariage. Son père posa des questions sur la lune de miel. Ses frères se taquinaient à propos de devenir des oncles. Colleen parla de la robe de mariée, puis, comme les desserts étaient servis, elle demanda :

— À la réception, est-ce que tu vas servir des cupcakes ?

Cela incita Jack à prendre la parole, levant son cupcakes épicé à la citrouille.

— J'aimerais porter un toast.

Chacun à la table leva son cupcake, suivant le père de Michelle pendant qu'il enlevait le papier sulfurisé, libérant les parfums de cannelle, de clous de girofle et de citrouille sucrée autour de la table comme un nuage.

— À Michelle et Todd. Puissent leurs vies ensemble être un abondant festin, et leur amour, la cerise sur le gâteau.